DuMont's Kriminal-Bibliothek

William L. DeAndrea wurde 1952 in Port Chester, New York geboren. Nachdem er als Reporter gearbeitet hatte, veröffentlichte er 1978 den ersten Matt-Cobb-Krimi »Killed in the Ratings« und gewann den Edgar-Allan-Poe-Award, der ihm im Jahr darauf gleich noch einmal zugesprochen wurde. William L. DeAndrea lebte mit seiner Frau, der Krimiautorin Orania Papazoglou, und ihren beiden Söhnen in Connecticut, wo er 1996 starb.

Herausgegeben von Volker Neuhaus

William L. DeAndrea

Schnee
blind

DUMONT

Ric Meyers gewidmet, der mir half, einige Klippen zu umschiffen.

Die Deutsche Bibliothek – CIP-Einheitsaufnahme

William L. DeAndrea
Schneeblind/ William L. DeAndrea. [Aus dem Englischen von Birgit Lamerz-Beckschäfer]. – Köln : DuMont, 1999
(DuMont's Kriminal-Bibliothek ; 1083)
ISBN 3-7701-4848-7

Umschlagmotiv von Pellegrino Ritter
Aus dem Englischen von Birgit Lamerz-Beckschäfer
Die der Übersetzung zugrundeliegende Originalausgabe erschien 1990 unter dem Titel *Killed on the rocks* bei The Mysterious Press, New York

Druck und Verarbeitung: Clausen & Bosse, Leck

Printed in Germany ISBN 3-7701-4848-7

Kapitel 1

… unterwegs im Norden des Staates New York.
– Charles Kuralt, »CBS Evening News with Walter Cronkite« (CBS)

Man hätte meinen können, die Schnellstraße durch den Bundesstaat New York sei eine dreihundert Meilen lange Startbahn und die Lincoln-Pullmanlimousine ein miserabel konstruiertes Flugzeug. Der Schlitten war derart hecklastig, daß seine Schnauze deutlich himmelwärts strebte; die Vorderräder berührten kaum noch den Asphalt, der Fahrer lenkte mit einem Finger.

Mein Beitrag zu diesem Übergewicht bestand in einem Kleidersack und einem kleinen Koffer. Sie hatten kaum noch in den Kofferraum gepaßt, denn der war bereits zur Hälfte vollgestopft mit Bilanzen und Vertragsentwürfen aus der Feder von Charles R. Wilberforce, dem Leiter der Rechtsabteilung unseres Sendernetzes. Die andere Hälfte bestand aus Klamotten. Winterklamotten. Freizeitklamotten. Ein Teil davon gehörte Carol Coretti, Wilberforces Assistentin, das weitaus meiste jedoch Roxanne Schick, der Enkelin des Mannes, der dieses Network gegründet hatte, und Tochter eines früheren Vorstandsvorsitzenden.

Roxanne war Anfang Zwanzig und eine der reichsten Frauen der Welt.

Außerdem war sie die größte Einzelaktionärin des Networks, auch wenn sie bisher abgesehen von den Dividendengutschriften mit ihrem Familienunternehmen nicht viel Kontakt gepflegt hatte.

Sie sagte oft, sie hasse das Network. Es war ihrer Meinung nach für die diversen Katastrophen verantwortlich, die über ihre Familie hereingebrochen waren (den Tod ihres Vaters, die Geisteskrankheit ihrer Mutter und den Selbstmord ihres Großvaters). Ganz ungerechtfertigt war dieser Vorwurf nicht. Immerhin gab sie dem Sendernetz nicht etwa die Schuld dafür, daß sie selbst von zu Hause weggelaufen, rauschgiftsüchtig geworden und für ihren Drogenkonsum auf den Strich gegangen war; und deswegen war ich stolz auf sie. So mancher Sozialarbeiter hätte ihr das nämlich ohne weiteres abgekauft, doch gerade die Tatsache, daß sie die Verantwortung für ihr eigenes Leben übernahm, war für sie ein wichtiger Faktor gewesen, um all die Jahre durchzuhalten.

Diese Fahrt war eine der wenigen geschäftlichen Angelegenheiten, bei denen das Network nicht auf ihre Anwesenheit verzichten konnte. Sie fuhr mit uns zusammen zu einer Klausursitzung auf G.B. Dosts Landsitz in den Adirondack Mountains, tat aber eher so, als gehe es auf eine Klassenfahrt. Sie trug eine Kordhose und einen Pullover mit eingestrickten Hirschen, einen Parka mit einem Besatz aus Fellimitat und eine Pudelmütze mit Troddel. Ihre Augen strahlten, es gelang ihr nicht, neben mir im Wagen still zu sitzen. Fast wäre sie mir wie eine Fünfzehnjährige vorgekommen, hätte ich sie nicht ausgerechnet zu der Zeit kennengelernt, als sie mit fünfzehn ein verwahrloster Junkie und mehr tot als lebendig gewesen war.

Jetzt sah sie entschieden besser aus, fand ich. Selbst wenn ihre Fröhlichkeit darauf beruhte, daß sie dabei war, das Network zu verkaufen.

Kurz hinter Albany, wo die Schnellstraße in die Nordautobahn mündet, schnappte Roxanne plötzlich nach Luft und griff nach meinem Arm: »Cobb!«

Wilberforce sah von den Papieren auf, in denen er las. Sein Gesicht war ausdruckslos, aber das war bei ihm normal. Seine graurosa Haut war so straff, daß ich immer den Eindruck hatte, er sei zu einer Mimik gar nicht in der Lage, selbst wenn er gewollt hätte. Es war erstaunlich, daß er überhaupt sprechen konnte.

Carol Corettis Ausdruck ließ echte Besorgnis erkennen. Sie war eine große Frau in meinem Alter oder ein wenig älter, mit kastanienbraunem Haar und einem sympathischen Fuchsgesicht. Im selben Moment, als sie fragte, ob etwas nicht in Ordnung sei, sagte ich: »Was ist los, Rox?«

»Wir haben deine Skier vergessen!«

Wilberforce wandte sich wieder seinen Papieren zu. Es gelang ihm, Empörung auszudünsten, auch wenn er sie nicht zeigen durfte. Carol Coretti lächelte. Ich fragte mich, wie ein so netter Mensch wie sie es Tag für Tag mit einem Fisch wie Wilberforce aushalten konnte.

Ich drehte mich zu Roxanne um. »Nein, haben wir nicht«, sagte ich.

»Doch«, beharrte sie. »Ich habe gesehen, wie Ralph das Gepäck eingeladen hat, als er uns abholte.« Ralph war der Fahrer. »Da waren nur zwei Paar Skier und Stöcke, und zwar meine und die von Miss Coretti.«

»Sagen Sie einfach Carol«, sagte Carol.

Wilberforce sah einen Augenblick von seinen Unterlagen auf, nur für den Fall, daß jemand es wagen sollte, ihn Charlie zu nennen.

Roxanne wagte es nicht. »Ich weiß, daß Mr. Wilberforce keine Skier dabei hat.«

»Genau. Und ich auch nicht.«

»Warum nicht, Matt? In Rocky Point gibt es zwei private Abfahrtspisten und einen eigenen Skilift. Weißt du, was das bedeutet? Keine Warteschlangen. Außerdem schneit es da oben seit Wochen immer wieder nach. Dem Wetterbericht zufolge müßten mittlerweile zehn bis zwölf Zentimeter frischer Pulverschnee liegen.«

»Es schneit sogar jetzt«, sagte Carol Coretti.

Ich schob den Vorhang mit dem Finger beiseite und sah hinaus. Es schneite tatsächlich. Dicke kleine Puderquasten fielen auf den eiskalten Asphalt und wurden vom Wind wie Miniatur-Steppenläufer über die Straße gefegt. Das konnte nicht lange gut gehen, über kurz oder lang würde der Schnee liegenbleiben. Ich hoffte, die Limousine und Ralph konnten damit umgehen. Das Gewicht im Kofferraum würde zumindest für eine gute Straßenlage sorgen.

Roxanne war begeistert. Sie empfand Schnee nicht als Unannehmlichkeit, nicht einmal als Gefährdung des Straßenverkehrs, sondern als schieres Vergnügen. Meiner Erfahrung nach denken viele passionierte Skifahrer so.

»Oh«, sagte sie, »sieh dir das an. Glaubst du, das bleibt so, bis wir oben sind?«

»Bitte doch Ralph, daß er im Radio den Wetterbericht einstellt«, schlug ich vor.

Sie hörte mir gar nicht zu. »Ich wünsche es mir jedenfalls«, sagte sie. »Ganz viel Neuschnee und keine Warteschlangen. Endlich kann ich so oft fahren, wie ich will.«

»Ich bin bereits so oft Ski gefahren, wie ich will«, sagte ich.

Carol Coretti unterdrückte ein Grinsen. »Haben Sie viele schlechte Erfahrungen beim Skifahren gemacht, Mr. Cobb?«

»Matt«, sagte ich, »schließlich sitzen wir alle im selben Boot, nicht wahr? Aber um Ihre Frage zu beantworten: Ich habe nie schlechte Erfahrungen beim Skifahren gemacht, weil ich noch nie Ski gefahren bin.«

»Aber Sie sagten doch ...«

»Genau. Und das ist exakt die richtige Menge an Skifahren, die ich in meinem ganzen Leben gebrauchen kann. Null. Mir tun schon die Knöchel weh, wenn ich mir nur die Sportschau ansehe.«

»Cobb, ich kann es gar nicht fassen«, sagte Roxanne. »Endlich habe ich etwas gefunden, wovor du Angst hast.«

»Dann hast du bisher nicht besonders gründlich gesucht.«

»Na, jedenfalls werden sie in einem Anwesen wie Rocky Point bestimmt eine Ausrüstung für Gäste haben. Ich bringe dir Skifahren bei, keine Sorge.«

»Ich mache mir keine Sorgen, denn weder du noch ein Bataillon Ledernacken wird mich auf diese Dinger stellen. Du fährst Ski. Ich baue Schneemänner. Oder noch besser, ich arbeite. Dafür werde ich nämlich bezahlt, falls du das vergessen hast.«

Ohne von seinen Papieren aufzusehen, murmelte Wilberforce: »Hört, hört!«

Mein Gott, dachte ich. Wilberforce hat einen Witz gemacht. Wir waren noch nicht ganz da, und schon fing die Sache an, mir unheimlich zu werden.

Kapitel 2

Alles ist so, wie es früher war, mit einer Ausnahme ... Sie sind da!
– Walter Cronkite, »You are There« (CBS)

Eigentlich war die ganze Angelegenheit von Anfang an ziemlich unheimlich gewesen.

Als ich rund eine Woche zuvor eines Morgens zur Arbeit erschienen war, wedelte meine Sekretärin bereits mit einem Zettel.

»Mr. Falzet möchte Sie sprechen«, sagte sie mit ihrem singenden Tonfall und dehnte dabei die Vokale. Jasmyn Santiago war als Kind mit ihrer Familie aus Kuba geflohen und besaß noch immer einen Anflug von Akzent. Viel mehr als ein Anflug dagegen war ihr felsenfester hispano-katholischer Gerechtigkeitssinn, und sie schimpfte immer mit mir, weil er mir völlig abgeht. Sie war jünger als ich und sah aus wie ein Model (sie erzählte mir einmal, sie stehe morgens um fünf auf, um sich zu schminken), aber trotzdem erinnerte sie mich immer eigentümlich stark an meine Großmutter.

»Was gibt's denn?« fragte ich ungeduldig. »Komme ich schon wieder zu spät? Es muß noch vor neun sein.« Das ist eines meiner Talente. Sie können mich jederzeit nach der Uhrzeit fragen, und ich kann Ihnen plus minus zehn Minuten exakt sagen, wie spät es ist. In meinem ganzen Leben habe ich diese Gabe nur ein einziges Mal gebrauchen können. Zu meiner Verteidigung schaute ich diesmal vorsichtshalber auf meine Armbanduhr und hielt sie Jazz hin. »Sehen Sie? Acht Uhr siebenundfünfzig und ein paar Zerquetschte.«

Sie schaute gar nicht hin, sondern schloß die Augen und schüttelte den Kopf. »Ist mir gleichgültig«, sagte sie. »Wenn Ihr Chef eher kommt als Sie, sind Sie nun einmal zu spät dran.«

Hmpf, dachte ich. Strenge Auflagen. Ich versuchte, mich an eine Gelegenheit zu erinnern, bei der ich früher als Jazz im Büro gewesen war, aber mir fiel keine ein. Manchmal war ich über Nacht in der Firmenzentrale geblieben, aber ich glaubte nicht, daß diese Male zählten.

Ich beschloß, das Thema zu wechseln. »Was zum Teufel will Falzet eigentlich von mir?«

Tom Falzet war seit Walter Schicks tödlichem Unfall Vorstandsvorsitzender des Networks. Hätte ich eine Liste der zehn unsympathischsten Menschen aufstellen sollen, die mir je begegnet sind, würde Tom Falzet mühelos die ersten sechs Plätze belegen. Auf seiner Liste dürfte mein Name allerdings auch einen nicht unbeträchtlichen Raum einnehmen.

Wir schaffen es, unsere Arbeit zu tun und uns aus dem Weg zu gehen. Wenn er mich überhaupt je zu sich bestellt, dann nur, um mir den Marsch zu blasen, und auch das traut er sich erst, wenn wir mitten in einer Krise stecken und die Existenz des ganzen Networks auf dem Spiel steht. Auch dann traut er sich nur, weil ich dafür zuständig bin, solche Krisen für das Sendernetz zu meistern. Ich bin Vizepräsident und verantwortlich für Sonderprojekte. Die Bezeichnung »Sonderprojekte« wurde vor Jahren von einem namentlich unbekannten Propagandagenie erfunden und steht für die Abteilung des Networks, bei der alles landet, was für die Rechtsabteilung zu unbequem und für Public Relations zu heikel ist. Wird der angeblich kerngesunde Star einer unserer Familienserien total bedröhnt erwischt, decken wir das Mäntelchen des Schweigens über ihn, bis er wieder clean ist. Gelingt ihm das nicht, lassen wir uns einen Vorwand einfallen, ihn aus der Serie zu streichen. Mit solchen Sachen beschäftigen wir uns. Gerissen hatte ich mich um den Job nie, und manchmal war ich ihn auch leid, aber jetzt hatte ich ihn nun einmal, also tat ich mein Bestes. Ich versuchte, so gesetzestreu wie nötig und so moralisch wie möglich vorzugehen.

Daß Falzet sich außer in Krisenzeiten nicht traut, mir das Leben so sauer zu machen, wie ich es seiner Meinung nach verdient hätte, liegt daran, daß er Angst hat, ich würde meinen Einfluß auf Roxanne Schick einsetzen, um ihn seinerseits in die Pfanne zu hauen. Dabei hat er gar nichts zu befürchten, denn ich kann mich recht gut selbst verteidigen. Aber das braucht er ja nicht zu wissen.

Ich rannte nicht gerade die Treppe hinauf zu Falzets Büro, aber ich trödelte auch nicht. Das Gebäude lud auch nicht unbedingt zum Trödeln ein. Der Architekt hatte eine strenge schwarzweiße Ausstattung vorgeschrieben und in den Fluren keinerlei Dekorationen mit Ausnahme der Notausgangsschilder zugelassen. Im ganzen Network wurde gefrotzelt, eines der wesentlichen Gesundheitsrisiken in diesem Hause sei die Gefahr, schneeblind zu werden.

Der Aufzug war innen mit gebürstetem Aluminium verkleidet. Man hatte darin das Gefühl, in einer Zigarrenhülse zu reisen. Ich fuhr bis ganz oben, zum siebenunddreißigsten Stock, und sagte der Vorzimmerdame, Mr. Falzet erwarte mich.

»Ja, Mr. Cobb«, sagte sie. Ihre Augen sagten: »Laßt, die Ihr eintretet, alle Hoffnung fahren.«

Ich setzte eine mutige Miene auf und trat ein.

Falzets Büro ist riesig. Es erstreckt sich über die gesamte Grundfläche des Gebäudes. Es gibt Manager, die in ihren Büros das Putten üben. Falzet hätte seins gut und gern als Vierloch-Golfplatz benutzen können.

Wie immer saß er hinter seinem polierten Ebenholzschreibtisch von der Größe eines Konzertflügels und sah zu, wie ich den Raum durchquerte. Irgendwann habe ich ihm einmal erklärt, daß jeder ihn auf den ersten Blick als große Nummer einschätzen müßte, weil sein Schreibtisch bis auf ein Telefon vollkommen leer war.

Während ich über den weitläufigen schwarzen Teppich wandelte, starrte Falzet mich weiter an. Ab und zu mußte ich ein paar Stufen hinauf- oder hinuntersteigen, die der Architekt zweifellos nur deshalb eingefügt hatte, weil das Büro sonst wie eine leerstehende Bowling-Halle gewirkt hätte.

Falzet ist Ende Fünfzig und sieht mit seinem Pferdegebiß auf eine sportliche Weise gut aus. Wenn er spricht, hört man einen ganz leichten Südstaatenakzent. Als ich sein Büro so weit durchschritten hatte, daß ich in Hörweite kam, sagte er: »Guten Morgen.«

Das klang ganz anders als die Begrüßung, die er sonst für mich in petto hat (»Was hat das zu bedeuten?!«). Verdutzt sah ich ihn mir genauer an.

Auch sein Anblick machte mich stutzig. Er war gar nicht wütend. Er war nicht glücklich, aber auch nicht wütend. Eher sorgenvoll.

»Setzen Sie sich, Cobb, setzen Sie sich.« Auch das waren völlig neue Töne. Ich ließ mich in einen matt glänzenden schwarzen Ledersessel fallen und wartete ab, was als nächstes kam.

»Ich möchte Ihnen ein Geheimnis anvertrauen, Cobb.«

»Ich habe unsere, hm, Gespräche stets vertraulich behandelt.«

»Gut. In diesem Fall ist das besonders nötig.«

»In Ordnung.«

Falzet holte tief Luft. Was er auch sagen wollte, es schmeckte offenbar so widerlich, daß er es nicht mehr auf der Zunge haben wollte. Schließlich spuckte er alles auf einmal aus.

»Das Network soll übernommen werden.«

»Ach«, sagte ich. »Gerüchte darüber gibt es schon, seit die anderen drei nicht mehr sind.«

Das stimmte. In den letzten Jahren waren die anderen großen Sendernetze »akquiriert« worden, wie es in den Makleranzeigen geheißen hatte. ABC wurde von einer kleineren Gesellschaft namens Capital Cities geschluckt (die Wirtschaftswelt hält sich eben nicht immer an die physikalischen Gesetze), NBC fusionierte mit General Electric, oder besser gesagt, es wurde mit GE wiedervereinigt, da dieses Unternehmen in den zwanziger Jahren zu den Gründern von NBC gehört hatte. Der Dreiklang, den NBC seit Jahren als Erkennungsmelodie verwendet, besteht aus den Tönen G, E und C, sprich General Electric Corporation.

Wo war ich noch gleich? Ach ja, Akquisitionen. CBS fand angesichts einer drohenden feindlichen Übernahme einen edlen Ritter in Lawrence Tisch, der unter anderem mit der Kinokette Loew's ein Schweinegeld gemacht hatte und ein guter Freund des CBS-Gründers und Vorstandsvorsitzenden William Paley war.

Ich besitze selbst ein paar Dutzend Aktien des Networks. Einige davon habe ich aus freien Stücken gekauft, einige werden mir in regelmäßigen Abständen als Vizepräsident automatisch zugeteilt, aber eigentlich sind Big Business und Hochfinanz nichts für mich. Ich gehöre zu den Leuten, die es bequemer finden, am Ende des Monats einen Kontoauszug von der Bank zu bekommen, als mich mit einer komplizierten Zahlenakrobatik herumzuschlagen.

Andererseits traf ich mich gelegentlich mit Betsy McCarren von der Finanzbuchhaltung zum Mittagessen und fuhr auch hin und wieder zusammen mit einigen der Finanzgurus von unserem Sendernetz im Aufzug. Dabei konnte ich natürlich dies und jenes aufschnappen.

So brachte ich beispielsweise in Erfahrung, daß die Welt des Big Business genauso von der Mode regiert wird wie eine Teenagerclique. Früher einmal galten Leute, die bei anderen in der Kreide standen, als Schuldner, die man um jeden Preis meiden mußte. Heute braucht man sich lediglich hoch genug zu verschulden, dann meinen die Leute schon, man setze gezielt »Fremdkapital« ein, und bewundern lautstark deine Cleverneß. Und genauso, wie seinerzeit in dem Miethaus, in dem ich wohne, alle Welt einen Videorecorder haben mußte, gilt es derzeit als schick, ein Sendernetz zu kaufen oder zu verkaufen, je nachdem natürlich, ob man bereits eins sein eigen nennt oder nicht.

Die psychologischen Mechanismen der Mode funktionieren in diesem Fall sogar besonders gut, weil das Angebot an Fernseh-Networks im Gegensatz zu Videorecordern eher begrenzt ist. Rupert Murdochs Fox Network war noch zu neu, als daß er es hätte verkaufen wollen, und zu klein, als daß die Haie der Wall Street es als lohnenden Happen angesehen hätten. Die anderen Sendernetze dagegen waren längst verschlungen worden.

Also blieben nur noch wir übrig.

»Wer will uns übernehmen?« fragte ich hoffnungsfroh. »Ted Turner?«

Falzet erbleichte. Turner übte auf ihn offenbar die gleiche Wirkung aus wie er üblicherweise auf mich.

»Mein Gott, Cobb, allein der Gedanke! Das Allerletzte, was ...« Er hielt inne und sah mich an. In seinen Augen stand leichte Panik. »Sie haben doch nicht etwa etwas gehört, oder?«

Um ein Haar hätte ich gelacht. Ich hatte mir so lange Mühe gegeben, den Mann zu irritieren, daß es mir fast zur Gewohnheit geworden war. Ich beschloß, es diesmal nicht zu tun, und zwar aus zwei Gründen. Zum einen war er für seine Verhältnisse sagenhaft umgänglich, und zum anderen hatte er wirklich eine Heidenangst.

»Nicht doch, nicht doch«, sagte ich. »Abgesehen von vagen Gerüchten höre ich heute zum allerersten Mal davon.«

»Warum haben Sie das dann gesagt?«

»Reine Spekulation. Ich dachte nur, wenn Turner das Network übernähme, würde er vielleicht hier im Gebäude für ein bißchen mehr Farbe sorgen.«

Falzet war eisig. »Sie mögen die Situation ja spaßig finden, Cobb, aber sie ist alles andere als lustig. Es geht um ein Milliardenunternehmen in einem staatlich reglementierten Industriezweig mit Verantwortlichkeiten und Chancen, wie sie für keine andere Branche gelten. Wir müssen unsere Aktionäre schützen und zugleich dem von der Öffentlichkeit in uns gesetzten Vertrauen gerecht werden.«

»Ja, Sir«, sagte ich. Wenn ich noch immer beim Network arbeitete, dann unter anderem deshalb, weil Tom Falzet zwar ein kleiner Tyrann und eine große Nervensäge war, solche Sachen aber ehrlich glaubte, mehr noch, weil er ehrlich war, Punktum. In der heutigen Zeit ist so etwas ungemein erfrischend.

»Die Verhandlungen«, fuhr er fort, »dürften äußerst heikel werden und müssen unter optimalsten Sicherheitsvorkehrungen vorbereitet werden.«

Tja, dachte ich, das dicke Ende mußte ja kommen. Es waren jetzt rund zehn Minuten vergangen, seit ich den Raum betreten hatte, und Falzet hatte sich noch keinen der Schnitzer geleistet, über die ich mich immer ärgere. Bis gerade eben. Optimaler als optimal geht nun mal nicht. Ich weiß, daß man sich mit solchen Mäkeleien unbeliebt macht, aber das heißt noch lange nicht, daß ich sprachliche Schaumschlägerei mögen muß.

»Wer tritt als Käufer in Erscheinung?« fragte ich, vielleicht ein wenig gespreizt. In Falzets Gegenwart achte ich mehr als sonst auf eine korrekte Ausdrucksweise.

»Dost«, sagte er.

»Ach«, sagte ich. Ich erwähnte bereits, daß ich von den Finanzleuten im Network dies und jenes aufgeschnappt hatte, aber anhand der Zeitungen von Mitfahrenden in der U-Bahn hätte ich auch so gewußt, wer G.B. Dost war.

In den Schlagzeilen wurde er als »Gold-Dost« gehandelt. Seine Freunde, so hieß es, hatten Anweisung, ihn Gabby zu nennen. Nationale Berühmtheit erlangt (im Klartext: meine Aufmerksamkeit erregt) hatte er erstmals rund zehn Jahre zuvor, als er Hunderte Millionen Dollar einsackte, weil er vom Kauf eines Ölunternehmens Abstand nahm. Ich weiß noch, daß ich damals dachte, die Ölfirma sei übers Ohr gehauen worden. Ich für mein Teil hätte schon für mickrige fünfzig Millionen oder so von einer Akquisition Abstand genommen.

Jedenfalls gehörte Dost zu den Leuten, die man in Fachkreisen Übernahmegeier nennt. Er kaufte Unternehmen wie ein Kind Fußballerbildchen und behandelte sie auch so: Er sammelte sie, tauschte sie ein, strukturierte sie um und setzte sie, soweit ich gehört hatte, bei einer Art Glücksspiel gegen andere Übernahmegeier ein, wobei der Sieger alles bekam und der Verlierer leer ausging.

Gerüchten zufolge war Dost ein so krummer Hund, daß man befürchtete, wenn es soweit war, werde man ihn nicht in einen geraden Sarg legen können. Andere Gerüchte behaupteten, daß das Wall Street Establishment, der blasierte Managernachwuchs von Harvard und Wharton, all die Leute, die eigenem Bekunden zufolge schon seit Generationen die Geldmeile bevölkerten, auf seinen Skalp aus seien, weil er wie ein Sandsturm aus der Prärie von Montana aufgestiegen war und mit ein paar Kühen den Grundstein zu einem Vermögen gelegt hatte, über das die Hautevolee der Wall Street wachen Geistes nicht hinwegsehen konnte.

Ich glaubte zu wissen, welche Laus Falzet über die Leber gelaufen war. Der derzeitige Aufsichtsratsvorsitzende des Networks war ein früherer General der Air Force und einst ein guter Freund des Gründers, Roxanne Schicks Großvater. Er war ein netter alter Herr und weiß Gott kein Dummkopf, doch er überließ Falzet gern die ganze Macht, solange die Gewinne stiegen, während er selbst an seinen Memoiren arbeitete.

Auf den General würde bei einem Verkauf eine satte Abfindung zukommen. Selbst wenn Falzet seinen Posten behalten durfte (und es gab absolut keinen Anlaß, etwas anderes zu vermuten, denn trotz sinkender Zuschauerzahlen beim kommerziellen Fernsehen hatten das Network und die dahinterstehende Gesellschaft das Geld nur so gescheffelt), würde er unter Dost niemals wieder so freie Hand haben wie jetzt.

»Was habe ich mit der ganzen Sache zu tun?« fragte ich. Mir kam der Verdacht, die Antwort werde mir nicht gefallen.

»Wie meinen Sie das?«

»Na ja, wenn Sie erwarten, daß ich den Abschluß vereitle, sind Sie bei mir an der falschen Adresse. Das ist nicht meine Aufgabe. So etwas ist auch kein ›Sonderprojekt‹, wenn Sie verstehen, was ich meine.«

»Sind Sie verrückt?«

»Sie erwarten nicht, daß ich den Abschluß vereitle?«

»Im Gegenteil! Dost pumpt eine Menge frisches Kapital in das Network. Er beseitigt Ballast. In dieser Branche zeichnen sich umwälzende Veränderungen ab, Cobb. Das Kabelfernsehen gewinnt immer mehr an Boden. Neue Technologien. Womöglich fallen die staatlichen Auflagen weg. In fünf Jahren werden wir diese Branche praktisch nicht mehr wiedererkennen.

Leider sitzen in unserem Vorstand noch eine Menge Fossilien. Nur, weil wir heute Gewinne machen, meinen diese Leute, es müsse ewig so weitergehen. Sie erwarten von mir, daß ich dafür sorge, aber ohne das geringste zu verändern. Unter Dosts Leitung wird sich das Blatt wenden.«

»Wie ich sehe, haben Sie schon mit seinen Leuten gesprochen.«

»Nun, äh, ja. Natürlich völlig unverbindlich, strikt hypothetisch. Das offizielle Übernahmeangebot wird dem Aufsichtsrat unterbreitet, sobald unsere Leute mit Dost über konkrete Einzelheiten verhandelt haben.«

»Ich wäre auch keine große Hilfe, ihnen den Deal schmackhaft zu machen.«

»Das wird auch gar nicht nötig sein. Durch die Übernahme werden ihre Aktien in die Höhe schießen wie Raketen. Das dürfte ausreichen, um ihnen die Sache schmackhaft zu machen.«

»Ich verstehe immer noch nicht, wozu Sie mich brauchen.«

»Ich brauche Sie, weil jemand anders versucht, den Deal zu vereiteln.«

»Mr. Falzet, ich versuche doch gerade, Ihnen klarzumachen, daß ich Sie auf keinen Fall unterstützen kann, ganz gleich, unter welchem Mäntelchen diese finanziellen Transaktionen laufen.«

»Verdammt noch mal, Cobb, ich weiß ja, daß wir nicht gerade die dicksten Freunde sind, aber Sie brauchen mich auch nicht wie einen Vollidioten zu behandeln. Ich weiß sehr genau, wozu Sie gut sind und wozu nicht! Glauben Sie mir, der Vereitelungsversuch, der da gelaufen ist, paßt absolut in Ihren Wirkungskreis.«

Er öffnete eine Schublade, zog einen einfachen braunen Umschlag heraus und reichte ihn mir quer über den ganzen Schreibtisch. »Sehen Sie sich das an«, sagte er.

Es handelte sich um einen Brief. Nicht um das Original, sondern eine Kopie. Adressiert war er an Sandy Vath, den Leiter der Pensionskasse bei der Internationalen Gewerkschaft der Radio- und Fernsehschaffenden, die das technische Personal des Networks vertritt. Seit das Sendernetz in den vierziger Jahren organisiert worden war, hatte diese Gewerkschaft immer wieder erfreulich selbstbewußt Aktien des Sendernetzes gekauft und besaß nun genügend Anteile, um mit im Aufsichtsrat zu sitzen. Viele der altmodischen, zigarrenqualmenden Gewerkschaftshasser im Aufsichtsrat (und Sie können mir glauben, die gibt es!) stellten zu ihrer Verblüffung fest, daß Sandy Vath gar nicht der wirrköpfige Anarchist war, den sie offenbar erwartet hatten, sondern ein ausgesprochen vernünftiger, umgänglicher Mann. Darüber waren sie unendlich enttäuscht.

Falzets Einstellung war ähnlich. Er schien mit Vath besser zurechtzukommen als mit dem Rest der Bande. Vath respektierte und vertraute ihm, und nur deshalb war Falzet offenbar an eine Kopie dieses Briefes gekommen.

Auch wenn eine Fotokopie natürlich weniger aufschlußreich ist als das Original, sah ich mir das Schreiben genau an. Es war offensichtlich mit einem sauberen, anonymen Laserdrucker erstellt worden. Kein Datum. Der Text selbst war kurz und sachlich.

Sehr geehrter Mr. Vath,

G.B. Dost beabsichtigt die Übernahme des Sendernetzes. Lassen Sie das nicht zu. Der Mann und alle Personen in seiner Umgebung sind Opfer von Wahnsinn, Verrat und Mord. Schon bald wird er sich selbst zerstören, und dabei zugleich auch das Network, sofern Sie nichts dagegen unternehmen.

Der Brief schrie geradezu nach einer Unterschrift Marke »Ein guter Freund« oder »Jemand, der Bescheid weiß«, aber da stand nichts.

»Schön«, sagte ich. »Sie haben gewonnen. Es fällt in unser Ressort.«

»Ich dachte mir, daß Sie die Dinge so sehen.«

Ich nickte. Falzets Aufgabe war es, sich um neue Technologien und den sich abzeichnenden Wandel in der Branche zu kümmern. Ich brauchte mich lediglich um menschliche Schwächen und Bosheiten zu kümmern, und die blieben immer und überall die gleichen.

Kapitel 3

… das Geheimnis von … Cliff House!
– Sonny Bono, »The Sonny and Cher Show« (CBS)

Man brauchte nicht lange zu rätseln, warum das Anwesen Rocky Point hieß. Zum einen war es hoch oben an der Südseite eines Berghangs auf einer vorspringenden Klippe erbaut worden. Mir ist klar, daß die Leute aus dem Westen der USA jetzt kichern werden, denn das tun sie immer, wenn wir Ostküstenbewohner von einem »Berg« sprechen. Na und? Glauben Sie mir, wenn Sie von der Spitze des Mount Sumac oder auch bloß von Rocky Point herunterstürzen, sind Sie beim Aufprall genauso mausetot, als wären Sie vom Mount Everest gefallen.

Der zweite Grund war, daß es ringsum jede Menge spitzer Felsen gab. Die gesamte Serpentinenstraße den Berg hinauf war an der Außenseite von solchen Zacken gesäumt. Die Szenerie änderte sich auch nicht, als wir die Fläche erreichten, die man für den Bau des Anwesens planiert hatte, ein mehr oder weniger rechteckiges Grundstück von der Größe eines Football-Felds. Rocky Point (die Villa) stand kurz hinter der Mittellinie, davor lag ein großer Hof, hinter dem sich der restliche Mount Sumac erhob; dahinter lag ein kleiner Bereich, an dessen Außenkante die glatte Felskante fast dreihundert Meter tief abfiel.

Die spitzen schwarzen Felsen rechts und links der Auffahrt waren jetzt fast vollständig mit Schnee bedeckt. Der »frische Pulverschnee« war bereits weit über die vorhergesagten zehn bis zwölf Zentimeter hinaus angewachsen, und es schien nicht so bald aufhören zu wollen. Es sah aus, als veranstalte dicht unter der Schneeoberfläche ein Schwarm Haie eine Polonaise. Waren die Spitzen erst einmal ganz vom Schnee bedeckt, hätte ich um keinen Preis mehr das Plateau überqueren mögen. Die Straße verlief nämlich keineswegs geradeaus, und die Spitzen hatten genau die richtige Höhe, um den Wagenboden der Länge nach aufzuschlitzen, wenn man darüberfuhr.

Aufgrund des Schnees hatten wir für die Fahrt drei Stunden länger gebraucht als geplant. Roxanne nahm die Dinge gelassen hin.

»Da ist der Skilift«, sagte sie. Links von uns führte ein Sessellift den Berghang hinauf, war aber nicht in Betrieb. »Ich fürchte, es ist heute zu spät, um noch Ski zu fahren.«

»Vor allem angesichts der Tatsache, daß es in einer Dreiviertelstunde stockdunkel sein wird«, sagte ich, »sollten wir lieber Gott und dem Autoverleih danken, daß Ralph ein so guter Fahrer ist, und uns ans Ausladen machen.«

Im Rückspiegel sah ich Ralph grinsen. Von einem guten Fahrer erwartet man zwar, daß er nur dann mit Fahrgästen redet, wenn er direkt angesprochen wird, aber Ralph hatte es sich verdient, die Vorschriften ein wenig großzügiger auszulegen.

»Alles im Preis inbegriffen, Sir«, sagte er.

Die Straße führte direkt zu einer Garage mit acht Einstellplätzen. Als offensichtlich letzte Ankömmlinge stellten wir die Limousine auf den einzigen noch freien Platz. Zwischen Garage und Haus gab es einen kurzen Plattenweg, den irgendwer geräumt und wie einen Salzhering gepökelt hatte, so daß er trockenen Fußes begehbar war. Wir zogen die Reißverschlüsse unserer Parkas hoch und stiegen aus.

Unter bestimmten Bedingungen mag ich Schnee. In diesem Moment mochte ich ihn. Die Luft war so kalt und sauber, daß sie unsere rußgeschwärzten Städterlungen zu scheuern schien, bis sie wieder rosarot waren. In den Lichtkegeln der Wegbeleuchtung tanzten Schneeflocken. Ich blieb ein paar Sekunden lang im dunkelgrauen Zwielicht stehen und schaute das Haus an.

Es war phantastisch. Das riesige Gebäude war mit Kalkstein verkleidet, der zweifellos aus dem umliegenden Gebirge stammte, und mit allen möglichen Türmchen, Giebeln und viktorianischen Kinkerlitzchen verziert. Als Gespensterschloß wäre Rocky Point wie geschaffen gewesen. Beim Anblick der Villa begriff ich zum ersten Mal im Leben, warum Leute, die ohnehin schon wer weiß wie viele Millionen Dollar besitzen, alle Hebel in Bewegung setzen, um Hunderte Millionen und später Milliarden Dollar zu scheffeln. Sie können dann nämlich in dem Moment, wenn etwas wie Rocky Point angeboten wird, einfach einen Scheck zücken und es sich kaufen.

An diesem Ort stand die Zeit still. Die Fenster hätten ohne weiteres von Kerzen oder Gaslampen erleuchtet sein können, und es hätte mich nicht erstaunt, wenn Washington Irving an einem der Fenster gestanden und den Schneeflocken zugeschaut hätte. Wenn man mit dem Rücken zum Skilift stand, war der einzige Hinweis auf den Einzug der Moderne ein dickes Kabelbündel, das von der Nordwestecke des Hauses im dritten Stock durch die Äste einer hoch aufragenden Kiefer verlief und hinter der Bergkuppe verschwand.

Wilberforce bot Roxanne galant seinen Arm. Sie lächelte liebenswürdig und hakte sich ein. Mein Gott, dachte ich. Zuerst Falzet, und jetzt auch noch der. Rings um mich her lauter menschliche Wesen. Ich konnte nun nur noch dem Vorbild folgen und Carol Coretti meinen Arm anbieten. Sie nahm ihn, lehnte sich eng an mich und flüsterte mir ins Ohr:

»Nur keine Angst. Das tut er nur, weil sie die Hauptaktionärin ist.«

»Er ist mir bisher nie als Kavalier alter Schule aufgefallen.«

»Mir auch nicht«, sagte sie. »Eins können Sie mir glauben:

Hätte Ralph nicht bereits angefangen, unsere Sachen am Dienstboteneingang auszuladen, hätte Wilberforce mich die Kartons mit den Unterlagen schleppen lassen.«

Als Carol und ich die Treppe erreichten, stand die Eingangstür bereits offen. Auf der Schwelle erwartete uns G.B. Dost höchstpersönlich.

»Hatte eine Zeitlang schon Angst, ihr kommt nicht durch. Hab dauernd Radio gehört, wegen der Unfälle. War aber keiner mit einer Pullmanlimousine. Nur herein!«

Dost trat einen Schritt zur Seite und winkte uns durch die Tür in eine hohe, holzvertäfelte Halle, die über und über mit Schilden und Jagdtrophäen behängt war. In einem gemauerten Kamin an der gegenüberliegenden Seite, der mindestens zweieinhalb Meter hoch und doppelt so breit war, prasselte eine wahre Feuersbrunst.

»Hab gern ein schönes Feuer an einem verschneiten Abend«, sagte er. »Atmosphäre. Deshalb hab ich auch die Tierköpfe da hängen gelassen. Der Typ, der das Haus gebaut hat, war ein blutrünstiger Bursche. Das einzige, worauf ich je geschossen hab, war einundfünfzig in Korea ein chinesischer Kommi, aber ich glaub, dem hab ich nicht mal besonders weh getan. Tag! Ich bin Gabby Dost.«

Er schüttelte jedem von uns die Hand, und zwar mit beiden Händen, und riß einem dabei fast den Arm aus. Roxanne und Carol machte er Komplimente und versicherte Wilberforce und mir, er sei hocherfreut, uns kennenzulernen. Er half einem großen, kahlköpfigen Mann in Karohemd und Hosenträgern (»Das ist Mr. Norman. Er und seine Frau werden uns auf das Beste versorgen.«) beim Einsammeln der Mäntel, führte uns zu einer ausladenden Marmortreppe und machte uns mit einer grauhaarigen Dame in einem grauen Kleid bekannt (»Das ist Mrs. Norman, die beste Köchin weit und breit.«)

»Agnes wird Ihnen jetzt Ihre Zimmer zeigen«, sagte Dost. »Die Heizung ist an, Sie werden sich im Nu wieder aufwärmen.

Für heute haben wir ein zwangloses, leichtes, aber mit Sicherheit ganz hervorragendes Abendessen vorgesehen.«

»Mr. Dost?« sprach ich ihn an.

»Bequeme Kleidung. Heute abend reden wir nicht über Geschäfte.«

»Mr. Dost?«

»Nennen Sie mich Gabby, junger Mann. Wir wollen uns heute abend einfach nur ein bißchen näher kennenlernen.«

»Gabby!« brüllte ich.

Das verwirrte ihn, er mußte Luft holen. Die Pause dauerte nur eine Hundertstelsekunde, aber ich nutzte sie.

»Mein Hund war in dem Wagen, mit dem die anderen vom Network hergekommen sind. Ist mit ihm alles in Ordnung?«

»Ihr Hund ist das? Schönes Tier. An einem Verkauf interessiert?«

»Er ist eigentlich nicht ...«

»Nein? Kann ich verstehen. Feiner Hund, mit Geld gar nicht zu bezahlen. Machen Sie sich jedenfalls keine Sorgen. Er hat Futter gekriegt und durfte ihm Schnee rumlaufen – das hat ihm gefallen! – und ist hinterher abgetrocknet worden. Zuletzt lag er in Ihrem Zimmer und schlief. Bringen Sie ihn zum Abendessen mit runter. Ich würde den kleinen Kerl gern näher kennenlernen.«

»Ein andermal«, sagte ich lächelnd. »Wilberforce hat vor Hunden ein wenig Respekt.«

»Ach«, sagte Dost. »Das tut mir aber leid.«

Als ob du das nicht wüßtest, dachte ich. Ich fing an, Gabby Dost zu mögen. Selbst wenn es nicht meine Aufgabe gewesen wäre, nach Wahnsinn, Verrat und Mord Ausschau zu halten, durfte ich auf keinen Fall vergessen, daß es für mich eine Ehrensache war, Wilberforce und die anderen nach Kräften dabei zu unterstützen, einen möglichst guten Preis herauszuschlagen.

»Ich hab natürlich auf der Ranch ein paar Hunde. Im Sommer bringe ich sie mit hierher. Ich finde, wenn ein Mann keinen Hund hat, fehlt ihm was im Leben.«

»Kommen Sie doch irgendwann nach dem Abendessen rauf in mein Zimmer«, sagte ich. »Dann können Sie Spot besser kennenlernen. Er ist wirklich ein toller Hund.«

»Klingt gut. Vielleicht können Sie und ich bei der Gelegenheit auch ein paar private Worte wechseln.«

»Ich habe nichts dagegen«, sagte ich.

Ganz im Gegenteil, dachte ich. Dost war offensichtlich ein Mann mit ausgeprägtem Herdentrieb, und ich hatte mich schon gefragt, wie ich ihn überhaupt unter vier Augen zu fassen bekommen würde. Während ich die Treppe hinaufeilte, um den Anschluß an Mrs. Norman und meine Reisegefährten nicht zu verlieren, beglückwünschte ich mich selbst dazu, wie mühelos die erste Hürde zu nehmen gewesen war.

Von außen hatte ich gesehen, daß Rocky Point vier Stockwerke zählte, doch als ich die Treppe hinaufstieg, stellte ich fest, daß es fünf ausgesprochen hohe Stockwerke waren, jedes vierundzwanzig Stufen hoch. Ich hoffte inständig, Dost hatte nicht vor, uns der sagenhaften Aussicht wegen allesamt im vierten Stock unterzubringen.

Ich hörte Stimmen auf dem darüberliegenden Treppenabsatz. Den Gedanken an Zimmer im ersten Stock konnte ich wohl abhaken.

Im zweiten Stock holte ich die anderen ein. Mrs. Norman führte gerade Carol Coretti in ihr Zimmer. Roxanne war offenbar bereits untergebracht, und Wilberforce und ich warteten im Flur, während die Hausdame mit leiser Stimme Erläuterungen zum Zimmer abgab. Es dauerte und dauerte.

Mrs. Norman kam heraus, wandte sich nochmals um und sagte: »Das Telefon steht neben dem Bett. Wählen Sie die sechs, wenn Sie irgend etwas benötigen, meine Liebe.« Dann wandte sie sich uns zu. Ihr Lächeln wirkte warm und mütterlich. Wilberforce schien davor zurückzuweichen.

»Bitte hier lang, meine Herren«, sagte sie und führte uns denselben Weg zurück. Unsere Zimmer lagen am anderen Ende des Korridors. Wilberforce kam zuerst dran. Mrs. Norman führte ihn hinein und gab wiederum mit leiser Stimme Erklärungen. Als sie wieder zum Vorschein kam, hatte ihr Lächeln einen wehmütigen Zug angenommen. Sie schüttelte den Kopf. »Hoffen wir, daß ihm die gesunde, kräftige Kost hier auf dem Lande guttut.«

»Viel Erfolg«, sagte ich.

Dann führte sie mich zu meinem eigenen Zimmer, obwohl das nicht ganz korrekt ist, denn diesen Raum ein »Zimmer« zu nennen war so, als bezeichne man einen Rolls Royce Corniche als »Auto«.

Abgesehen von der hohen Decke hätte man diesen Raum niemals hinter der Fassade vermutet, und er paßte auch nicht zu der Halle mit dem Kamin, dem Treppenhaus und den Fluren. All das war imposant, würdevoll gewesen, doch dieser Raum war einfach eine Pracht.

Der Teppich war aus goldcremefarbenen Plüsch und so weich, daß er es einfach nicht nötig hatte, mit einer grellen Farbe um Aufmerksamkeit zu buhlen. Die Möbel waren (soweit ich das als Laie beurteilen konnte) echte, liebevoll gepflegte Antiquitäten.

Allein das Bett, ein Prunkstück aus Mahagoni, war groß genug für eine Partie Hallentennis oder eine beliebige andere Sportart. Bettüberwurf und -himmel bestanden aus violettem Samt.

In dem Moment, als ich die Tür von innen schloß, sprintete Spot aus dem angrenzenden Raum, offenbar dem Badezimmer, auf mich zu. Ich freute mich, ihn wiederzusehen, und zur Abwechslung schien er mir auch nicht böse zu sein, daß ich ihn so lange mit Fremden allein gelassen hatte. Als er an mir hochsprang und mir das Gesicht leckte, wußte ich auch, warum: Zunge und Schnauze waren eiskalt.

»Du hast wieder aus der Kloschüssel getrunken, stimmt's?« Spot ist ein reinrassiger Samojede mit ellenlangem Stammbaum und sowohl Nachkomme als auch Erzeuger diverser Champions. Geboren ist er in einer Villa und aufgewachsen in dem hochherrschaftlichen Apartment am Central Park West, das seinen eigentlichen Besitzern gehörte – meinen steinreichen Schulfreunden Rick und Jane Sloan –, doch Manieren hatte er wie der allerletzte Straßenköter.

Manche behaupten, das sei auf meinen Einfluß zurückzuführen. Meine Eltern waren zwar nicht arm, aber »hochherrschaftlich« kommt mir auch nicht unbedingt in den Sinn, wenn ich an das Umfeld denke, in dem ich meine Kindheit verbrachte.

Ob arm oder nicht, jedenfalls hatten meine Eltern, was Manieren anging, ziemlich strenge Vorstellungen. Von mir hat Spot jedenfalls nicht gelernt, aus der Kloschüssel zu trinken.

Seit Jahren war Spot sozusagen mein Pflegekind, während die Sloans von eigenem Geld Ausgrabungen organisierten und leiteten (in feuchtheißen Regionen, in denen Amerikaner alles andere als willkommen sind). Ich ging davon aus, daß sie erst dann nach New York zurückkommen würden, wenn die Stadt so sehr in sich zusammengefallen war, daß sich archäologische Forschungen lohnten. Das konnte natürlich jeden Tag soweit sein.

In ihrer Abwesenheit paßte ich auf Spot auf und bewohnte zudem ihr Apartment, auf das die Bezeichnung hochherrschaftlich sehr wohl zutraf. Allein die Tatsache, daß ich dort schon so lange quasi zu Hause war, bewahrte mich davor, dieses Zimmer mit offenem Mund zu bestaunen.

Ich sah im Badezimmer nach. Wer auch immer dieses Haus ausgestattet haben mochte, hatte jedenfalls die Mehrkosten für das Schlafzimmer keineswegs bei den Sanitäreinrichtungen eingespart.

Ich fuhr mit der Hand durch Spots schneeweißes, flauschiges Fell. »So ist es richtig, alter Junge«, sagte ich. »Wenn du schon aus dem Klo trinken mußt, dann sollte es schon eine Marmorschüssel mit goldener Armatur sein.« Auch das Waschbecken und die Badewanne bestanden aus Marmor und Gold. Wenn Roxannes Zimmer auch nur annähernd so war wie meines (wobei es entsprechend unserer Rangfolge eher noch besser sein mußte), dann konnte sie, sofern ihr die Zeit zum Skilaufen zu knapp wurde, zum Ausgleich jederzeit ein paar Runden in der Wanne schwimmen.

Das Abendessen sollte also »zwanglos« verlaufen. Dieses Wort bedeutet aus jedem Munde etwas anderes. Ich warf meine Tasche aufs Bett, öffnete sie und legte eine graue Freizeithose, ein blaues Oberhemd mit kleinem Karomuster, einen schwarzen Pullover, eine rote Krawatte und ein Kordsakko heraus. Das war mein »zwangloses« Outfit. Nach dem Zwiebelprinzip konnte es schrittweise auf Hemd und Hose reduziert werden, je nachdem, als wie zwanglos sich das Treffen letztlich entpuppte.

Ich schloß die Tasche wieder und stellte sie in das separate Schlafzimmer, das größer war als meine erste eigene Mietwohnung in Manhattan. Ich hasse es, Koffer auszupacken. Ich hasse Tätigkeiten, die nur dazu da sind, später rückgängig gemacht zu werden.

In der Duschkabine in einer Ecke des Badezimmers (ebenfalls Marmor und Gold) stellte ich mich kurz unter die heiße Brause, um das Gefühl der Klebrigkeit abzuwaschen, das mich immer befällt, wenn ich länger als eine Stunde unterwegs bin. Bevor ich das Bad verließ, schloß ich den Klodeckel. Ich mußte unbedingt um einen passenderen Wassernapf für Spot bitten.

Ich zog Hose und Hemd an und inspizierte das Zimmer ein wenig. Spot hatte sich inzwischen davon überzeugt, daß ich noch am Leben und an ihm interessiert war, und lag nun völlig weggetreten der Länge nach auf dem Teppich. Wie gewöhnlich hatte er sich so geschickt in den Weg gelegt, daß ich beim Hin- und Hergehen aufpassen mußte, nicht auf ihn zu treten.

Meine Inspektion endete mit dem Aufspüren des Fernsehers. Er war sehr pfiffig in einem massiven Mahagonimöbel versteckt, das ich spontan als Vertikommode identifizierte, weil mein Vater ein ähnliches, wenn auch kleineres Stück besessen hatte, das er stets so nannte. Als ich die Tür öffnete, kam mir jedoch ein Sony-Farbfernseher mit 76-cm-Bildschirm auf einer ausfahrbaren Konsole entgegen, darunter war ein Videorecorder untergebracht. Oben auf dem Bildschirm lag ganz gesittet die Fernbedienung.

Für uns Fernsehleute ist es Ehrensache, an jedem fremden Ort als erstes den Empfang unseres jeweiligen Lokalsenders zu testen. Ich drückte ein paar Knöpfe.

Der Empfang war in jeder Hinsicht optimal. Wir waren hier an ein verdammt gutes Kabelnetz angeschlossen. Mit dem Programmwahlknopf hatte ich bereits rund dreißig Satelliten- und Kabelsender gefunden, als es klopfte.

Um einfach »Herein!« zu rufen, fühlte ich mich noch nicht heimisch genug. Außerdem hatte ich aus reiner Gewohnheit die Tür hinter mir verriegelt, als ich ins Zimmer gekommen war.

Ich ging zur Tür und öffnete sie. Draußen stand Gabby Dost.

»Ich finde, wir könnten uns genausogut jetzt gleich unterhalten«, sagte er. »Darf ich reinkommen?«

Kapitel 4

Wer weiß, wieviel Böses in den Herzen der Menschen lauert?
– Orson Welles und andere, »The Shadow« (MBS)

Dost fragte mich, ob mir mein Zimmer gefiele, und ließ sich in einem antiken Sessel nieder. Ich begnügte mich mit einer Ecke des Bettes. Ich sackte nicht ein. Feste Matratzen gefallen mir.

»Wunderschön«, sagte ich. »Allerdings könnte man auf zwei ganz unterschiedliche Ideen kommen.«

»Wie das?«

»Sie haben das Haus doch bestimmt nicht so gekauft, wie es jetzt ist, oder?«

»Um Himmels willen, nein, es war total vergammelt. In die Renovierung und Einrichtung mußte ich mehr Geld stecken als in den Kauf. Um die Ausstattung hat sich Aranda gekümmert. Meine Frau. Sie hat das wirklich toll gemacht, finden Sie nicht?«

»Es ist wunderschön«, sagte ich.

Dost lachte. »Kommen Sie schon, verarschen kann ich mich selbst. Es sieht aus wie Gottes persönlicher Puff, und das weiß ich ganz genau. Aber es riecht nun einmal nach Geld, und wenn ich Leute hierher einlade – Sie müssen wissen, das ist mein offizielles Tagungszentrum –, ganz egal, ob meine eigenen Leute oder Geschäftspartner, dann möchte ich, daß dieser Raum sie in die richtige Grundstimmung versetzt.«

»Und die wäre?«

»Daß wir in der Topliga mitspielen. Wir können für ein Scheißhaus mehr ausgeben als die meisten anderen Leute für ein Auto, und es kann uns obendrein völlig egal sein, denn neben den Summen, um die es bei meinen Deals geht, sind solche Beträge Peanuts. Als ich zum Beispiel den Ehrendoktor von der Universität von Montana verliehen bekam – Montana ist zwar nicht Harvard, aber die in Harvard mögen mich sowieso nicht –, da habe ich ein Gespräch zwischen zwei Forschertypen gehört. Der eine sagte, die Erde werde in fünf Millionen Jahren hinüber sein, der andere meinte, nie und nimmer, es seien nämlich fünf Milliarden Jahre, und es ging hin und her, eine ganze Stunde lang, als ob einer von beiden das überhaupt noch erleben und über die Blödheit des anderen lachen könnte. Der Punkt ist: Es ist völlig gleichgültig.

Im übrigen konnte ich die ganze Renovierung als Betriebsausgabe von der Steuer absetzen. Aber ich rede und rede. Sie sagten etwas von zwei unterschiedlichen Ideen.«

»Oh, ja«, sagte ich. Inzwischen war mir noch eine dritte gekommen. Das Geheimnis von Dosts Erfolg bestand schlicht und einfach darin, daß er niemanden je zu Wort kommen ließ, es sei denn, er war verdammt gut und stand ständig in den Startlöchern. Aber mir fiel noch etwas anderes auf. Er war scharf darauf gewesen, mit mir zu sprechen, aber bis jetzt hatte er zwar seinen Spitznamen Gold-Dost voll entsprochen, aber sonst noch nichts von Bedeutung zur Sprache gebracht. Vielleicht mußte ich ihn ja wieder anschreien.

»Ja, Gabby«, fuhr ich fort. »Nachdem ich gesehen habe, was Sie aus diesem Haus gemacht haben, konnte ich mir zunächst nicht vorstellen, daß Sie überhaupt noch Geld übrig haben, um das Network zu kaufen …«

»Das habe ich Ihnen ja gerade erklärt. Im übrigen …«

Ich redete einfach weiter. »Andererseits: Wenn Sie das mal

eben aus der Portokasse zahlen, sollten wir vielleicht den ganzen Quatsch mit Verhandlungen und Banken und staatlichen Beschränkungen vergessen und Sie den Kaufpreis einfach cash auf den Tisch des Hauses legen lassen.«

Dost lachte. Laut und lange, viel lauter und länger, als die Bemerkung wert war. Er lachte, bis ihm die Tränen in den Augen standen.

»Gabby«, sagte ich.

Er holte tief Luft und sagte: »Ja, Cobb?« Ich war so verblüfft darüber, daß er mir Gelegenheit gab weiterzusprechen, daß ich fast den Faden verlor.

»Verarschen kann ich mich selbst«, sagte ich schließlich. »Sie wissen doch über den Brief Bescheid, stimmt's?«

»Was für einen Brief?« Jetzt lachte er nicht mehr.

»Nun machen Sie mal halblang. Sie wollten dieses Gespräch. Ich kann mir nicht vorstellen, daß Sie die Treppe raufsprinten, sobald ich auch nur halbwegs unter der Dusche weg bin, um mich zum zweiten Mal zu fragen, ob ich Spot verkaufe.«

Dost kratzte sich am Kinn. »Nein, nein. Das sicher nicht. Obwohl das wirklich ein schönes Tier ist. Der Typ, der ihn hergebracht hat, meinte, ich soll Sie mal fragen, warum er Spot heißt.«

Mir war klar gewesen, daß das kommen mußte, aber ich hatte gehofft, man würde mich in Gesellschaft danach fragen, damit ich Rick Sloans Gag nur einmal bringen mußte.

»Er heißt so«, sagte ich, »wegen des riesigen weißen Flecks, den er am ganzen Körper hat.«

»Aha«, sagte er. »Ein Witz.«

»Sie wechseln schon wieder das Thema. Wissen Sie denn nun, daß jemand Briefe an den gesamten Aufsichtsrat des Networks geschickt hat und Ihnen darin Wahnsinn, Verrat und Mord sowie selbstmörderische Absichten unterstellt, oder wissen Sie es nicht?«

»Er hat Schuppen und Plattfüße vergessen.«

»Okay«, sagte ich. »Bei allem Respekt, Mr. Dost: Scheren Sie sich zum Teufel. Am liebsten würde ich Sie aus dem Zimmer schmeißen, aber schließlich sind Sie der Hausherr. Und ich komme bei dem Schnee hier nicht weg. Also: Wenn Sie schon mal da sind, was wollen wir uns im Fernsehen anschauen?«

Dost wedelte mit seiner großen, blau geäderten Hand. »Ist mir völlig egal. Bis letzte Woche hatten wir hier überhaupt kein Fernsehen. Jack Bromhead hat sich um die Installation gekümmert. Jack ist ein toller Bursche, wir kennen uns seit unseren frühen wilden Spekulationen im Ölgeschäft. Sie lernen ihn nachher kennen. Ist der Empfang gut?«

»Super. Sehen Sie es sich doch selbst an.«

»Ich dachte, wenn wir schon Verhandlungen über den Kauf eines Sendernetzes führen, wäre es ganz passend, Fernsehen zu haben. Außerdem kann ich das natürlich auch von der Steuer absetzen.«

»Natürlich«, sagte ich. Ich drückte Knöpfe auf der Fernbedienung. »Ist ›Jeopardy!‹ okay?«

Dost sah mich verärgert an, sagte aber fast zwei ganze Minuten lang gar nichts, für ihn vermutlich ein Rekord. Er hörte zu, wie ich die Quizkandidaten mühelos schlug.

Beim nächsten Werbeblock sagte er: »Ich bin es nicht gewöhnt, daß man so mit mir spricht.« Er war weder sauer noch beleidigt, sondern machte eine sachliche Feststellung.

»Wahrscheinlich sind Sie es nicht gewöhnt, daß überhaupt jemand mit Ihnen spricht, weil Sie selbst so viel reden!«

»Wenn ich das Network kaufe, werde ich Ihr Chef.«

»Ich kann's kaum erwarten. Bei der enormen Kooperation, die Sie mir bieten, kann ich mir nichts Schöneres vorstellen.«

»Was verdienen Sie?«

»Das werden Sie schon noch erfahren, sobald Sie das Network gekauft haben.«

Dost brach in Lachen aus. Diesmal war es echt, kein hysterisches Gelächter wie das, was er vorher zum Besten gegeben hatte. »Hören Sie mal«, sagte er. »Das ist nicht das erste Unternehmen, das ich kaufe, wissen Sie. Ich wette, ich kann Ihnen auf den Kopf zusagen, was Sie verdienen.« Er nannte eine Zahl. »Ist das in etwa der Betrag?«

»Nein«, sagte ich, mußte dann aber lachen. »Es ist exakt der Betrag.« Ich schüttelte den Kopf. »Sie kennen sich aus.«

»Sie aber auch, junger Mann. Wissen Sie, ich habe den Leuten vermutlich im Leben mehr Honig ums Maul geschmiert als irgendein anderer Mann meines Alters in der Geschichte der amerikanischen Wirtschaft. Allerdings keine Lügen! Bloß Sachen, die gut runtergehen, die ich nur deshalb sage, weil jemand anders sie hören will, oder um das Maul nicht stillhalten zu müssen, damit ich bloß nicht versehentlich etwas sage, was ich lieber lassen sollte.«

Er schlug sich mit der flachen Hand aufs Knie. »Aber Sie fallen nicht drauf rein. Und was noch wichtiger ist: Sie lassen sich das nicht gefallen, nicht mal von einem so reichen Kerl wie mir. Das gefällt mir.«

»Halb so wild«, sagte ich. »Ich mach mir nicht viel aus meinem Job, außerdem wohne ich umsonst. Ich habe nicht allzu viel zu verlieren.«

Dost grinste mich an. »Dagegen könnte ich was unternehmen.«

»Wovon reden Sie?«

»Arbeiten Sie für mich«, sagte er.

»Sobald Sie das Network gekauft haben, arbeite ich sowieso für Sie. Das haben Sie gerade selbst gesagt.«

»Das meine ich nicht. Arbeiten Sie für mich persönlich. Ich zahle Ihnen erheblich mehr, als Sie derzeit bekommen, und Sie können sich bei allen meinen Geschäftsabschlüssen beteiligen.«

»Hebe dich hinweg von mir, Satan«, sagte ich.

»Was?«

»Das ist unanständig, Gabby. Ich komme her als Mitglied eines Teams, das die Interessen der Network-Aktionäre vertritt, und Sie bieten mir einen Haufen Geld.«

»So herum habe ich das gar nicht gesehen«, sagte er.

»Wetten, daß? Sie wollen mich doch nur ködern mit Ihrem Uralt-Szenario ›Junger Mann ist respektlos zu Milliardär und kriegt Anstellung, weil Milliardär sein Mumm imponiert!‹«

»Nein, ehrlich nicht. Sie haben mich bloß beeindruckt, das ist alles. Natürlich sähe die Sache ganz anders aus, wenn Sie zu den Leuten gehörten, die direkt an den Verhandlungen teilnehmen.«

»Eben«, sagte ich. »Und damit sind wir wieder bei dem Brief.«

»Eben«, echote er. »Der Brief. Okay. Ich habe ihn gesehen.«

»Na, endlich!« Ich machte Anstalten, den Fernseher auszuschalten.

»Moment. Den Schluß von ›Jeopardy!‹ können wir uns jetzt auch noch anschauen.«

»Ich dachte, Sie sehen so gut wie nie fern?«

»Von nie war nicht die Rede.«

Der Moderator las gerade die Antwort vor, zu der die Kandidaten die passende Frage stellen sollten: »Zwei Schauspieler, die in den 70er Jahren einen Oscar für die gleiche Rolle bekamen.«

»Keine Ahnung«, sagte Dost.

»Die Frage muß lauten: ›Wen spielten Marlon Brando und Robert De Niro?‹« sagte ich. »Kann ich jetzt ausschalten?«

»Klar«, sagte er. »Was aus dem Filmbereich. Ins Kino gehe ich auch so gut wie nie.«

»Wer hat Ihnen den Brief gezeigt?«

»Ein Freund.«

»Im Aufsichtsrat?«

»Natürlich. Ich habe Freunde in Ihrem Aufsichtsrat. Ich habe in den Aufsichtsräten vieler Unternehmen Freunde. Was dachten Sie, woher ich weiß, welche Gesellschaft wann zum Verkauf steht?«

»Sagen Sie mir, wie Ihr Freund heißt.«

»Wozu?« Gabby bewies, daß er ausgesprochen zugeknöpft sein konnte, wenn er wollte.

»Weil der Brief dazu dienen sollte, die Übernahme zu vereiteln oder zumindest hinauszuzögern. Eine ganze Menge Leute verdienen oder verlieren viel Geld, je nachdem, ob der Deal zustande kommt oder nicht und sie auf das richtige Pferd gesetzt haben. Vielleicht hatte Ihr Freund ja persönliche Gründe, Ihnen den Brief zu zeigen. Vielleicht hat er ihn sogar selbst geschrieben.«

»Sie sind verdammt argwöhnisch, finden Sie nicht?«

»Wenn von Mord die Rede ist, werde ich in der Tat argwöhnisch. Was glauben Sie, weshalb ich hier bin?«

»Um mir von dem Brief zu erzählen, falls ich noch nichts davon weiß.«

»Richtig. Aber das hätten Falzet oder ich auch per Telefon erledigen können. Der wahre Grund ist, daß ich Ihre Leute abchecken soll, um herauszubekommen, ob jemand von denen dahintersteckt.«

Dost wirkte keineswegs überrascht, aber das hatte ich auch nicht erwartet. Man arbeitet sich nicht zum Milliardär hoch, wenn man die Dinge nicht auch aus der Perspektive anderer Leute sehen kann.

»Sie machen viel Wind um einen spinnerten anonymen Brief.«

»Ich habe Tausende spinnerte Briefe gesehen«, erklärte ich ihm. »Sie gehen säckeweise beim Network ein. Dieser ist untypisch.«

»Meinetwegen untypisch. Aber trotzdem nicht mehr als ein spinnerter Brief.«

»Dieser hier wurde mit einem Laserdrucker ausgedruckt. Wir haben es also mit einem Spinner zu tun, der relativ begütert ist oder zumindest Zugang zu einem solchen Drucker und auch die nötigen Kenntnisse hat, um ihn zu bedienen. Außerdem lassen Grammatik und Stil auf einen gebildeten Menschen schließen.«

»Auch gebildete Leute schreiben spinnerte Briefe.«

»Das sehen die aber anders.«

»Wer, die?«

»Die gebildeten Leute, die Drohbriefe schreiben. Sie versuchen unwillkürlich, Grammatik- oder Rechtschreibfehler einzubauen, weil sie das Gefühl haben, intelligente Menschen wie sie selbst würde man nie und nimmer verdächtigen, so tief gesunken zu sein.« Ich sah ihm ins Gesicht. »Muß ich Ihnen das wirklich erzählen? Ich will Ihnen ja nicht nahetreten, aber Sie kriegen doch bestimmt selbst eine Menge reizender Fanpost, oder?«

»Mehr als genug. Also gut, es handelt sich nicht um einen gewöhnlichen Spinner. Ist es nicht völlig gleichgültig ...«

»Das ist noch nicht alles«, sagte ich. »Ich habe meine Leute ein wenig recherchieren lassen. Jedes Aufsichtsratsmitglied hat ein Exemplar des Briefes erhalten, selbst Barnard Bass, obwohl der in Spanien wohnt. Keine Fotokopien, sondern alles Originale. Das bedeutet, daß jemand die Namen aller Aufsichtsratsmitglieder in den Computer eingegeben und Serienbriefe ausgedruckt hat. Die Umschläge sind mit demselben Drucker erstellt worden, das heißt, dieser Jemand muß auch die Adressen eingegeben haben.«

»Dazu muß dieser Jemand die Adressen zunächst einmal gekannt haben.« Dost wirkte darüber nicht sehr froh.

»Genau«, sagte ich. »Er kannte sie, einschließlich neunstelliger Postleitzahl und Stockwerk. Solche Dinge sind zwar nicht unbedingt vertraulich, aber man muß schon ein wenig herumschnüffeln, um sie herauszubekommen. Und man muß erst einmal wissen, wo man sie findet.«

»Von wo sind die Briefe abgeschickt worden?«

»Der Poststempel war aus New York, aber das heißt gar nichts. In jeder amerikanischen Stadt gibt es heute haufenweise Versanddienste. Die meisten schicken den Kram von dem Ort ab, von dem der Kunde den Poststempel haben will.«

»Ich habe das selbst schon mal in Anspruch genommen«, räumte Dost ein. »Als ich wollte, daß jemand glaubt, ich sei an einem Ort, wo ich gar nicht war.«

»Wer hat Ihnen den Brief gezeigt?«

Dost wand sich, aber er nannte mir schließlich einen Namen. Es war der Präsident einer Bank in der Wall Street.

»Tat doch gar nicht so weh, oder?« Ich lächelte.

Dost sah mich griesgrämig an, aber ich war noch lange nicht mit ihm fertig. »Und jetzt«, sagte ich, »erzählen Sie mir über Ihre Angehörigen und Mitarbeiter, die sich hier aufhalten. Erzählen Sie mir etwas über Wahnsinn, Verrat und Mord.«

Kapitel 5

Bon appétit!
– Julia Child, »The French Chef« (PBS)

Dost verließ schließlich mein Zimmer mit dem Versprechen, für Spot einen Wassernapf und Futter bringen zu lassen. Ich zog mich fertig an. Es war mir zwar nicht gelungen, Dost nach der Kleiderordnung zu fragen, entschied mich aber für das Sakko ohne Pullover und Krawatte.

Es wurde Zeit für einen Anruf, aber ich zögerte. In meinem Zimmer stand ein Telefon, und ich hatte auch die Nummer und die Kreditkartennummer des Networks zur Hand, also wäre eigentlich alles bestens gewesen. Aber ich wußte einfach nicht, wie die Anlage eingerichtet war, und vor allem, ob sich jemand womöglich einfach einklinken und mithören konnte.

Ich hockte auf dem Bett und überlegte. Ich ließ den Blick schweifen, schaute schließlich aus dem Fenster und begriff, daß mir gar nichts anderes übrigblieb. Auf keinen Fall würde ich mich auf der Suche nach einem öffentlichen Telefon durch diesen Schnee den Berghang herunterquälen. Abgesehen davon, war die Wahrscheinlichkeit, daß irgend jemand von den Anwesenden etwas mit dem Drohbrief zu tun hatte, eins zu hunderttausend. Ich halte ein gewisses Maß an Paranoia zwar für sinnvoll, aber zuviel des Guten ist lediglich abgedreht.

Ich nahm den Hörer auf und wählte zuerst eine Null, dann die Ortsvorwahl 718 und eine Rufnummer. Nach dem Signalton wählte ich die Kreditkartennummer des Networks. Eine Stimme bedankte sich höflich, daß ich mit AT&T telefonierte.

Ich überlegte noch, daß man eigentlich im Anschluß daran eine Werbung für Orthopäden bringen müßte, die sich auf die Behandlung wundgewählter Finger spezialisiert haben, als Shirley Arnstein sich meldete.

»Matt!« rief sie. »Erstaunlich, daß die Telefonverbindung noch klappt.« Shirley ist eine der beiden Personen in meiner Abteilung, die ich mit besonders wichtigen Aufgaben betraue. Bevor sie zum Network kam, war Shirley Assistentin eines Kongreßabgeordneten gewesen, der noch immer Kongreßabgeordneter (und ein freier Mann) sein könnte, hätte er auf ihre Ratschläge gehört, anstatt ihr seine ganze Arbeit aufzuhalsen. Sie sieht nett aus, ohne ausnehmend hübsch zu sein, und reagiert äußerst schüchtern auf alles, was nicht mit ihrem Job zu tun hat. Am Arbeitsplatz jedoch ist sie eine Löwin. Hätte ich sie beauftragt herauszufinden, wer das viele Salz ins Meer gekippt hat, hätte sie mir innerhalb einer Woche die Antwort gebracht, zumindest hätte sie mir eine Liste mit Verdächtigen präsentiert.

»Wovon reden Sie?«

»Von dem Schneesturm! Hier bei uns sind nur Schneeschauer vorhergesagt, aber der ganze Nordosten liegt lahm. Haben Sie denn die Network-Nachrichten nicht gesehen?«

»Nein, ich habe mir ›Jeopardy!‹ angeschaut.«

Sie schnalzte mit der Zunge. »Sie sind mir ja ein schönes Vorbild!«

Noch drei Jahre zuvor hätte sie niemals gewagt, so mit einem Vizepräsidenten zu sprechen (selbst mit mir!). Der Wandel war, wie ich vermutete, zum Teil auf den Einfluß Harris Brophys zurückzuführen. Harris ist der zweite Mitarbeiter, auf den ich mich verlassen kann. Er ist klein und gutaussehend und verbreitet permanent eine Aura zynischer Belustigung. Shirley ist unsterblich in ihn verliebt, und er ist damit einverstanden, was für Harris ein ganz außergewöhnliches Entgegenkommen ist.

»Was ist nun mit dem Schneesturm?« hakte ich nach.

»Also, hier in der Stadt ist es schon schlimm genug, man kommt mit dem Auto nicht mehr durch, viele Dienste sind eingestellt worden, aber nördlich von Poughkeepsie herrscht das blanke Chaos. Die Autobahnen sind gesperrt, und auch die Flughäfen hat man geschlossen. Alle Züge haben Verspätung. Überall sind Stromkabel und Telefonleitungen unterbrochen. Der Gouverneur hat die Nationalgarde eingesetzt.«

»Bin ich froh, daß ich nicht versucht habe, draußen nach einer Telefonzelle zu suchen!«

»Wie bitte?«

»Ach, nichts. Wenn überall die Telefonkabel reißen, beeilen wir uns lieber.« Ich erzählte Shirley von Gabby Dosts Bankerfreund und bat sie, ihn so bald wie möglich ebenso diskret wie gründlich zu überprüfen.

»Das mache ich morgen früh gleich als erstes«, sagte sie.

»Ich dachte, die Stadt ist auch eingeschneit.«

»Die U-Bahn nicht. Jedenfalls nicht in diesem Teil von Brooklyn. Auch die Telefonleitungen verlaufen hier unterirdisch.«

»Rufen Sie mich an, sobald Sie etwas herausgefunden haben.« Ich gab ihr die Telefonnummer. »Wenn Sie nicht durchkommen, setzen Sie Harris ins Bild und erstatten Sie Falzet Bericht.«

»Falzet?«

»In höchsteigener Person. Sie haben es wahrscheinlich nicht mitbekommen, aber das Zeitalter des Wassermanns ist angebrochen. Harmonie und Recht und Klarheit, Sympathie und Licht und Wahrheit, der ganze Zinnober. Falzet ist jetzt wie ein Vater zu mir.«

»Na gut«, sagte Shirley, aber sie klang zweifelnd. »Ich kann nur hoffen, die Telefonleitungen bleiben offen.«

Ich pflichtete ihr bei und hängte ein. Ich zog mein Sakko an, kraulte Spot und ging zum Abendessen nach unten.

Auf der Treppe traf ich Roxanne. Sie strahlte noch immer wie eine Anwärterin auf den Miss-America-Titel.

»Hi, Cobb«, sagte sie. Sie sang es fast.

»Hi, Rox. Hör mal, tust du mir einen Gefallen?«

»Für dich tue ich alles, Cobb, das weißt du doch.«

»Versuch, ein bißchen ernsthafter auszusehen, ja?«

»Aber ich platze vor Glück! In Kürze bin ich endlich das Network los, dieses Monstrum, das letzten Endes meine ganze Familie ruiniert hat. Dabei brauche ich noch nicht mal auf das viele Geld zu verzichten!«

Sie lachte über ihren Witz. Roxanne Schick fuhr einen VW-Käfer, der nur dank Tesafilm zusammenhielt, und hauste in einer Zweizimmerwohnung im zweiten Stock ohne Aufzug. Reich zu sein war für sie etwas völlig Nebensächliches.

»Na toll«, sagte ich, »aber wenn du weiterhin grinst wie ein Honigkuchenpferd, dann meint Dost am Ende noch, wir würden ihn übers Ohr hauen, und wer weiß, was dann passiert.«

»Schon gut, schon gut. Ich bin jetzt ganz ernsthaft. Den Vertragsabschluß will ich schließlich nicht gefährden.« Sie verzog das Gesicht. »Ist es so besser?«

»Ich sagte ernsthaft, nicht grimmig.«

Sie mußte lachen, versuchte, es zu unterdrücken, und betrat die Halle schließlich laut prustend.

Norman bot einen überwältigenden Anblick. Statt des Flanellhemds hatte er einen Smoking angelegt, der knochige Fuß- und Handgelenke freiließ. Er ging mit einem Silbertablett umher und bot Champagner an. Als er zu uns herüberkam, nahm Roxanne ein Glas, nippte daran und erklärte, es schmecke wunderbar. Ich nahm mir ebenfalls ein Glas, nicht, weil ich mir viel aus Champagner machte, sondern eigentlich nur, weil man mit einem Glas in der Hand nicht mehr ständig belästigt wird.

Ich sah mich um und versuchte, den Gesichtern Namen zuzuordnen. Einige kannte ich natürlich bereits. Der derbe, rotgesichtige große Mann mit den weißen Haaren war Haskell Freed von der Finanzabteilung des Networks, und der fast kahlköpfige, spindeldürre Typ neben ihm war sein Assistent Ted »Bats» Blefary, mit dem ich mir hin und wieder ein Spiel der New York Yankees ansah. Daß ich die beiden hatte überreden können, Spot mitzunehmen, lag nur daran, daß Bats ein guter Bekannter von mir war, und natürlich daran, daß Haskell Freed mit derselben Inbrunst Präsident unseres (oder ganz gleich welchen) Networks werden will, mit der Mutter Teresa in den Himmel kommen will. Er ist mir mehr gewogen als den übrigen 166 Vizepräsidenten, weil er weiß, daß ich keine Konkurrenz für ihn darstelle.

Ich vermutete, daß Haskell genau wie Falzet der festen Überzeugung war, ich hätte Einfluß auf Roxanne Schick, und sich deshalb immer betont gut mit mir stellte. Ich war gespannt, ob sich sein Verhalten nach dem Verkauf ändern würde.

Wir gingen zu den beiden hinüber und begrüßten sie. Ich bedankte mich, daß sie Spot mitgebracht hatten.

»Gern geschehen«, sagte Haskell. Bats nickte. »Gar kein Thema.«

Mrs. Norman reichte Appetithäppchen herum: in Speckstreifen gewickelte gebratene Hühnerleber und Brotstücke, die in Ahornsirup getunkt und ebenfalls in Speck eingewickelt waren.

»Ach du liebe Güte«, sagte Haskell, »dabei versuche ich gerade abzunehmen.« Das hielt ihn aber nicht davon ab, von beidem zu probieren.

Mich hielt es auch nicht davon ab. »Was soll's?« verkündete ich. »Wir sind hier im eisigen Norden. Wir sind eingeschneit. In einer solchen Situation spielt Cholesterin keine Rolle. Wir brauchen herzhafte Kost. Ich vermute, zum Abendessen gibt es Elchpastete mit Spaghetti.«

Roxanne sagte: »Jungs, ich denke, wir sollten den Networkclub jetzt auflösen und uns unters Volk mischen.«

Das taten wir. Ich brauchte dazu keinerlei Anstrengungen zu unternehmen, denn als ich mich umdrehte, stand ich wenige Zentimeter von einer sorgfältig zurechtgemachten Blondine, bei der es sich um Aranda Dost handeln mußte.

»Verzeihung«, sagte ich. Um ein Haar hätte ich ihre blütenweiße Satinbluse mit Ahornsirup bekleckert.

Sie inspizierte die akut gefährdete Stelle, die zu inspizieren übrigens durchaus lohnenswert war. »Nichts passiert, Mr. ... Cobb.«

»Korrekt«, sagte ich.

»Überhaupt nichts passiert. Und selbst wenn, dann müßten Sie sich keinerlei Sorgen deswegen machen. So etwas kommt dauernd vor. Gabby ist süchtig nach diesen Dingern. Wenn ich vorschlage, sie einmal nicht zu servieren, rastet er aus. Genau wie die Geflügelleber. Gar nicht gut für seinen Cholesteronspiegel.«

Ich widerstand der Versuchung, ihr zu sagen, daß es ›Cholesterin‹ hieß.

Sie lächelte und fuhr fort: »Ich hoffe jedenfalls, es schmeckt allen. Ich hatte Mrs. Norman gebeten, auch eine Platte mit Crudités herzurichten, aber offensichtlich ist der Lieferwagen nicht mehr den Berg heraufgekommen. Ich wußte, daß es Probleme mit dem Wetter geben würde. Und jetzt kommt man unsere Straße weder rauf noch runter.«

»Die Vorhersage war doch gar nicht so schlecht«, warf ich ein.

»Nein, nein. Ich meine, vor Wochen, als der Termin für dieses Treffen festgelegt wurde, da habe ich Gabby gebeten, die Leute nicht hierher zu bestellen. Sie müssen wissen ...«, sie senkte den Blick und errötete zart, »... ich besitze übersinnliche Fähigkeiten.«

Ich sah sie an. Leute mit übersinnlichen Fähigkeiten sehe ich mir immer ganz genau an. Aranda Dost war nicht so groß, wie sie zunächst wirkte, denn sie trug waffenscheinpflichtige Stilettos, die sie unter einer besonders lang geschnittenen Hose verbarg. Sie war auch nicht mehr so jung, wie sie tat. Auf den ersten Blick konnte man sie mit ihrer locker frisierten goldblonden Mähne, dem sorgfältigen Make-up und der Kleidung für allerhöchstens fünfundzwanzig halten. Bei genauerem Hinsehen entdeckte man dann jedoch die feinen Krähenfüße in den Augen- und Mundwinkeln, die sie als Frau meines Alters, womöglich sogar schon von vierzig entlarvten.

Ich fragte mich, warum sie sich wie ein Teenager zurechtmachte. Mir fiel ein, daß Dost mir erzählt hatte, Aranda sei seine dritte Frau, mit der er mittlerweile seit vierzehn Jahren verheiratet war, übrigens sein persönlicher Rekord. Vielleicht spürte sie, daß ihre Amtszeit bald vorbei sein würde oder daß zumindest diese Gefahr bestand, wenn sie ihrem Mann nicht irgendwie verheimlichte, daß auch sie älter wurde.

Vielleicht war sie aber auch schlicht und einfach ein albernes Weibsstück, schließlich kann man sich mit dem Prädikat »übersinnlich veranlagt« gefahrlos schmücken. Lediglich aus Anstand unterließ ich die Bemerkung, daß man einen Schneesturm auf einem Berg im Norden des Staates New York Mitte Februar sicher nicht als unerhörten Verstoß gegen die Gesetze der Wahrscheinlichkeit werten kann.

Ich hatte gemeint, meine Mimik unter Kontrolle zu haben, doch sie erkannte die Skepsis darin trotzdem. Vielleicht besaß sie ja tatsächlich übersinnliche Fähigkeiten.

»Sie glauben mir nicht«, sagte sie.

»Ich lasse mich gern vom Gegenteil überzeugen.«

»Nun, als ich Gabriel kennenlernte, trat ich in Chicago auf. Ich war Sängerin, müssen Sie wissen.«

»Natürlich weiß ich das«, sagte ich. »Ich kenne einige Ihrer Platten.«

»Na, na, Mr. Cobb, nun weiß ich nicht, ob ich Ihnen glauben soll.«

Ich nannte ihr die Titel einiger swingender Oldies in der Art von Joni Sommars oder Sue Thompson. Keine großen Hits, aber allemal gut genug für angegraute Flower-Power-Fans wie mich.

»Oh, das ist sehr schön. Was, äh, wo waren wir stehengeblieben?«

»Sie sangen in Chicago.«

»O ja. Ich trat in einem Club auf, nicht weit entfernt von der Gegend, in der ich aufgewachsen bin. Ich war zum ersten Mal seit Jahren wieder in Chicago. Ich hatte mich so bemüht, den grauenhaft breiten Akzent loszuwerden, den dort alle haben, und dann war ich wieder dort und versuchte, möglichst mit keinem zu reden, um mir nicht alles zu verderben. Und dann habe ich Gabby im Publikum sitzen gesehen. Ich wußte nicht, wer er war, aber ich erkannte augenblicklich, daß mich dieser Mann zum Traualtar führen würde.«

Ich sollte vier Tage in diesem Haus verbringen, mit dieser Frau als meiner Gastgeberin, und ich erkannte augenblicklich, daß dies nicht der richtige Moment war, ihr zu erläutern, was als Beweis gelten kann und was nicht. Statt dessen äußerte ich nur: »Faszinierend.«

Sie winkte mit ihrer juwelengeschmückten Hand ab. »Sie glauben mir immer noch nicht. Ich würde Ihnen gern eine Prophezeiung machen, dann sehen wir ja, ob sie eintritt.«

Ich lächelte. »Ein faires Angebot. Ich verspreche, nichts zu unternehmen, um sie zu vereiteln. Was also prophezeien Sie mir?«

»Ich muß auf eine Eingebung warten«, sagte sie.

Wilberforce und Carol Coretti kamen die Treppe herab, und die Gastgeberin eilte auf sie zu, um sie zu begrüßen. Zuvor drückte sie mir noch die Hand und beteuerte, sie habe auch prophezeit, daß ihr Mann das Network kaufen werde.

»Genau«, sagte eine Stimme dicht an meinem Ohr. »Wenn er es kauft, kann sie ja prophezeien, welche Shows ein Renner und welche ein Flop werden, dann braucht sich Gabby um die Quoten keine Sorgen mehr zu machen.«

Ich drehte mich um und sah vor mir einen stämmigen Mann in rotbraunem Western-Outfit mit apartem, weißem Schnurbesatz. Um den Hals trug er eine schmale Lederkrawatte, die von einer silbernen Schließe mit Türkisen zusammengehalten wurde, dazu einen schwarzen Stetson. Von Kopf bis Fuß ein waschechter Cowboy. Anstelle der üblichen Cowboystiefel trug er allerdings geschnürte Springerstiefel. Er erwähnte, er sei auf der Treppe ausgerutscht, habe sich den Knöchel verstaucht und benutze die Stiefel jetzt als Gelenkstütze. Sie sahen genauso aus wie die Dinger, in denen mir die Füße während meiner Militärzeit so höllisch weh getan hatten, nur daß seine nicht schwarz, sondern braun waren.

Er hatte blaue Augen mit vielen Fältchen ringsum und ein braungebranntes, runzliges und trotzdem noch sehr ansehnliches Gesicht. Ich fragte mich, wie lange es hier in Rocky Point dauern würde, bis seine Sonnenbräune verblaßte. Trotz seines Nashville-Aufputzes schätzte ich ihn nicht als einen Mann ein, der sich auf die Sonnenbank legt.

Er streckte mir die Hand entgegen und erklärte, er sei Jack Bromhead. »Sie müssen Cobb sein. Gabby hat mir viel von Ihnen erzählt.«

Mir hatte er auch einiges über Jack Bromhead erzählt. Daß er und Jack früher Partner gewesen waren und daß sich Jack nach ihrem Zerwürfnis verkrochen und sein Geld versoffen hatte, während Gabby mit seinem Anteil den Grundstein zu dem gelegt hatte, was die Presse inzwischen bewundernd das »Dost-Imperium« nannte.

Als das Imperium allmählich Gestalt annahm, hatte Dost seinen alten Weggefährten aufgestöbert, trockengelegt und zu seiner rechten Hand gemacht. Nach Dosts Darstellung konnte Jack mit jeder Maschine umgehen, jedes Problem lösen und mit jeder Person oder Gruppe zurechtkommen. Sein einziger Fehler war nach Dosts Meinung, daß er nicht genug Interesse an der Sache hatte, um ein erstklassiger Geschäftsmann zu werden.

»Er klettert heute noch mühelos auf jede Bohrinsel, wenn man ihn läßt, und kriegt jeden wilden Mustang klein. Dabei ist er genauso alt wie ich. Es gibt viel ungefährlichere Methoden, sich einen Kick zu verschaffen.«

Zusammen mit dem Cowboy-Aufzug hatte mich Dosts Beschreibung zu der Annahme verleitet, Jack Bromhead gehöre zu den Männern, die mit ihrem Lebensstil ständig ihren Testosteronspiegel auf Höchstpegel halten wollen. Ich finde, von diesen Typen gibt es ohnehin viel zu viele.

Deshalb war ich angenehm überrascht, als sich Jack Bromhead als ganz anderer Mensch entpuppte. Das merkte man schon an seinem Händedruck. Bromhead war kein Quetscher. Er drückte einem die Hand gerade so fest, daß man spürte, er besaß Kraft und würde sie bei Bedarf einsetzen können.

»Ich glaube nicht, daß Gabby allzu viel über mich weiß.«

Bromhead lachte. Es klang verblüffend deutlich wie »Ho, ho, ho!«. »Das sieht er selbst aber anders. Im übrigen hat ein Mangel an Informationen Gabby noch nie davon abgehalten, jedem alles über alles und jeden zu erzählen. Gabby redet nun einmal gern, und basta.«

»Das ist mir schon aufgefallen. Ihr Outfit gefällt mir«, sagte ich.

»Vielen Dank.«

»Daneben fühle ich mich allerdings ein bißchen zu schlicht angezogen.«

»Aber nein, das ist völlig okay.« Er senkte die Stimme ein wenig. »Im Grunde trage ich das nur, um Aranda zu ärgern. Sie läßt sich nicht gern daran erinnern, daß Gabby und ich aus dem Westen stammen. Dank Gabby haben wir ein bißchen Geld, aber wir sind und bleiben Western Boys.«

Bromhead nahm den Hut ab und strich seinen schwarzweißen Lockenschopf zurück. »Verstehen Sie mich nicht falsch, ich mag sie gern. Ich habe Gabbys Frauen alle gern gemocht. Selbst die erste, Louise, Barrys Mutter. Ich hielt mich ja für einen verdammten Säufer, aber sie schlug mich um Längen. Dabei war sie ein bezauberndes Mädchen, bevor sie mit dem Trinken anfing. Und Mary Ann war nett, wenn auch ein bißchen launisch. Trotzdem mochte ich sie.«

»Vielleicht liegt genau darin das Problem. Sie hat es womöglich nicht gern, daß sich jemand so gut an Gabbys Ex-Frauen erinnert.«

»Ach nein, das ist es nicht. Louise hat sich vor fünf Jahren totgesoffen. Mary Ann lebt auf Hawaii; und Gabbys einziger Kontakt zu ihr besteht darin, daß ihre Bank ihm regelmäßig die eingelösten Schecks für ihren Unterhalt zurückschickt.

Wahrscheinlich sind alle Frauen so. Ich vermute, sie wollen damit andere auf die Probe stellen, ob man sie wirklich liebt, irgend etwas in der Art. Sie wollen ihren Mann einfach zwingen, sich zwischen ihrer Frau und ihren besten Freunden zu entscheiden. Bloß daß Gabby und ich niemals zulassen würden, daß sie zwischen uns steht.«

»Das hätte sie ja prophezeien können.«

Bromhead senkte den Kopf und sah mich unter seiner Hutkrempe an. »Genau. He, Sie haben ja nichts mehr zu trinken. Norman! Der Herr hätte gern noch etwas Champagner!«

Weder das eine noch das andere stimmte. Mein Glas war noch zu einem Viertel voll, und ich hatte vorgehabt, mich daranfestzuhalten, bis wir zum Essen gerufen wurden. Jetzt mußte ich den Rest in einem Zug austrinken und mir ein zweites Glas geben lassen oder Norman wieder wegschicken und mir wie ein Arschloch vorkommen. Ich entschied mich für das zweite Glas.

Bromhead grinste mich an. »Ich bin anders als die meisten Alkoholiker. Ich habe einen guten Whiskey wirklich gemocht. Er schmeckte mir. Jetzt bleibe ich nüchtern und sehe zu, wie Leute, die damit umgehen können, mit Genuß trinken.«

»Dazu ist bestimmt eine Menge Selbstdisziplin erforderlich.«

»Nicht zu trinken ist für mich heute genauso eine Gewohnheit wie früher das Trinken. Bei den Anonymen Alkoholikern sagen sie uns immer, wir sollen jeweils nur für den heutigen Tag planen. Aber ich habe auch einen Trick: Ich erinnere mich noch genau an die Bar in Kansas City, in der ich rumhing, als Gabby mich damals wieder ausgegraben hat. Ich denke an die Hitze und den Schweißgeruch und die Fliegen, die mir über das Gesicht liefen, weil ich zu blau war, um sie wegzuscheuchen. Und dann denke ich daran, was ich heute habe, daß mich die Leute achten und respektieren, und dann fällt es mir überhaupt nicht mehr schwer, die Finger davon zu lassen.«

Ich sagte ihm, daß ich das sehr bewunderte, was stimmte, und daß ich Zweifel daran hätte, ob ich das an seiner Stelle durchhalten würde, was ebenfalls stimmte. Er quittierte das Lob mit dem geziemenden ›Alles halb so wild‹-Lachen, und ich fand, die Gelegenheit sei günstig, um von ihm wegzukommen und mich zu der einzigen Person im Raum zu gesellen, mit der ich noch kein Wort gewechselt hatte – Barry Dost, Gabbys Sohn und sein einziges Kind. Derzeit arbeitete er in der Firma seines Vaters als Direktor für Kommunikationswesen. Bei jedem, der nicht mit dem Chef blutsverwandt war, hätte einfach nur PR-Manager auf der Visitenkarte gestanden.

Doch bevor ich mich Barry vorstellen konnte, hatte Gabby Dost seinen großen Auftritt. »Herrgott, was steht Ihr denn alle noch hier herum? Seit fünf Minuten ist das Abendessen auf dem Tisch. Ich konnte diese Idioten aus Phoenix nicht eher abwimmeln, also darf mein Essen ruhig kalt sein, aber eures doch nicht! Nun kommt schon rüber ins Eßzimmer. Ich wette, Agnes hat sich alle Mühe gegeben.«

Das hatte sie in der Tat. Es handelte sich nicht um ein Abendessen, sondern um ein fürstliches Mahl. Als ich den gedeckten Tisch und Agnes' strahlendes Gesicht dahinter sah, wünschte ich mir fast, ich hätte den Tag mit Skifahren verbracht, um genügend Hunger für all die Köstlichkeiten zu haben. Um für eine solche Mahlzeit gerüstet zu sein, mußte man vorher fünf- bis sechstausend Kalorien abarbeiten.

Es gab einen im Ofen gebackenen Schinken, der es in der Größe mit Roxannes VW-Käfer aufnehmen konnte, und eine riesige Platte mit Brathähnchen, dazu Kartoffelpüree, Yamswurzeln, Mais und grüne Bohnen, Maisbrot und Tiegel voller Butter und Honig.

Aranda Dost führte uns zu unseren Plätzen. Gabby saß am einen Kopfende, Aranda an der anderen Schmalseite ihm gegenüber. Da nicht genügend Frauen für eine gemischte Reihe anwesend waren, saßen Roxanne und Carol Coretti sich in der Mitte der Längsseiten gegenüber. Ich fand mich zwischen Haskell Freed und Barry Dost wieder. Wie praktisch, dachte ich. Ich ging davon aus, Haskell Freed bereits gut genug zu kennen, und konzentrierte mich deshalb auf den Sohn meines künftigen Chefs.

Barry Dost sah seinem Vater ähnlich, war jedoch insgesamt weicher, irgendwie an den Rändern verschwommen und damit dem scharfkantigen Gabby Dost letzten Endes völlig unähnlich. Er aß nervös, mit kleinen, hastigen Bissen wie ein Eichhörnchen, das Angst hat, ein großer, dicker Kater könnte es von seinem Futterplatz verjagen.

Dabei war er keineswegs klein. Ich bin einsfünfundachtzig, aber ich brauchte mich nicht zu ducken, um ihm in die Augen zu schauen, das heißt, ich hätte mich nicht zu ducken brauchen, wenn er mich eines Blickes gewürdigt hätte. Die meiste Zeit sah er starr auf seinen Teller. Offenbar versuchte er, ihn mit Blicken am Tisch festzunageln, damit der große, dicke Kater ihm nicht sein Essen klaute.

Nur einmal schaute er auf, und das war, als sein Vater sich zu Wort meldete. »Alle mal herhören.« Gabby Dost hielt eine Hähnchenkeule hoch. »Jetzt wissen Sie, warum ich gesagt habe, es handle sich heute abend um ein zwangloses Essen. In einer zwanglosen Atmosphäre sticht die Etikette des Hauses alle formellen Benimmregeln aus. Und nach der Etikette dieses Hauses gibt es nur eine Möglichkeit, Hähnchenkeulen zu essen.«

Er steckte das knusprige Hühnerbein in den Mund und biß mit lautem Krachen hinein. Bats Blefary, Roxanne Schick, Carol Coretti, Jack Bromhead und ich klatschten Beifall. Wilberforce trug wie immer ein undurchdringliches Gesicht zur Schau. Auf seinem Teller lagen jede Menge grüne Bohnen, wie ich bemerkte. Er war zwar kein richtiger Vegetarier, aber fast. Als einzige Fleischsorte aß er gedünstete Putenbrust.

Aranda Dost lächelte peinlich berührt. Ihr Mann weigerte sich, seinen Lebenswandel seinen Einkommensverhältnissen anzupassen. Statt dessen kam immer wieder seine Herkunft durch. Doch was sollte sie machen, schließlich liebte sie diesen groben Klotz. Ich finde es faszinierend, wenn ein Gesichtsausdruck eine ganze Geschichte erzählt. Um ein Haar hätte ich mich über den Tisch gelehnt und ihr das gesagt.

Barry Dost funkelte mich an.

»Was zum Teufel glotzen Sie denn so?« hätte ich liebend gern gesagt. So etwas nenne ich meine New Yorker Reaktion, die ich oft genug unterdrücken muß. Statt dessen versuchte ich es mit Liebenswürdigkeit.

»Ihr Vater kommt in letzter Zeit in der Presse viel besser weg«, sagte ich zu ihm. »Das ist bestimmt Ihr Werk.«

Er sah mich erneut an, diesmal ohne Funkeln. Dafür strahlten seine großen braunen Augen. »Das glaube ich auch«, sagte er.

»Ich meine, daß er von der Presse freundlicher behandelt wird. Ob das mein Werk ist, weiß ich nicht. Vielleicht war es einfach Zeit für einen Umschwung.«

Barry Dost war zwei Jahre älter als ich, doch seine weichen Konturen ließen ihn erheblich jünger wirken. Er trug einen Schnurrbart, der auf seiner Oberlippe zu schweben schien und ihn nicht seriöser wirken ließ. Im Gegenteil: Er sah irgendwie angeklebt aus, als sollte Barry in einer Schulaufführung einen Vater mimen.

In diesem Moment erwartete er jedoch Unterstützung von mir, und er bekam sie. Ich erzählte ihm, solche Dinge kämen niemals spontan zustande und er als PR-Manager, Verzeihung, Direktor für Kommunikationswesen, habe seine Sache eben offensichtlich gut gemacht.

»Ich habe lediglich die Wahrheit gesagt. Daß die Kleinaktionäre der Firmen, die er gekauft hat, eine Menge Geld dabei verdient haben. Daß die Unternehmen, deren Mehrheitsaktionär mein Vater ist, zu hundert Prozent profitabler sind … ich meine, daß sie ihre Gewinne vergrößern konnten, nicht, daß sie sie alle verdoppelt hätten.«

»Das hatte ich schon so verstanden.«

»Auch die Ausgaben für gemeinnützige Zwecke sind erhöht worden. Das war meine Idee.«

Er begeisterte sich dermaßen für seine Arbeit, daß ich lächeln mußte. Wenn Leute ihre Arbeit mögen, dann sehe ich das ebenso gern, wie Jack Bromhead zusieht, wenn sich jemand genüßlich einen auf die Lampe gießt.

Barry sah das Lächeln und wandte sich brüsk ab. Den Rest des Essens bekam ich kein Wort mehr aus ihm heraus. Der Bursche hat ganz schöne Probleme mit seinem Selbstwertgefühl, dachte ich.

Die Tischrunde löste sich auf, und wir gingen wieder in die Halle hinüber, um dort weiter herumzustehen. Die meisten bildeten Grüppchen und diskutierten, was sie am folgenden Tag ohnehin besprechen wollten. Ich schnappte Begriffe wie »ungesicherte Verbindlichkeiten« und »Amortisation« auf, wanderte zu dem Fenster am anderen Ende des Raums und sah zu, wie die Schneeflocken im Schein der Gartenlichter tanzten. Es schneite offenbar nicht mehr ganz so heftig. Ich überlegte, wann ich wohl frühestens mit Anstand zu Bett gehen konnte.

Eine Hand legte sich auf meine Schulter. Ich drehte mich um. Vor mir stand Barry Dost, jetzt wieder funkelnd.

»Ich bin nicht der Sohn, den sich mein Vater gewünscht hat.«

Ich begriff allmählich, was der anonyme Brief mit »Wahnsinn« gemeint hatte. Nicht, daß ich Barry Dost für so überdreht hielt, daß er unter Kuratel gehört hätte, aber ich beschloß, ihm einfach so weit wie möglich aus dem Weg zu gehen. Das konnte nicht allzu schwer sein, denn schließlich mußte es in dem Anwesen insgesamt an die fünfzig Zimmer geben.

In diesem Moment jedoch stand er vor mir, und ich mußte irgend etwas sagen. »Vermutlich hat jeder seinem Vater gegenüber hin und wieder dieses Gefühl.« Das würde ihn beschwichtigen, dachte ich.

Tat es nicht.

»Ich habe nicht das Gefühl, ich weiß es. Es ist mir vom Tage meiner Geburt an immer wieder klar gemacht worden. Ich bin nicht der Sohn, den sich Gabby Dost gewünscht hätte.«

»Aber, aber …« begann ich lahm.

Barry stieß mir seinen Finger in die Brust. »Und Sie sind es auch nicht!« sagte er scharf.

»Hören Sie auf«, sagte ich.

Er stieß weiter mit dem Finger nach mir. »Endlich habe ich etwas erreicht, wofür er mich achtet, für diese PR-Arbeit. Darauf kann ich aufbauen, und ich werde ihn mir jetzt nicht wegnehmen lassen. Schon gar nicht von einem Aasgeier wie Ihnen!«

Die Halle war so groß, daß niemand auf uns achtete, doch ich ging davon aus, daß es allemal Aufsehen erregen würde, wenn ich Barry niederschlug. Statt dessen schnappte ich mir seinen Finger, achtete aber darauf, ihn nicht allzu sehr zu verdrehen.

»Würden Sie sich vielleicht mal fünf Minuten wie ein normaler Mensch benehmen und mir sagen, was hier gespielt wird?« fragte ich.

Seine Stimme war sehr leise und messerscharf. »Bleiben Sie lieber weg von meinem Vater«, stieß er hervor. »Bleiben Sie von ihm weg, sonst bringe ich Sie um.«

Er riß seinen Finger los und rannte die Treppe hinauf. Ich stand eine Weile da und rieb mir versonnen die Brust, sagte dann lächelnd allen gute Nacht und ging auf mein Zimmer.

Kapitel 6

Wir arbeiten, während Sie schlafen.
– Werbespot für Taystee-Brot

Es war zwei Uhr morgens, vielleicht schon kurz danach. Spot schnarchte in einer Ecke meines Zimmers. Ich lag im Dunkeln und hatte den Gedanken an Schlaf aufgegeben. In der ersten Nacht in einem fremden Bett schlafe ich immer schlecht ein. In dieser Nacht hatte ich wenigstens genügend Stoff zum Nachdenken.

Ich fragte mich beispielsweise, ob bei all den idiotischen Sachen, die ich für das Network schon gemacht hatte, jemals etwas Blöderes dabei gewesen war als diese Fahrt. Nach langen, konzentrierten Überlegungen kam ich zu dem Schluß, daß dem nicht so war.

Das kommt davon, dachte ich, wenn man anfängt, Tom Falzet für ein menschliches Wesen zu halten. Letzten Endes sitzt man irgendwo in der Pampa, eingeschneit bis zu den Ohren und von einem Haufen äußerst merkwürdiger Leute umgeben. Zu Verrat und Mord konnte ich noch nichts sagen, aber wenn jemand vorhaben sollte, in Sachen Wahnsinn etwas deutlicher zu werden, würde ich den nächsten anonymen Brief jederzeit persönlich zustellen.

Ich mußte zugeben, daß ich vorgewarnt worden war. Gabby Dost hatte mir erzählt, seine Frau beschäftige sich »mit Astrologie« und sein Sohn sei »sensibel«. Über Jack Bromheads Marotte, sich für ein Essen im privaten Kreis auszustaffieren, als gehe er zum Rodeo, hatte er zwar nichts verlauten lassen, doch das spielte jetzt auch keine Rolle mehr.

Ich beschloß, daß Dost selbst nicht alle sieben Zwetschgen beisammen hatte, denn daß nur ein Verrückter etwas mit dem Fernseh-Busineß zu tun haben wollte, war für mich sonnenklar. Die Stimme in meinem Kopf, die hartnäckig nachfragte, wie es denn eigentlich mit mir selbst aussehe, ignorierte ich vorsichtshalber.

Schließlich bestand meine Aufgabe darin, so viel herauszubekommen, daß ich entscheiden konnte, ob jemand in Dosts Umfeld den Brief geschrieben haben konnte, um die Übernahme zu vereiteln. Angesichts der Reaktion Barry Dosts auf die schiere Tatsache, daß seinem Vater (soweit ich das beurteilen konnte) nicht gleich schlecht wurde, wenn er meinen Namen hörte, freute ich mich schon jetzt darauf, ihn zu fragen, ob er etwas über einen Versuch wußte, die Geschäftspläne seines Vaters zu durchkreuzen.

Ich beschloß, ihn mir am nächsten Morgen als ersten vorzuknöpfen. Wenn er dann losbrüllte und alle übrigen angerannt kamen, um zu sehen, warum ich ihm den Finger gebrochen hatte, konnte ich sie alle das gleiche fragen.

Spot hob den Kopf und stand lautlos auf. Er lief zum Bett und stupste mich mit der Nase an. Ich kraulte ihn hinter den Ohren und flüsterte: »Gut gemacht.« Spot grinste (Samojeden grinsen ständig), stolzierte in die Mitte des Raums und kauerte sich rund zweieinhalb Meter vor der Zimmertür sprungbereit hin.

Ich angelte auf dem Fußboden nach den Boxershorts, die ich vor dem Schlafengehen trage, aber ich fand sie nicht. Da Spot weder knurrte noch jaulte, bestand keine unmittelbare Gefahr, der ich unbekleidet ins Auge hätte blicken müssen. Ich fluchte lautlos und rollte mich herum, bis ich über die Bettkante schauen konnte und die Shorts fand. Während ich sie anzog, überlegte ich, daß die Sloans bei all dem Geld, das sie bezahlt hatten, damit Spot lernte, an fremden Orten Eindringlinge zu melden (Jane reist nämlich stets mit einer gut gefüllten Schmuckschatulle), ihm doch auch hätten beibringen lassen können, daß er einem beim Wecken gleich ein passendes Kleidungsstück anreicht.

Vor der Zimmertür hörte ich Stimmen, einen Mann und eine Frau; sie klangen wohl verstohlen, aber nicht bedrohlich. Ich wollte schon den Kopf hinausstrecken und nachsehen, denn schließlich war Verstohlenheit genau das, wonach ich hier suchte, doch da klopfte es schon.

Ich öffnete die Tür einen Spalt und spähte hinaus. Im Flur stand Wilberforce, komplett angezogen, sogar mit Hut und Krawatte, Mantel und Handschuhen. Hinter ihm stand Carol Coretti. Sie trug ihren Mantel über einem dunkelblauen Nachthemd und offene Turnschuhe an den Füßen.

»Was soll das werden?« fragte ich. »Ein Ausbruchsversuch?«

»Machen Sie sich nicht lächerlich, Cobb, bei dem Schnee würden wir keine Meile weit kommen.«

Ich sah Carol Coretti an. Sie lachte, aber ausschließlich mit den Augen. Wenn man für einen völlig humorlosen Chef arbeitet, hat man reichlich Gelegenheit, diese Kunst bis zur Perfektion zu üben.

Ich brauchte eine Ablenkung, um Wilberforce nicht ins Gesicht zu lachen. Er lieferte sie zum Glück selbst.

»Ziehen Sie sich an, Cobb«, sagte er.

»Wohin geht die Reise?«

Er senkte die Stimme. »Weg von diesen Zimmern«, flüsterte er. »Nach draußen.«

»Darf ich erfahren, wozu? Und warum flüstern wir?«

Wilberforce beantwortete beide Fragen zugleich. »Ich schätze es nicht, angesichts fremder Elektronik zu reden, wie harmlos sie auch wirken mag.« Er beugte sich vor und flüsterte noch leiser: »Miss Coretti hat mir höchst besorgniserregende Dinge berichtet, und ich meine, Sie sollten davon erfahren.«

»Draußen?«

»Draußen«, flüsterte Wilberforce. »Nur ein paar Minuten. Weg vom Haus.«

»Ist gut«, sagte ich. »Wenn uns jemand sieht, können wir immer noch behaupten, wir wollten eine mitternächtliche Überprüfung der Ski- und Rodelverhältnisse vornehmen. Warten Sie einen Augenblick, ich ziehe mir etwas an.«

Während ich die Tür schloß, hörte ich noch, wie Wilberforce sagte: »Ski- und Rodelverhältnisse? Der ist ja ...« Was ich war, konnte ich allerdings nicht mehr verstehen.

Ich zog einen Jogginganzug an und folgte Carol Corettis Beispiel mit Turnschuhen, dazu dicke Socken. Als ich aus dem Zimmer trat, stand Wilberforce fußwippend im Flur, Carol Coretti wirkte unschlüssig, was sie von der ganzen Aktion halten sollte.

Soweit ich erkennen konnte, taten wir nichts Verbotenes und mißbrauchten nicht einmal Dosts Gastfreundschaft. Wo steht geschrieben, daß es einem Gast, oder sagen wir drei Gästen, verboten ist, um Mitternacht einen Verdauungsspaziergang im Garten zu machen? Das hielt uns allerdings nicht davon ab, verstohlene Blicke über die Schulter zu werfen und uns wechselseitig zuzuflüstern, bloß keinen Krach zu machen. Ich fühlte mich allmählich wie ein Ausbrecher in einem Gefängnisfilm der Warner Brothers.

Draußen war es kalt, erheblich kälter als spätnachmittags, als wir von der Garage zum Haupthaus gegangen waren. Der Sturm war vorübergezogen. Jetzt standen metallisch blinkende Sterne am Himmel, und die Luft war so klar und schneidend, daß sie sich bei jeder Bewegung um uns zusammenzuziehen schien. Das Grundstück war durch Flutlichter wie in Tageslicht getaucht.

Ich sah Wilberforce an. »Wenn schon, dann machen wir es auch richtig.«

Ich ging die drei breiten Stufen hinunter und stand plötzlich knietief im Schnee. Ich hatte Glück, daß ich nicht hinfiel, denn in Wirklichkeit hatte die Treppe nicht drei, sondern sechs breite Stufen, was der Schnee jetzt verbarg. Ich dachte darüber nach. Wenn Wilberforce versuchte, mir zu folgen, würde er im Handumdrehen bis zur Taille im Schnee stecken. Carol hatte keine Strümpfe an. Dieser Teil des Innenhofs bildete eine flache Senke und war durch die separat stehende Garage ein wenig vor dem Schnee geschützt. An jeder anderen Stelle wäre es nur noch schlimmer gewesen.

Da es Wilberforces Verfolgungswahn zum Trotz unwahrscheinlich war, daß jemand im Haus Wanzen angebracht hatte, war es um so unwahrscheinlicher, daß die kleine Veranda vor dem Haus abgehört wurde. Ich kletterte auf die Stufe zurück und erklärte: »Ich denke, hier sind wird gut aufgehoben.«

»Miss Coretti kam heute abend mit beunruhigenden Neuigkeiten zu mir, Cobb. Ich war der Meinung, Sie sollten davon erfahren.«

»Hatte das nicht Zeit bis morgen früh?«

Carol sagte entschuldigend: »Ich wollte es eigentlich auch dabei belassen, aber als ich im Bett noch einmal darüber nachdachte, ging mir auf, daß ich nicht sicher sein konnte, Sie oder Mr. Wilberforce morgen früh unter vier Augen zu sprechen. Gleich nach dem Frühstück sollen die Vorgespräche mit Mr. Dost beginnen.«

»Deshalb kam sie zu mir«, sagte Wilberforce. Er sagte das so, als würden ständig attraktive junge Frauen mitten in der Nacht an seine Schlafzimmertür pochen. »Nachdem ich mich angezogen und ihr aufgemacht hatte …,« sagte er (er wollte mir zu verstehen geben, daß er Damen nicht im Schlafanzug empfing), »… als ich mich also angezogen und ihr aufgemacht hatte und sie mir von der Angelegenheit berichtet hatte, entschied ich, daß Sie sofort davon in Kenntnis gesetzt werden müssen.«

Ich spürte, wie die Feuchtigkeit meines Atems auf meiner Oberlippe gefror.

»Also hat sie Ihnen bereits erzählt, was Sie mir erzählen soll.«

»So ist es.«

»In Ihrem Zimmer.«

»Ja.«

»Und deshalb stehen wir jetzt hier draußen in der Eiseskälte, weil Sie Angst haben, die Zimmer seien verwanzt.«

Carol sagte: »Ach Herrje!« und lachte. Wilberforce öffnete und schloß den Mund mehrere Male, bis ich Mitleid mit ihm hatte.

»Ist schon gut«, sagte ich. »Selbst wenn irgendwer mitgekriegt hat, was Carol Ihnen erzählt hat, weiß er wenigstens noch nicht, wie wir weiter vorgehen wollen.«

Wilberforce nickte eifrig. »Genau das dachte ... äh, genau das finde ich auch. Gute Idee. Ich muß zugeben, ich bin noch gar nicht darauf gekommen.«

Innerlich schrieb ich ihm einige Punkte gut dafür, daß er das zugab und zudem stillschweigend über Carols empörenden Verstoß gegen die Regel »Über den Chef lacht man nicht!« hinwegging.

»Also, was war denn nun eigentlich los?«

Carol errötete, was ihr gut stand. »Mrs. Dost hat mir Avancen gemacht.«

»Moment mal. Mrs. Dost? Aranda?«

Wilberforce war ungeduldig. »Sie haben doch gehört, was sie gesagt hat, Cobb.«

»Ich trau bloß meinen Ohren nicht, okay?« Ich wandte mich wieder an Carol. »Wie ging das vonstatten?«

Es war ihr sichtlich peinlich. »Sie wissen schon. Lange Blicke. Körpersprache. Mit der Zungenspitze die Oberlippe berühren. Anzügliche Bemerkungen. Suggestivfragen. Was tun Frauen denn normalerweise, wenn sie Ihnen Avancen machen?«

»Das kommt so selten vor, daß ich mich kaum daran erinnern kann. Wann ist das passiert?«

»Es ging den ganzen Abend lang. Als ich merkte, was sie wollte, habe ich versucht, ihr aus dem Weg zu gehen. Ich war schockiert. Ich meine, als Juristin und als Geschäftsfrau. Mir mitten in einer Geschäftsbesprechung Avancen zu machen, das muß man sich mal vorstellen. Sie versuchte trotzdem immer wieder, meine Aufmerksamkeit zu erregen. Sie beherrscht das gut.«

»Das ist mir auch aufgefallen.« Toll, dachte ich. Da wären wir wieder beim Wahnsinn. Falzet würde über meinen Bericht im Dreieck springen.

»Carol«, sagte ich. »Überlegen Sie mal ganz genau. Haben Sie irgend etwas gesagt oder getan, so daß Aranda Dost Grund zu der Annahme hatte, Sie könnten lesbisch sein?«

Sie sah mich an, als spräche ich plötzlich Kisuaheli.

»Na los, das ist doch eine einfache Frage. Haben Sie oder haben Sie nicht?«

»Aber ich bin es«, sagte sie.

Jetzt war plötzlich ich der englischen Sprache nicht mehr mächtig.

»Sie sind was?«

»Lesbisch«, sagte sie. »Seit jeher. Das ist kein Geheimnis. Ich bin kein kesser Vater oder dergleichen, aber ich bin ganz eindeutig lesbisch.«

In New York gibt es jede Menge nette Leute, die mit Angehörigen ihres eigenen Geschlechts ins Bett gehen, und es gibt bestimmte Benimmregeln für den Umgang mit ihnen. Lernt ein Mann beispielsweise eine attraktive Lesbe kennen, darf er unter gar keinen Umständen sagen: »Was für eine Verschwendung!« Also sagte ich es auch nicht.

Ich strich »mich mit Carol Coretti verabreden« von meiner inneren Agenda der Dinge, die ich nach unserer Rückkehr nach New York erledigen wollte. Und nun?

»Ich war der Meinung, Sie seien darüber informiert«, sagte sie. »Ich dachte, die Abteilung Sonderprojekte wüßte stets über alles Bescheid.«

»Wir kümmern uns lediglich um Dinge, die dem Network schaden könnten.«

»Erpressen kann mich jedenfalls niemand damit. Meine Eltern sind seit Jahren im Bilde.«

»Dann besteht kein Anlaß, warum meine Abteilung es wissen müßte. Aber Sie haben meine erste Frage nicht beantwortet: Hatte Aranda Grund zu der Annahme, daß Sie lesbisch sind?«

»Wie meinen Sie das?«

Ich verlor allmählich die Geduld. »Ich meine: Ihr findet euch doch nicht mit Hilfe von Radarwellen, oder? Es muß doch alle möglichen subtilen Hinweise geben, kleine Anzeichen, auf die ihr achtet.«

»Cobb«, sagte Wilberforce. »Das ist eine Unverschämtheit. Ich erwarte, daß Sie sich sofort bei Carol entschuldigen.«

Carol lächelte. »Nicht nötig, Matt«, sagte sie. »Natürlich gibt es Hinweise und Anzeichen, aber ich schwöre Ihnen, ich habe keine gegeben. Das tue ich bei der Arbeit niemals. Im übrigen habe ich eine feste Freundin, an jemand anderem bin ich derzeit nicht interessiert.«

»Ich setze uneingeschränktes Vertrauen in Miss Coretti«, sagte Wilberforce. »Auf ihr Wort kann ich mich jederzeit und rückhaltlos verlassen.« Er schnaubte kleine Wölkchen in die eisige Luft.

»Schon gut, um so besser. Ich bin voll und ganz bereit, mich jederzeit und rückhaltlos auf Carols Wort zu verlassen. Was sollen wir nun also unternehmen?«

»Am sinnvollsten wäre es«, sagte Wilberforce, »wenn wir abreisen.«

»Wir kommen ja nicht einmal fünf Schritte über diese Veranda hinaus! Ich gebe zu, daß der Gedanke, einfach in den Sack zu hauen, etwas durchaus Verlockendes hat, aber wir sitzen hier fest. Wir können entweder eine Konfrontation provozieren oder ihr Spiel mitspielen. Ich plädiere für letzteres.«

Carol schluckte. »Wollen Sie damit sagen, ich soll ...«

»Nein, natürlich nicht. Wenn Sie sich Ihnen weiterhin an den Hals wirft und Sie ihr die Zähne zeigen müssen, dann tun Sie es. Ich meinte: Wir tun so, als seien wir einzig und allein damit beschäftigt, den Vertrag in trockene Tücher zu kriegen.«

Wilberforce streckte das Kinn vor. »Die ganze Angelegenheit gefällt mir nicht«, verkündete er.

Dank meiner Körperwärme war mittlerweile der Schnee an meiner Jogginghose geschmolzen, und meine Socken saugten sich mit eiskaltem Wasser voll. Ich bibberte vor Kälte.

»Ich sagte: Wir tun so, als ob. Wir erwecken den Anschein. Wir lügen. Du liebe Güte, Sie als Jurist beherrschen das doch am besten.«

»Wie Falzet es seit Jahren schafft, Sie zu ertragen, ist mir ein völliges Rätsel«, sinnierte Wilberforce. »Trotzdem gefällt mir die Sache nicht. Es fängt schon damit an, daß Dosts Anwalt nicht hierher durchgekommen ist.«

»Das könnte tatsächlich am Wetter liegen.«

»Trotzdem sitzen uns jetzt am Verhandlungstisch lediglich Dosts alte Kumpel und seine Familie gegenüber.«

»Es sind aber alles leitende Mitarbeiter von Dosts Gesellschaft«, gab Carol zu bedenken.

Wilberforce machte sich nicht einmal die Mühe, »Pah!« zu sagen. »Und dann diese unschicklichen Annäherungsversuche

Miss Coretti gegenüber. Was wollen diese Leute eigentlich von uns?«

Ich blies in meine erstarrten Hände und wünschte, ich hätte an Handschuhe gedacht. Mir fiel ein, daß Dost mir ebenfalls unschickliche Angebote gemacht hatte. Ich erwähnte sie gar nicht erst, weil mir klar war, daß Wilberforce uns dann überhaupt nicht mehr ins Haus lassen würde.

»Nun gut. Bevor wir hier alle festfrieren, war sonst noch was?«

Wilberforce schüttelte den Kopf, aber Carol fiel mir in den Rücken.

»Na ja«, sagte sie, »es ist eigentlich nur so ein Gefühl ...«

»Und?«

»Ich glaube nicht, daß Mrs. Dost lesbisch ist.«

»Wieso nicht?«

»Ich hatte einfach den Eindruck. Keine ›Anzeichen‹.«

»Dann hat sie Ihnen also nur zum Spaß Avancen gemacht oder was?«

»Nein, sie meinte es schon ernst. Sie war ... aufgeregt und neugierig. Aber sie hatte auch Angst. Als tue sie das zum ersten Mal.«

»Der Zeitpunkt ist aber doch denkbar schlecht, um eine neue Sexualpraktik auszuprobieren, finden Sie nicht.«

»Eben. Und genau deshalb ist mir das so unheimlich.«

Mit diesen heiteren Gedanken kehrten wir ins Haus zurück. Ich ging in mein Zimmer, zog mein nasses Zeug aus, ließ etwas heißes Wasser in die Wanne laufen, hockte mich auf den Rand und ließ meine Füße einweichen, bis ich meine Zehen wieder spürte.

Dann legte ich mich ins Bett und dachte über Carol Coretti nach. New Yorker Frauen gehen mir oft auf die Nerven mit ihrem Spruch: »Alle guten Männer in New York sind entweder vom anderen Ufer oder vergeben«. Doch jetzt hatte ich mich selbst ausgerechnet in eine Frau verguckt, die beides war.

Ich seufzte, wälzte mich auf die Seite und schlief zu meiner eigenen Überraschung sofort ein.

Kapitel 7

… denn an einem Tag wie heute ist einfach alles drin!
– Jimmie Dodd, »The Mickey Mouse Club« (ABC)

Ich weiß nicht, wie lange es dauerte, bis mich das Schreien weckte, aber es hielt schon eine ganze Weile an, bevor ich aus dem Bett stieg.

Der Lärm schien von irgendwo außerhalb des Hauses zu kommen, und zwar von der Vorderseite, nicht weit von meinem Fenster entfernt. Ich schlüpfte in meine Boxershorts, lief zum Fenster, riß die Rollade hoch und drückte das Schiebefenster nach oben. Sofort begannen meine Zähne zu klappern, doch was ich vor dem Haus gesehen hatte, hielt mich davon ab, das Fenster wieder zu schließen.

Da mir ohnehin schon so kalt war, daß es nicht schlimmer werden konnte, schob ich einen knappen halben Meter Schnee von der Fensterbank, um eine bessere Aussicht zu haben. Es war rund sieben Uhr früh, und die Sonne stand bereits hoch genug, daß man die Szene im klaren Morgenlicht hervorragend sehen konnte.

Die Schreie kamen in der Tat von der Vorderseite des Hauses. Mrs. Norman (wer hätte gedacht, daß eine nette, rundliche Frau in mittleren Jahren besser als Fay Wray kreischen konnte?) stand in den Spuren, die ich in der Nacht zuvor im Schnee hinterlassen hatte, und schrie nach Leibeskräften. Da ihre Atemluft in der kalten Luft dicke Wolken bildete, wirkte sie wie eine kleine Dampflok.

Mrs. Norman hüpfte auf und ab und zeigte auf etwas, das in einiger Entfernung im Schnee lag. Ich sah mir an, worauf sie deutete, und begriff, warum sie so schrie.

Rund vierzig Meter vom Haus entfernt lag dort draußen ein Toter auf der Schneedecke. Er lag nicht etwa auf einer Eiskruste – die oberste Schicht muß zunächst schmelzen, bevor sich eine solche Kruste bilden kann –, sondern er schwebte irgendwie oben auf dem Schnee, in den ich nur wenige Stunden zuvor bis zum Knie eingesunken war. Arme und Beine des Toten waren übrigens tatsächlich im Schnee verschwunden.

Wenn sie nicht jemand abgehackt hatte, dachte ich. Rings um den Körper war massenhaft Blut. Von der Taille aufwärts lag er in einer unregelmäßigen Blutlache, die sich an der breitesten Stelle knapp einen Meter ausdehnte und etwa sechzig Zentimeter über dem Kopf tropfenförmig zusammenlief.

Aber das war nicht einmal das Schlimmste. Auf der ganzen rund vierzig Meter langen Strecke zwischen Haus und Leiche, der gesamten, nur von einer riesigen Kiefer unterbrochenen Fläche, war absolut nichts zu sehen.

Der Schnee bildete eine glatte, weiße, vollkommen unberührte Decke.

Der Person war es offenbar gelungen, bei ihrem Tod eine fürchterliche Schweinerei zu veranstalten, nachdem sie die ganze Strecke durch metertiefen Schnee zurückgelegt hatte, ohne die geringsten Spuren zu hinterlassen.

Ich verfiel in tiefe Meditation, während dieser Gedanke immer übermächtigere, ekelerregendere Gestalt annahm. Die Kälte spürte ich nicht mehr. Ich hörte auch Spot nicht, der neben mir stand und winselte, weil er wissen wollte, was für einen Unsinn ich jetzt wieder vorhaben mochte. Ich hörte nicht einmal mehr Mrs. Normans Schreie.

Dann hörten sie auf, und ich kehrte mit einem Ruck in die Wirklichkeit zurück. Jack Bromhead stand draußen; er legte der

Haushälterin den Arm um die Schultern und zog sie sanft von dem Toten weg. Er redete ernst auf sie ein. Ich verstand nicht, was er sagte, aber er hatte Erfolg. Mrs. Norman lief ins Haus zurück. Bromhead machte sich auf den Weg durch den Schnee.

»Bromhead!« brüllte ich.

Er blieb abrupt stehen, drehte sich um und sah mich an.

»Cobb! Da ist irgend etwas nicht in Ordnung. Ich sehe mir mal an, was da los ist.«

»Ich weiß, was es ist«, erklärte ich ihm. »Zertrampeln Sie nicht den Schnee! Besitzen Sie einen Fotoapparat?«

»Natürlich!«

»Eine Polaroid wäre am besten.«

»Gibt's hier auch. Was haben Sie vor?«

»Die Polizei wird Fotos sehen wollen zum Beweis, daß wir nicht spinnen.«

»Die Polizei?«

»Sofern dieser Tote nicht aus einem Hubschrauber auf den Rasen gefallen ist, dann müssen wir verdammt noch mal die Polizei einschalten. Holen Sie den Fotoapparat. Und rufen Sie Dost. Er muß informiert werden.«

Bromhead sah mich fragend an.

»Ich weiß, was ich tue«, log ich.

Das bot ihm offenbar eine Entscheidungshilfe, denn er machte sich auf den Weg ins Haus. Ich rief ihm noch zu: »Wir treffen uns am Haupteingang mit der Kamera.«

Als allererstes wollte ich dafür sorgen, daß die Rasenfläche vor dem Haus unberührt blieb, nur für den Fall, daß es weitere Möchtegern-Bernardiner unter uns gab. Ich rief Spot und stürmte aus dem Zimmer.

Im Flur stieß ich mit Roxanne Schick zusammen. Sie hielt mich an beiden Unterarmen fest. Die Ärmel ihres Nachthemds waren klatschnaß und eiskalt. »Cobb, da draußen liegt ein Toter im Schnee. Alles ist voller Blut.«

»Ich weiß, Rox.«

»Ich habe Schreie gehört und bin zu dem unbewohnten Zimmer gegenüber von meinem gegangen und habe diesen Menschen da im Schnee liegen gesehen.«

»Ich weiß, Rox, ich versuche gerade ...«

»Cobb, du mußt irgend etwas unternehmen!«

»Danke für den Tip«, sagte ich. Jemandem in einer solchen Gemütsverfassung kommt man am besten mit Humor bei. »Genau das werde ich umgehend tun. Komm, Spot!«

Mrs. Norman stand direkt vor dem Haupteingang. Bei meinem Anblick fing sie wieder an zu schreien. Ich hätte es fast schon persönlich genommen, doch mir wurde klar, daß ich bis auf eine alte rote Boxershorts noch immer unbekleidet war. Außerdem hatte ich mir weder die Zähne geputzt noch die Haare gekämmt.

Ich redete auf sie ein, es sei alles in Ordnung und es bestehe für niemanden die geringste Gefahr, aber sie hörte mir gar nicht zu. Ich ignorierte sie einen Augenblick lang und tat das, wozu ich heruntergekommen war: Ich befahl Spot, die Tür zu bewachen. Nun würde niemand mehr das Haus verlassen, es sei denn, der oder die Betreffende war der Überzeugung, das Verlassen des Hauses sei ein paar saftige Hundebisse wert.

Nachdem ich das geregelt hatte, legte Mrs. Norman eine neue Platte auf.

»Hilfe!« schrie sie. »Zu Hilfe!«

Das hatte mir gerade noch gefehlt. Dabei konnte ich ihr nicht einmal einen Vorwurf machen. Ihr Gehirn war gerade dabei gewesen, den abstrakten Begriff »wahnsinniger Mörder« in ein plastisches Bild umzusetzen, als ein zerzauster, fast nackter Mann und ein Hund mit gefährlich scharfen Zähnen auf sie zugerannt kamen.

Ich begriff instinktiv, daß ich mit allem, was ich sagte oder tat, die Situation nur noch verschlimmern konnte. Vor allem durfte ich sie auf keinen Fall anfassen, denn das Allerletzte, was ich jetzt gebrauchen konnte, war, daß sie die Platte »Hilfe, Vergewaltigung!« auflegte.

Ich wollte gerade ebenso schnell wieder weglaufen, wie ich gekommen war, um weitere dringend erforderliche Dinge zu regeln, als Hilfe eintraf.

Der Ehemann der schreienden Frau lag zunächst in Führung, wurde aber am Treppenabsatz von unserem Fahrer Ralph überholt. Ralphs Anblick verdutzte mich einen Moment lang, aber mir fiel ein, daß er uns schließlich hergebracht hatte und der Wagen noch hier war. Wenn wir alle eingeschneit waren, dann er selbstverständlich auch.

Wenn Mrs. Norman meine Gefährlichkeit an meinem unziemlichen Bekleidungszustand abzulesen meinte, dann mußte der Anblick ihrer Retter auf sie wenig tröstlich wirken. Ihr Gatte trug eine mit bunten Wasserbällen bedruckte Schlafanzughose und ein ärmelloses Unterhemd. Ralph kam ebenso wie ich mit nacktem Oberkörper und barfuß angerannt, trug jedoch immerhin die lange Hose seiner Chauffeuruniform. Außerdem besaß er die dichteste Brustbehaarung, die ich je gesehen hatte. Es hätte mich nicht allzusehr gewundert, »Herzlich willkommen!« darauf zu lesen.

Bevor die beiden überhaupt zum Stehen gekommen waren, begann ich zu reden. Wir gingen praktisch zeitgleich durch die Ziellinie.

»... und es gibt keine Fußabdrücke«, schloß ich. »Deshalb darf niemand hinausgehen, bevor wir nicht alles herausgefunden haben, was es herauszufinden gibt.«

Norman schnaufte zwar, war aber mutig. Wenigstens hatte seine Frau aufgehört zu kreischen. »Und wenn der arme Kerl noch lebt?«

»Haben Sie ihn sich mal angesehen?« fragte ich.

»Ich ja«, sagte Ralph. »Von dem Zimmer gegenüber von

dem, in dem ich untergebracht bin. Hab mir kalte Arme geholt, wie ich den Schnee vom Fensterbrett geschoben hab.«

»Und?«

»Der ist tot. Wenn er noch lebte, müßte er noch bluten.«

In der Erwartung weiterer Einwände wandte ich mich zu Norman um, aber zu meiner Überraschung nahm er Ralphs Worte offensichtlich widerspruchslos hin, was ich ausgesprochen nett von ihm fand.

»Jack Bromhead holt gerade einen Fotoapparat«, sagte ich. »Und erzählt Dost, was los ist. Aber ich möchte mir die Sache jetzt gleich noch einmal ansehen. Helfen Sie bitte dem Hund, die Tür zu bewachen?«

»Wieso glauben Sie, Sie könnten hier Befehle erteilen?« fragte Norman herrisch, und hätte ich ihm antworten müssen, wäre mir wohl kaum etwas Vernünftiges eingefallen. Doch auch diesmal rettete mich Ralph. Er streckte die Hand aus und sagte: »Ist schon gut, ganz ruhig.« Und auch diesmal gab der Butler-Gärtner-Hausmeister nach.

Ich rannte wieder die Treppe hinauf, weil ich das Gefühl hatte, von einem etwas höher gelegenen Punkt aus würde ich einen besseren Überblick haben. Vor allem wollte ich sehen, ob es eine Möglichkeit gab, an die Leiche heranzukommen, ohne Spuren im Schnee zu hinterlassen.

Auf der Treppe begegneten mir diverse wütende und/oder verdatterte Personen, die nach unten strebten. Haskell Freed wollte wissen, was das alles zu bedeuten hatte. Ich hätte es ihm auch liebend gern gesagt, aber da ich nicht die geringste Ahnung hatte, ging ich gar nicht erst darauf ein. Ein untersetzter blonder Mann fiel mir auf, weil ich ihn nicht kannte, und ich blieb einen Moment stehen, um ihn zu fragen, wer zum Teufel er war. Wie ich erfuhr, war sein Name Cal Gowe, und er war der zweite Fahrer, der Freed und Bats Blefary hergebracht hatte.

Als ich im dritten Stock ankam, war ich ziemlich aus der Puste. Ursprünglich hatte ich vorgehabt, bis zum obersten Stockwerk hochzusteigen, aber meine Lunge gab eindeutige Signale, daß ich das doch bitte erst dann tun solle, wenn ich hier im dritten Stock absolut nichts fand.

Als ich oben ankam, hörte ich einen Mann hemmungslos und bitterlich weinen. Das Schluchzen kam aus dem Flur rechts von mir, auf der anderen Seite des Trakts, in dem Ralphs Zimmer liegen mußte.

Ich ging leise den Flur hinunter, was mir nicht schwerfiel, da ich immer noch barfuß war. Schließlich erreichte ich den Raum am Ende des Korridors; er lag auf der rechten Seite des Hauses zur Rückseite hin. Es mußte sich um den Raum handeln, bei dem die von außen kommenden Kabel zusammenliefen.

Die Tür stand offen. Ich verharrte auf der Schwelle und sah mir die elektronischen Geräte an, die für die Koordination von Fernseh-, Video- und Sprechanlage, Fax und Telex in den verschiedenen Teilen des Hauses zuständig waren. Unter dem Fensterbrett war ein Schaltpult angebracht, an dem die Kabelenden zusammenliefen. Durch das weit offene Fenster strömte eiskalte Luft ins Zimmer.

Barry Dost stand über die Fensterbank gelehnt und weinte. Er war vollständig und von den glänzenden Schnürschuhen bis zum gedeckten Tweedsakko korrekt gekleidet. Ab und zu versuchte er, das Wort »Dad« über die Lippen zu bringen, es ging jedoch jedesmal in Geplärre unter.

Offensichtlich wußte Barry Dost etwas, was ich nicht wußte, oder zumindest glaubte er es zu wissen. Seit ich zum ersten Mal hinausgeschaut hatte, war mir mehr und mehr der Verdacht gekommen, daß es sich bei dem Mann da draußen im Schnee um Dost handelte, aber ich war mir dessen nicht gewiß. Barry dagegen war sich offenbar völlig sicher.

Die Sache würde heikel werden. Anhand seines kleinen Ausbruchs am Vorabend konnte ich einerseits sicher sein, keine zarten freundschaftlichen Bande zwischen uns zu mißbrauchen, doch andererseits haßte er mich womöglich so sehr, daß er mir überhaupt nichts erzählen würde.

Bisher hatte er meine Anwesenheit noch gar nicht mitbekommen.

»Barry?« sprach ich ihn leise an.

Er wandte sich vom Fenster ab. Mit seinen rotgeweinten Augen und der verquollenen Nase, von der es wie aus einem Seifenspender tropfte, bot er weiß Gott keinen schönen Anblick.

»Was wollen Sie denn hier?« fragte er.

»Ich möchte wissen, warum Sie meinen ...«

»Und warum haben Sie nichts an?«

Ich versprach mir im stillen, das nächste Mal, wenn mir eine schauerlich tote Leiche begegnete, würde ich zu allererst einen Smoking anziehen, bevor ich irgend etwas unternahm.

»Ich hatte keine Zeit, mich anzuziehen«, erklärte ich ihm.

Er schnaubte höhnisch und zog zugleich die Nase hoch. Das mußte ihm erst einmal jemand nachmachen.

»Warum sind Sie davon überzeugt, daß die Person da draußen Ihr Vater ist?« fragte ich.

»Ich habe ihn gehört. Letzte Nacht. Ich war in meinem Zimmer den Flur weiter runter. Ich kenne seinen Schritt, und ich kenne seine Stimme. Er redete.«

»Was sagte er?«

»Das müssen Sie doch besser wissen. Er redete schließlich mit Ihnen.«

»Mit mir sicher nicht«, sagte ich.

»Lügner!« kreischte er. »Sie verfluchter Lügner! Er hat Sie doch mit Ihrem Namen angesprochen!« Sein Mund bewegte sich weiter, aber er brachte keine Laute mehr zustande. Er fiel immer mehr in einen Zustand völliger Hysterie. Ich fragte mich, wie zum Teufel ich ihm helfen konnte.

Während ich mich das noch fragte, machte er einen Satz auf mich zu.

Ich war zu verblüfft, um mich zu bewegen. Er legte die Hände um meinen Hals und riß mich zu Boden. Was ihm an Technik fehlte, machte er durch Begeisterung wett. Er feuerte sich selbst mit spitzen Schreien an, nach dem Motto »Du warst es, du Mistkerl, du warst es, du warst es!«, und machte mir meine Lage dadurch keineswegs erträglicher.

Es wurde Zeit, etwas zu unternehmen, beispielsweise dafür zu sorgen, daß ich wieder Luft bekam. Dadurch, daß er auf mir hockte und ich beide Hände frei hatte, gab es verschiedene Möglichkeiten, ihn rasch und effizient auszuschalten, doch bei allen würde Barry Dost dauerhaften Schaden nehmen. Und das wollte ich nicht. Noch nicht.

Statt dessen zwängte ich beide Unterarme zwischen seine und drückte seine Hände von meinem Hals weg. Er merkte, was ich vorhatte, und es gefiel ihm nicht, aber ich war stärker. Er schrie wortlos, als er loslassen mußte, und ich wälzte mich unter ihm zur Seite weg.

Doch dann tat er etwas Unerwartetes. Er versuchte nicht, sich erneut auf mich zu stürzen oder dergleichen, sondern stand einfach auf und trat mir mit aller Kraft seitlich vor den Kopf, während ich noch in Bewegung war.

Ich versuchte aufzustehen, schaffte es aber nur bis in die Hocke und mußte dann erst einmal anhalten und den Kopf schütteln, um die Sterne vor meinen Augen zu verscheuchen. Ich betastete meinen Kopf und sah mir dann meine Hand an.

Kein Blut, dachte ich. Hurra.

Ich schaffte es, auf die Beine zu kommen, und taumelte beim Aufstehen gegen ein Schaltpult. Das eiskalte Metall machte mich plötzlich wieder hellwach.

Er hätte mich umbringen können, dachte ich. Der zu lang geratene Milchbubi hätte mich verflucht noch mal umbringen können. An der Schläfe ist der Knochen am dünnsten. Ich dankte dem lieben Gott – nicht zum ersten Mal übrigens –, daß er mir einen recht dicken Schädel mitgegeben hat.

Mir kam die Idee, ich könnte doch einmal vor der Tür nachsehen, wohin Barry verschwunden war. Ich kam gerade rechtzeitig, um ihn am anderen Ende des Korridors in (mir) völlig unbekannten Regionen von Rocky Point abtauchen zu sehen.

Zum Teufel mit ihm, jedenfalls im Moment. Wohin er wohl wollte?

Immerhin hatte ich mit dem Knaben noch ein Hühnchen zu rupfen. Ich spürte noch immer seine kalten, rauhen Hände an meiner Kehle, den kalten, rauhen Stoff seiner Jacke auf meiner Brust und die Spitze seines blitzblanken Schuhs an meiner Schläfe.

Doch all das konnte warten. Erst einmal mußte ich hinuntergehen und mit ein paar Leuten über einen Toten reden.

Kapitel 8

Bleiben Sie dran, gleich geht's weiter!
– Zahllose spätabendliche TV-Werbesendungen

Auf dem Weg nach unten ging ich kurz in mein Zimmer und zog mir etwas an. Ich wählte warme Sachen, denn mir war klar, daß ich früher oder später in den Schnee hinaus mußte. Ich versuchte auch, die Polizei anzurufen, bekam aber kein Amtszeichen.

Spot bewachte noch immer die Tür, als ich die Treppe herunterkam, doch von den Leuten, die sich dort versammelt hatten, belästigte ihn niemand. Sie alle blickten erwartungsvoll auf mich, als hofften sie, ich würde ihnen erklären, alles sei in schönster Ordnung und sie sollten bitte wieder schlafen gehen.

Es waren alle da: Wilberforce, Carol Coretti, Haskell Freed, Roxanne Schick und Bats Blefary vom Network sowie Jack Bromhead und Aranda Dost von den G.B. Dost Enterprises, Mr. und Mrs. Norman, Cal Gowe und Ralph. Es fehlten lediglich Dost der Ältere und Dost der Jüngere.

»Wo ist Gabby?« fragte ich Bromhead.

»Ich konnte ihn nicht finden«, sagte er. »Barry auch nicht. Haben Sie was rausgekriegt?«

»Ich habe Barry gefunden. Er glaubt offenbar, der Mann da draußen im Schnee sei sein Vater.«

Aranda Dost fiel in Ohnmacht. Wenn es gespielt war, machte

sie ihre Sache verdammt gut. Beide Knie knickten nach links weg, und schon schlug sie hart auf dem Steinboden in der Halle auf. Sie würde einen üblen blauen Fleck an ihrem wohlgeformten weißen Ellbogen bekommen. Mrs. Norman schenkte mir einen Blick, bei dem Milch sauer geworden wäre, und beugte sich über die hingesunkene Hausherrin.

Jack Bromhead giftete mich an: »Was ist denn mit Ihnen los, Cobb? Bringt man so einer Frau schonend bei, daß ihr Mann kaum vierzig Meter vom Haus entfernt tot und blutüberströmt im Schnee liegt?«

»Das habe ich doch gar nicht gesagt. Ich habe nur erklärt, ihr Stiefsohn sei dieser Meinung. Zumindest hat er das behauptet.«

Bromhead kniff den Schwanz ein. »Nun ja. Ich fürchte, ich bin derselben Meinung. Trotzdem war Ihre Ausdrucksweise ganz schön taktlos.«

»Ich werde mich bei ihr entschuldigen, sobald sie zu sich kommt. Ich habe vorhin einen Tritt vor den Kopf bekommen – hier, sehen Sie die Beule? – und man hat versucht, mich zu erwürgen, deshalb bin ich noch ein wenig durcheinander, wenn Sie verstehen, was ich meine.«

»Barry hat Sie getreten?« Bromheads Stimme verriet, daß er mir nicht glaubte. »Barry hat Sie gewürgt?«

»Genau. Und dann verschwand er ins Blaue.« Ich beschloß, vorerst nichts von seinen Beschuldigungen mir gegenüber zu erwähnen, da meine Publikumsbeliebtheit derzeit ohnehin zu wünschen übrigließ.

»Ich hätte nie gedacht, daß er dazu in der Lage ist«, sagte Norman. Es klang, als sei er stolz darauf.

»Ich auch nicht«, sagte ich. »Deshalb konnte er mich ja überwältigen.«

»Ich weiß immer noch nicht, was zum Teufel Sie da oben wollten«, sagte Norman.

»Günstige Punkte für die Fotos herausfinden«, sagte ich, was mehr oder weniger der Wahrheit entsprach. »Sie haben doch die Kamera, Jack?«

Bromhead hielt sie hoch, so daß ich sie sehen konnte, aber er gab sie mir nicht. »Dafür, daß sie hier nur Gast sind, übernehmen Sie aber ganz schön das Kommando, Cobb.«

»Ach, machen Sie mal halblang«, sagte Roxanne Schick. »Cobb hat Erfahrung mit der Untersuchung von Mordfällen. Was haben Sie schon dagegenzusetzen? Mit der Polizei können wir in absehbarer Zeit nicht rechnen.«

Ich hätte sie küssen können. Auch wenn ihre Worte bei der Cobb-Opposition keinerlei Wirkung zeitigen würden, war es dennoch nett, moralische Unterstützung zu finden.

Norman antwortete ihr. Obwohl mir das für einen Dienstboten reichlich dreist erschien, sagte ich nichts.

»Es ist bereits ein Polizist hier«, teilte Norman mit.

Damit erregte er allgemeine Aufmerksamkeit. Alle fragten durcheinander: »Wer denn?« und »Wie ist er denn hergekommen?«

»Er war die ganze Zeit hier. Es handelt sich um meinen Neffen, Ralph Ingersoll.« Er deutete auf unseren Fahrer wie Ed Sullivan auf die Don-Kosaken. »Er ist Hilfssheriff in diesem Bezirk, richtig mit Dienstmarke und Ausweis. Zeig ihnen deine Dienstmarke, Ralph.«

Ralph sah aus, als würde er sich am liebsten in einer möglichst hohen Schneewehe einbuddeln, griff aber dennoch in die Tasche, zog ein Lederetui heraus, zeigte exakt drei Sekunden lang ein silbrig schimmerndes Stück Metall und stopfte das Etui dann rasch zurück in die Tasche, als schämte er sich seiner.

»Na schön«, sagte ich. »Gut, daß hier jemand die Verantwortung trägt. Wie lauten Ihre Anweisungen, Deputy?«

Ralph stand da wie ein Holzklotz.

»Hören Sie«, sagte Jack Bromhead. »Das Mädel hat recht. Es wird Tage dauern, bis jemand zu uns durchkommt. Sie sind die einzige polizeiliche Autorität, die wir in absehbarer Zeit haben. Sieht so aus, als trügen Sie hier wirklich die Verantwortung, mein Junge.«

Ralph dachte ein paar Sekunden darüber nach und schaute jedem einzelnen ins Gesicht, als sehe er uns zum ersten Mal. Dann preßte er die Lippen aufeinander, nickte kurz, atmete tief durch und sagte: »Okay, wenn ich hier die Verantwortung trage, dann fange ich gleich damit an. Tante Agnes, Onkel Fred, ihr beide macht Frühstück. Falls nötig, sucht euch Freiwillige zum Helfen. Cobb, Sie kommen mit mir. Ich will unter vier Augen mit Ihnen reden. Die übrigen warten in dem Raum, wo gestern abend die Gesellschaft stattgefunden hat, bis das Frühstück fertig ist.«

Spot sagte: »Mrrrrr.«

Ich kratzte mich am Kopf. »Äh, mein Hund müßte ausgeführt und gefüttert werden.«

Norman sah mich säuerlich an. »Das mache ich schon«, sagte er. »Gestern abend habe ich es auch getan. Ich gehe hinten mit ihm raus, damit wir nicht den Schnee zertrampeln, um den alle hier so ein Trara machen. Gehen Sie nur mit Ralph.«

Ich lächelte ihn an. »Wenn es Deputy Ingersoll recht ist, dann soll es mir auch recht sein.«

Ralph sagte: »Na klar doch.« Er ging mir voraus die Hintertreppe zu seinem Zimmer hoch.

G.B. Dost brachte seine Bediensteten nicht in ebenso prunkvollen Gemächern unter wie seine Gäste, doch sie hausten auch nicht in Gesindekammern. Ralphs Zimmer war sauber und modern eingerichtet, und in einem New Yorker Hotel hätte man dafür ohne weiteres einhundertfünfundsiebzig Dollar die Nacht hinlegen müssen.

Er deutete auf einen Stuhl und setzte sich selbst auf die Bettkante. Ein paar Sekunden lang sah er mich ausdruckslos an.

Dann sagte er: »Hilfe!«

»Hilfe?«

»Ich brauche Ihre Hilfe, Mr. Cobb. Diese Sache ist eine Schuhnummer zu groß für mich. Ich habe keine Ahnung, was ich tun soll.«

»Das scheinen die übrigen aber ganz anders zu sehen.«

Er schaute zur Decke. »Nur Onkel Fred. Seit ich bei den Football-Regionalmeisterschaften drei Touchdowns gelandet habe, bin ich in seinen Augen der Held der Adirondacks. Sie dürfen ihm das nicht übelnehmen. Er ist nur sauer auf Sie, weil er meint, Sie würden mir den Rang ablaufen.«

»Ich habe im Leben schon genug Ränge belegt«, erklärte ich ihm. »Ich habe heute morgen nur deshalb ein bißchen die Führung übernommen, weil ich wußte, was für eine Schweinerei die Polizei andernfalls vorfinden würde, wenn sie endlich hier eintrifft. Außerdem mochte ich Dost ganz gern, nach den wenigen Stunden, die ich ihn kannte.«

»Ich habe ihn gar nicht gekannt. Aber Onkel Fred war sehr von ihm angetan. Das ist der zweite Grund, warum er Ihnen gegenüber so feindselig ist.«

»Ist schon in Ordnung. Ich wußte gar nicht, daß Sie Hilfssheriff sind.«

»Stimmt. Ich bin Hilfssheriff. Für Sondereinsätze, nur bei Bedarf. Sie wissen doch, was das heißt, oder? Ich helfe bei der Einsatzplanung für die Schneepflüge hier auf den Landstraßen. Das würde ich jetzt in diesem Moment auch tun, wenn ich hier nicht festsäße. Bei der Landwirtschaftsausstellung helfe ich mit, die Volksmassen unter Kontrolle zu halten. Ich bewache das Bezirksgefängnis, wenn einer von den richtigen Aufsehern krank feiert. Ich habe nie eine Polizeischule oder so etwas besucht, und ich habe nicht den geringsten Schimmer, was in einem Mordfall zu tun ist.«

Er hob die Hände. »Aber ich habe immerhin einen Eid abgelegt. Und ob ich will oder nicht, ich gehe davon aus, daß ich im

Moment tatsächlich die Verantwortung trage. Zumindest fällt mir kein Argument ein, warum es nicht so sein sollte.«

Auch ich sah keinen Anlaß, etwas anderes anzunehmen. Unter den gegebenen Umständen bestand der einzige Unterschied zwischen Ralph und dem Justizminister der Vereinigten Staaten darin, daß Ralph hier war, Mr. Thornburgh jedoch in Washington. Ich brummte zustimmend.

»Deshalb brauche ich Ihre Hilfe. Mit dem Limousinen-Service komme ich ja öfter mal nach New York. Mit Mr. Dost haben wir einen festen Vertrag. Deshalb bin ich oft in der Stadt, ich lese Zeitung, ich sehe fern: Ich weiß, daß Sie ein paar ziemlich harte Nüsse geknackt haben.«

»Es ist nicht so, wie Sie meinen«, sagte ich. »Dabei ging es immer darum, die Nüsse zu knacken, bevor sie mir den Schädel einschlugen.«

Ralph grinste. »Macht das so einen Unterschied?«

»Ich glaube schon. Ich bin einer Ihrer Hauptverdächtigen.«

»Jetzt hören Sie aber auf!«

»Na ja, jedenfalls müßten Sie das so sehen. Was das Motiv angeht – wer weiß? Vielleicht hat es ja was mit dem Geschäftsabschluß zu tun, der hier verhandelt werden sollte. Wissen Sie etwas darüber?«

»Dost wollte Ihr Unternehmen kaufen. So etwas tat er ja dauernd.«

»Das dürfte vorläufig reichen. Wilberforce oder Haskell Freed können Ihnen dazu mehr sagen, wenn Sie mit ihnen sprechen. Jack Bromhead auch.

Aber es könnte doch trotzdem sein, daß ich aus irgendeinem Grund verhindern wollte, daß er das Network kauft. Oder vielleicht hatte ich ja ein Verhältnis mit seiner Frau und wollte ihn aus dem Weg räumen. Die Kriminalpolizei könnte so etwas ohne weiteres überprüfen, aber Ihnen steht hier kein Fahndungsteam zur Verfügung.«

»Ich könnte schon verstehen, wenn sich jemand an die Frau heranmacht.«

Ralph wurde vor meinen Augen immer jünger. In diesem Moment wirkte er wie ein Vierzehnjähriger, dem urplötzlich auffällt, daß die Mutter seines besten Freundes eine gute Figur hat.

»Oder ich könnte einfach nur durchgeknallt sein.«

»Durchgeknallt sein kann jeder«, sagte Ralph.

»Stimmt«, sagte ich. »Vergessen Sie das nie. Und jetzt kommt der Clou: Ich habe zwar für einen Teil der Nacht ein Alibi, aber es taugt nichts.«

»Warum nicht?«

»Erstens, weil meine Zeugen zwei andere Leute vom Network sind, und zweitens, weil ich mir mein Alibi selbst kaputtmachen werde.«

»Wie meinen Sie das?«

Ich erzählte ihm von unserem paranoiden nächtlichen Kaffeeklatsch auf der Veranda. Er unterbrach mich nur einmal (»Eine Lesbe?!«) und hörte aufmerksam zu, die Augen auf meinen Mund gerichtet, als fielen schimmernde Perlen der Weisheit heraus.

»Wieso macht das Ihr Alibi kaputt?« wollte er wissen, als ich fertig war.

»Weil die Leiche nicht draußen lag, als wir dort herumstanden. Ich weiß nicht, wann Dost gestorben ist – Herrgott noch mal, ich bin nicht einmal zu hundert Prozent sicher, daß es wirklich Dost ist –, aber der Tote hat um drei Uhr morgens nicht da draußen gelegen.«

»Das, was passiert ist, ganz gleich, was es war, muß also zwischen drei und sieben Uhr geschehen sein, denn da wollte Tante Agnes nachsehen, wie hoch der Schnee liegt.«

»Genau. Und für diesen Zeitraum habe ich kein Alibi. Es würde mich auch wundern, wenn irgend jemand anders eins hätte.« Mir kam der Gedanke, daß Carol Coretti jetzt womöglich bedauerte, Mrs. Dosts Angebot nicht angenommen zu haben.

»Damit«, sagte ich, »kommen wir zur Tatwaffe. Da haben wir noch gar nichts in der Hand, denn wir wissen nicht einmal, wie er zu Tode gekommen ist. Angesichts der Blutlache denke ich, daß ihm der Leib aufgerissen wurde. Gut und schön, doch das könnte auf unterschiedliche Weise geschehen. Wie um alles in der Welt hat er es aber geschafft, gut vierzig Meter vom Haus wegzukommen, ohne die geringste Spur zu hinterlassen? Wenn Sie das herauskriegen, haben wir gute Chancen, auch den Mörder zu finden.«

Ralphs Miene erhellte sich. »Vielleicht ist er gelaufen!«

Ich schüttelte den Kopf, aber er war nicht zu bremsen.

»Warum nicht?« rief er. »Schnee ist ja kein nasser Zement. Vielleicht hat er im Haus eine Stichwunde abgekriegt, ist dann nach draußen getaumelt und da zusammengebrochen. Später hat der Wind dann Blutspur und Fußabdrücke mit Schnee zugeweht.«

»Ralph.« Ich ertappte mich schon wieder dabei, daß ich ihn Ralph nannte anstatt Deputy Ingersoll. Doch das war jetzt auch egal. »Ralph«, sagte ich. »Sie sind doch Hilfssheriff. Sie haben doch bestimmt schon eine Menge Autounfälle gesehen.«

»Na klar.«

»Auch im Winter?«

»Sicher.«

»Sie haben Blut im Schnee gesehen.«

»Mehr als mir lieb ist.«

»Dann wissen Sie doch auch, daß das unmöglich sein kann. Im Schnee verhält sich Blut nicht anders als heißes Salzwasser. Es frißt sich tief in den Schnee hinein. Es kühlt ab und wird schließlich hart. Kein Wind kann solche Stellen – und obendrein noch eine Fußspur! – wieder in eine glatte, unberührte Schneedecke zurückverwandeln.«

Ralph nickte traurig. Es tut immer weh, wenn einem die erste Hypothese den Bach hinuntergeht.

»Außerdem«, sagte ich, »wehte letzte Nacht gar kein Wind. Ganz abgesehen von dem Blut: Ich bin selbst bei unserem Treffen gestern Nacht in den Schnee getreten, und meine Spuren sind nach wie vor unverändert zu sehen. Im übrigen«, setzte ich hinzu, »ist im Haus keinerlei Blut zu finden.«

»Damit sind wir wieder beim Unmöglichen.«

»Genau.«

»Also müssen wir als allererstes die Leiche holen.«

»Sie sagen dauernd ›wir‹. Vielleicht haben Sie meinetwegen noch mal Alpträume. Ich habe Ihnen nämlich noch nicht alles erzählt.« Ich berichtete ihm bis ins Detail von meinem Zusammenstoß mit Barry Dost.

Ralph zuckte die Achseln. »Barry ist seit jeher ein bißchen verdreht, das sagt jedenfalls Onkel Fred. Ich bleibe trotz allem dabei, daß wir als allererstes die Leiche holen müssen.«

»Na schön«, sagte ich. »Ich habe Sie gewarnt. Nein. Als allererstes rufen wir den Sheriff an und informieren ihn darüber, was hier los ist. Dann machen wir Fotos von der Leiche in situ, damit wir beweisen können, daß da tatsächlich keinerlei Spuren sind.«

»Und dann holen wir die Leiche.«

»Nein, denn dann frühstücken wir, da Sie ja Ihre Tante schon richtigerweise gebeten haben, das Frühstück zu richten.«

»Frühstücken? Wieso?«

»Wenn wir die Leiche erst geholt und zum Haus zurückgekarrt haben, werden wir nach meiner Einschätzung kaum noch etwas herunterkriegen.«

Kapitel 9

Warten Sie! Ich glaube, dieses Bild wird Ihnen gefallen!
– Robert Cummings, »The Bob Cummings Show« (CBS)

Der Plan war gut, und wir folgten ihm ohne Probleme bis zum ersten Punkt der Tagesordnung.

»Die Leitung ist tot«, sagte Ralph. Er hämmerte hektisch auf dem Unterbrecherknopf herum, wie wir es alle tun, weil wir das aus Filmen so gelernt haben. Dabei hat sich diese Technik seit der Erfindung des Durchwahltelefons als völlig nutzlos erwiesen.

»Probieren Sie es mit einer hausinternen Nummer, vielleicht die Küche. Ihre Tante müßte abheben.«

Er versuchte es. »Oha!«

Die Sache gefiel mir nicht. Natürlich können Telefonleitungen bei einem Schneesturm gestört sein. Da die internen Verbindungen jedoch auch nicht funktionierten, hatte ich eher das Gefühl, daß sich jemand an der Anlage zu schaffen gemacht hatte.

Das änderte unsere Agenda schlagartig. Ich erklärte es Ralph, und er fand meinen neuen Plan überzeugend.

Wir gingen nach unten zu den anderen, die beim Frühstück saßen. Der Mord (oder was immer es war) hatte die künstlichen sozialen Schranken niedergerissen. Fred Norman saß jetzt am Kopfende auf dem Platz, den am Abend zuvor Gabby Dost eingenommen hatte, Calvin Gowe nahm Barrys Platz ein. Tante

Agnes wieselte zwischen Küche und Eßzimmer hin und her. Onkel Fred deutete auf einen Platz, den er für Ralph freigehalten hatte. Ich setzte mich an den gleichen Platz wie am Vorabend, langte zu und beobachtete dabei meine Tischgenossen.

Alle waren schweigsam, was angesichts des Todesfalls auch angemessen schien. Wenn überhaupt Worte gewechselt wurden, dann lediglich Bitten, die Milch oder den Ahornsirup herüberzureichen. Trotzdem schienen alle tüchtig zuzugreifen, mit Ausnahme von Agnes Norman (die sich gar nicht erst hinsetzte), Aranda Dost und Ralph, der vermutlich wegen seines ersten Falls viel zu nervös zum Essen war.

Roxanne Schick warf mir ständig fragende Blicke zu, aber ich ignorierte sie. Die Show konnte beginnen, und der Talkmaster war in diesem Fall Ralph.

»Ich glaube, ich habe jetzt ein klareres Bild davon, worum es bei diesem Treffen gehen sollte«, erklärte er. »Ich möchte mit jedem von Ihnen unter vier Augen sprechen, wie ich es gerade mit Cobb getan habe.«

Alle Köpfe drehten sich in Richtung Cobb. Ich versuchte, unschuldig auszusehen, aber ich war ohnehin viel zu sehr damit beschäftigt, Speck, Pfannkuchen und hausgemachte Bratkartoffeln in mich hineinzuschaufeln. Die Eier ließ ich weg, ich mag nämlich keine.

Die Köpfe drehten sich wieder in Richtung Ralph. Geschafft.

»Hat irgend jemand heute morgen schon versucht zu telefonieren?« fragte er. Er wirkte ein wenig düster, hielt sich aber ansonsten tapfer.

Haskell Freed streckte die Hand hoch und schluckte einen Bissen Rührei herunter. »Ja, ich«, sagte er. »Ich habe versucht, den Präsidenten des Networks anzurufen, nachdem ich wieder in meinem Zimmer war, um mich anzuziehen. Ich war der Meinung, er sollte davon erfahren.«

»Und was hat er gesagt, Haskell?«

»Ich habe keine Verbindung bekommen. Ich gehe davon aus, daß die Leitung unterbrochen ist.«

Ralph sagte: »Dann muß sie zwischendurch wieder funktioniert haben, denn mitten in meinem Telefonat mit dem Sheriff brach die Verbindung ab.«

Ich schaute mich rasch am ganzen Tisch um. Wußte jemand, daß er log? Abgesehen von einem kleinen Rülpser und einem »Entschuldigung!« seitens Jack Bromheads gab es keinerlei nennenswerte Reaktionen. Das bedeutete entweder, daß Barry Dost die Telefonanlage lahmgelegt hatte (wobei ich mich erneut fragte, wo er jetzt wohl stecken mochte), oder daß es ohnehin Zeitverschwendung ist, einen Schuldigen anhand seiner Mimik überführen zu wollen (was mir schon vorher klar gewesen war, aber man kann es ja mal versuchen), oder aber, daß die Störung der externen Leitungen tatsächlich auf einem Zufall beruhte und die Tatsache, daß die hausinternen Verbindungen ebenfalls betroffen waren, einem mir völlig schleierhaften technischen Umstand anzulasten war.

Ich gewann allmählich den Eindruck, Ralph hätte sich mit seinem Hilferuf an den Falschen gewandt.

»Bevor die Verbindung abbrach, konnten wir allerdings noch die wesentlichen Dinge besprechen«, fuhr Ralph fort. »Ich bin für den Fall hier verantwortlich, bis sie uns einen Ermittlungsbeamten herschicken können.«

»Haben Sie eine Vorstellung, wie lange das dauern kann?« wollte Bats Blefary wissen. Sein Tonfall war gelassen, aber es interessierte ihn dringend.

Ralph schüttelte den Kopf. »Keine Ahnung.«

»Der Schneesturm hat sich gelegt«, sagte Wilberforce. Seine Stimme klang kläglich. »Man sollte doch meinen, die könnten jemanden per Hubschrauber hier absetzen.«

»Die Windverhältnisse auf dieser Seite des Bergs sind

tückisch«, fiel ich ein. »Darauf werden sie wohl nur im äußersten Fall zurückgreifen.«

»Stimmt«, sagte Ralph im Brustton der Überzeugung, so daß ich einen Augenblick selbst zweifelte, ob er nicht doch mit dem Sheriff gesprochen hatte. »Außerdem gibt es in diesem Bezirk nur einen Hubschrauber, und den brauchen sie für Rettungsarbeiten und Notfälle. Sie haben schon beim Luftwaffenstützpunkt in Plattsburg Unterstützung angefordert. Wir sind hier sicher, wir haben genug zu Essen und eine hervorragende Köchin.« Er lächelte seine Tante an. »Wir dürften ziemlich weit unten auf ihrer Liste stehen.«

»Auf ihrer Liste!« explodierte Aranda Dost. »Mein Mann liegt tot da draußen im Schnee, und Sie reden von irgendwelchen Listen! Es ist nicht zu fassen!« Sie sprang auf und stürzte hinaus.

Jack Bromhead wischte mit einem Stück Pfannkuchen Eigelbreste von seinem Teller auf. »Ich kann ihr das nachfühlen«, sagte er.

»Ich auch«, sagte Ralph. »Aber ich weiß einfach keine andere Lösung. Ich wollte Ihnen allen nur mitteilen, wie die Lage derzeit aussieht.«

»Na schön«, sagte Jack. »Hat der Sheriff sonst noch etwas gesagt?«

»Ach, ja. Er hat Mr. Cobb zum Hilfssheriff im Sondereinsatz ernannt. Er soll mir bei den Ermittlungen behilflich sein. Wenn er Ihnen also Fragen stellt, dann antworten Sie ihm bitte, denn das läuft alles ganz offiziell. Sollten Sie Probleme damit haben, können Sie natürlich auch mit mir sprechen.«

Nun war die Katze aus dem Sack, oder besser gesagt, die faustdicke Lüge, auf die wir uns geeinigt hatten. Ich hätte wetten können, daß mindestens eine Person am Tisch wußte, daß die Sache zum Himmel stank, aber was hätte er oder sie schon dagegen unternehmen können?

Ralph betupfte sich den Mund mit seiner Serviette, was als rein symbolischer Akt zu werten war, da er keinen Bissen gegessen hatte. Er dankte seiner Tante für das ausgezeichnete Frühstück und sagte: »So, und jetzt kümmern wir uns um die Fotos. Haben Sie den Apparat?«

Jack Bromhead holte die Kamera unter seinem Stuhl hervor. »Ich schleppe sie schon den ganzen Morgen mit mir herum und warte darauf, daß Cobb sie mir abnimmt.«

Ich nahm sie ihm ab und sah nach, ob ein Film eingelegt war. Es war eine frische Packung mit zehn Aufnahmen darin. Bromhead versicherte, falls nötig, seien noch mehr vorrätig. Er bot sich an, mit seiner eigenen 35-mm-Nikon und einem Teleobjektiv zusätzliche Fotos zu machen, und ich erklärte das zu einer guten Idee.

Wir machten also Fotos. Von der Haustür aus, von meinem Zimmer aus und vom Fenster im Technikraum aus, das ich nach meinem Zusammenstoß mit Barry zu schließen vergessen hatte. Der Raum war völlig ausgekühlt, als wir dort hinkamen. Bromhead hinkte inzwischen merklich und ächzte alle paar Stufen vor Schmerz.

»Tut mir leid«, sagte ich. »Ich hätte wirklich an Ihren Knöchel denken können, bevor wir losgingen.«

»Ich habe daran gedacht, aber machen Sie sich meinetwegen keine Gedanken. Ich will das tun. Gabby war mein Freund. Ich habe mir mal den Arm an einer Ölpumpe eingeklemmt, er wäre beinahe abgerissen worden. Trotzdem habe ich noch volle drei Tage weitergearbeitet, bevor ich zum Arzt gegangen bin. Für Gabby kann ich meinen Stiefel fester schnüren und weitergehen.« Er nahm den Hut ab und kratzte sich am Kopf. »Ich wünschte allerdings, Sie könnten ihn da aus dem Schnee rausholen.«

»Das ist der nächste Schritt«, versicherte ich ihm. »Gehen wir wieder nach unten.«

Beim Hinabsteigen sah ich kurz die Polaroidaufnahmen durch. Ging man davon aus, daß man Halluzinationen nicht fotografieren kann, hatten wir es noch immer mit derselben unmöglichen Situation zu tun. Man sah den Schnee, unter der Kiefer einen Zweig und ein paar Stückchen Rinde, den Toten und das Blut. Und sonst nichts.

Als wir unten angekommen waren, bat Ralph seinen Onkel, uns den Geräteraum zu zeigen.

»Geräteraum« war eine glatte Untertreibung. Der Raum wirkte eher wie ein Fachgeschäft für Jagd- und Angelsport. An der einen Wand hing Anglerbedarf aller Art, Ruten, Spulen, Fischkörbe, hohe Stiefel und eigentümliche Hüte. An der nächsten Wand hingen Flinten und Büchsen für jegliches Wild vom Kaninchen bis zum Elefanten sowie alle möglichen Jagd- und Sportpistolen. Es gab alles bis hin zu Pfeil und Bogen, sogar ein Katapult mit der Aufschrift »Wrist Rocket«, dazu eine Dose Kugellagerkugeln.

»Hat Dost einen Apachenüberfall erwartet?« fragte ich.

Jack Bromhead lächelte. »Gabby mochte es nicht, wenn ein Gast irgend etwas haben wollte, was er nicht da hatte.«

»Was ist das?« fragte ich und zeigte auf einen breiten Lederriemen, der an beiden Enden mit einer Kette und einem Karabinerhaken ausgestattet war. Das Ding sah aus, als könne ein Nashorn es als Gürtel tragen.

»Das ist ein Klettergürtel für Störungssucher. War ganz praktisch, als wir die Leitungen über den Berg verlegt haben. Schneller kommt man nicht auf einen Baum. Man schlingt den Riemen herum, hakt ihn ein, lehnt sich zurück, krallt die Steigeisen in die Rinde, wirft den Riemen jeweils ein Stück hoch und klettert rauf.«

»Hab ich mir gedacht«, sagte ich. »Wo ist die Winterausrüstung?«

Er zeigte in die Richtung, wo Ralph bereits Thermoanzüge,

Skihandschuhe und Schneeschuhe für uns herausgesucht hatte. Er zeigte auf einen Gegenstand, der in der Ecke stand. »Den nehmen wir auch mit.«

Es war ein kufenloser Schlitten, gebaut wie eine flache Wanne. Eine gute Idee. Alles, was wir bisher unternommen hatten, um die Leiche zu bergen, war notwendig oder zumindest vernünftig gewesen, aber ich wäre wahrscheinlich längst nicht so gründlich vorgegangen, hätte ich nicht ständig das grauenhafte Bild vor Augen gehabt, wie ich mit der Leiche über der Schulter zum Haus zurückstapfe.

Schließlich war alles erledigt, und es blieb uns nichts übrig, als uns auszustaffieren und auf den Weg zu machen.

Kapitel 10

… und wir gehen los und holen es uns!
– Andy Griffith, »Salvage« (ABC)

Wir gingen nicht geradewegs auf den Toten zu, sondern beschrieben einen großflächigen Bogen. Ich wollte, daß der Schnee so lange wie möglich unberührt blieb. Das bedeutete vor allem, daß ich selbst nicht in das verdammte Zeugs hineinfiel.

Ich war noch nie mit Schneeschuhen gelaufen, und meine Leistungen bei diesem Ausflug brachten einen erschreckenden Mangel an Naturtalent ans Licht. Ich mußte mich auf jeden einzelnen Schritt konzentrieren. Treten Sie sich nie selbst auf die Schneeschuhe, und falls doch, versuchen Sie um Himmels willen, den oberen zuerst wieder anzuheben. Nachdem ich eine Weile herumprobiert und Ralph beobachtet hatte, der wie ein weißes Kaninchen daherhoppelte, beschloß ich, am besten O-beinig mit nach außen zeigenden Füßen zu laufen, so daß meine Fußspur den Nähten auf einem Baseball ähnelte.

Als ich gerade in Übung kam, stieß ich mit dem rechten Schneeschuh auf einen harten Gegenstand, der sich direkt unter der Schneedecke befand. Ich kniete mich hin (ebenfalls eine Zirkusnummer), strich ein paar Zentimeter Schnee weg und sah die Kante eines schwarzen Steins. Er gehörte zu den spitzen Felsen, die ich bereits an der Straße zum Haus entlang aufgereiht gesehen hatte. Mit geschlossenen Augen versuchte ich, mir den

Straßenverlauf vorzustellen. Wenn ich das richtig in Erinnerung hatte …

Ralph, der mit dem Schlitten im Schlepptau vor mir herging, erreichte den Toten als erster. Er stellte sich in gebührendem Abstand von der Leiche und vor allem von der Blutlache hin und wartete, daß ich als erfahrener Fachmann zu ihm aufschloß.

Was allerdings noch ein paar Minuten dauerte. Dann holte ich die Polaroid aus einer der vielen Taschen des Parka, machte einige Aufnahmen und steckte die Fotos zum Entwickeln in die Tasche. Sodann reichte ich Ralph über den Toten hinweg die Kamera und ließ ihn einige Bilder von seinem Standort aus machen. Er steckte die Kamera wieder ein, und wir sahen uns an.

»Warten Sie einen Moment«, sagte ich. »Ich möchte ein paar Dinge prüfen.« Er wirkte erleichtert.

Ich kniete mich wieder hin, diesmal nicht mehr ganz so wacklig, und tastete unter dem Toten herum. Es war genau so, wie ich gedacht hatte. Der Körper stak auf den Felsspitzen, die zu dem niedrigen Steinwall gehörten und wie Panzerschuppen auf einem Stegosaurierrücken hochstanden.

Ich erzählte Ralph von meiner Entdeckung.

»Genau«, sagte er. »Wir wußten ja, daß er auf irgendwas draufgefallen sein mußte.«

Ich zog meine Hand unter dem Körper hervor. Auf dem blauen Leder meines geborgten Handschuhs glitzerte etwas Klebriges. Ich wischte mir rasch die Hand am Schnee ab und sah mir die Reste an. Es sollte eine Weile dauern, bis ich wieder Appetit auf Erdbeermarmelade bekommen würde.

Unvermittelt kam mir zu Bewußtsein, wie bitterkalt es war. Meine Atem schien an der Luft sofort zu Wolken aus Eispartikeln zu gefrieren, die an meinem Gesicht scheuerten. Der Wind pfiff durch meine arktisgerechte Kleidung wie durch ein dünnes T-Shirt. Ich wollte meine Kapuze zubinden, traute mich aber nicht, mit den Händen nah an mein Gesicht zu kommen. Ich zitterte.

Ich habe schon mehrere Tote gesehen, auch Ermordete, aber ich hatte die dabei erforderlichen handwerklichen Verrichtungen noch nie so hautnah miterlebt. Bisher hatten immer Polizisten die Leiche untersucht und Gerichtsmediziner die Todesursache ermittelt. Ich hatte lediglich zugesehen, mit der Zunge geschnalzt und nachgedacht.

Zum Teufel damit, rief ich mich zur Ordnung. Solange ich dagegen ankämpfte, würde überhaupt nichts dabei herauskommen. Ich atmete tief und kalt durch.

»Na schön«, sagte ich dann. »Drehen wir ihn um.«

Ralph trat neben mich, griff über die Leiche hinweg auf meiner Seite mit beiden Händen in die merkwürdig dünne Jacke des Toten und zog daran. Ich hob ihn von unten an. Er ließ sich ganz leicht bewegen, wie ein Holzscheit. Ich hätte nicht sagen können, ob es vielleicht auch an der Kälte lag, aber dieser Tote nahm es mit der Leichenstarre offenbar sehr genau.

Letzte Zweifel, ob es sich wirklich um G.B. Dost handelte, verflogen sofort, als ich sein Gesicht sah. Er schaute verwundert, Augen und Mund standen offen. An seinen Augenbrauen klebte Schnee. Die Gesichtshaut war ebenso weiß wie der Schnee, an den sie sich gerade noch geschmiegt hatte.

Im Bauchbereich war eine grauenhafte klaffende Wunde zu erkennen. Zum Glück hatte seine leichte, dünne Reißverschlußjacke seine Innereien beisammengehalten, als wir ihn umdrehten, wofür ich ihr in alle Ewigkeit dankbar sein würde. Auf seiner Stirn prangte eine dicke violette Beule.

»Legen wir ihn auf den Schlitten.«

Wir ergriffen jeder einen Arm und ein Bein und hoben ihn hoch. Während Ralph den Toten mit einem Tuch bedeckte und auf dem Schlitten festschnallte, sah ich mir die Vertiefung im Schnee genauer an.

»Für den Fall, daß es Ihnen die Sache erträglicher macht: Er war schon tot, als er auf den Felsen aufschlug«, sagte ich. Zumindest mir machte es die Sache allemal erträglicher. Die Vorstellung, bei lebendigem Leib wie ein Fisch aufgeschlitzt und ausgeweidet zu werden, noch dazu mit einem stumpfen Steinmesser, wäre für mein empfindsames Gemüt zuviel gewesen.

»Woran sehen Sie das?«

»An zweierlei. Das eine und Wichtigere ist, daß nicht genug Blut da ist. Sie haben ja das Loch in seinem Bauch gesehen. Wenn sein Herz zu dem Zeitpunkt noch geschlagen hätte, wäre im Umkreis von drei Metern rings um die Leiche alles voll gewesen.«

»Für meinen Geschmack gibt es hier so schon genug Blut«, meinte Ralph.

»Völlig Ihrer Meinung. Das zweite ist der Abdruck, den der Kopf hinterlassen hat.«

»Wieso?«

»Die Mulde besteht nur aus Schnee, nicht aus Eis. Hätte er noch geatmet, wäre ein bißchen Schnee durch die Atemluft geschmolzen und später wieder festgefroren. Aber das ist nicht der Fall.«

»Okay, ich gehe davon aus, daß der Schlag auf den Kopf ausgereicht hat. Na schön. Bringen wir ihn jetzt rein.«

Genau das wollte ich auch. Selbst in dem Bewußtsein, was vor uns lag, wenn wir ihn erst im Haus hatten, hatte ich nur noch den einen Wunsch, mir das Seil zu schnappen und G.B. Dost auf dem Schlitten zu seiner märchenhaften Villa namens Rocky Point zurückzuschleifen.

»Einen Augenblick noch«, sagte ich. »Wir stehen hier am Schauplatz eines Verbrechens. Was macht man dort? Man sucht nach Anhaltspunkten.«

»Ach, kommen Sie«, sagte Ralph. »Wir haben eine Leiche und jungfräulichen Schnee. Wo sollten da Anhaltspunkte zu finden sein?«

»Im Blut«, sagte ich. Unmittelbar unterhalb der Stelle, wo Dosts Bauch gelegen hatte, war jetzt eine Mulde von der Größe einer Bowleschüssel mit einer Lache halbgefrorener Erdbeermarmelade darin.

»Großer Gott«, sagte Ralph.

»Genau das denke ich auch. Jetzt wissen Sie, warum ich sagte, Sie sollen frühstücken. Kotzen zu müssen fällt einem viel leichter, wenn man etwas zum Kotzen im Magen hat.«

»Hören Sie bloß auf!«

»Sie brauchen ja nicht hinzusehen. Mein Handschuh ist sowieso schon versaut.«

Ralph nahm mich beim Wort und drehte mir den Rücken zu. Ich tauchte die Hand mit dem blutbeschmierten Handschuh in die Lache. Im Grunde, sagte mir eine innere Stimme, müßtest du das ohne Handschuh machen, damit du besser tasten kannst, doch ich erwiderte meiner inneren Stimme: Du kannst mich mal.

Es war ein bißchen wie bei einer Spielshow im Fernsehen, nur viel grauenhafter. Ich schaffte es etwa fünfzehn Sekunden länger, als ich je für möglich gehalten hätte, ohne dabei etwas zu finden, wie ich mir einbildete.

Denn als ich die Hand schließlich herauszog, klebte etwas am Handschuh und baumelte zwischen Ringfinger und kleinem Finger nach unten. Es sah aus wie ein zusammengeringelter roter Wurm, doch als das gefrierende Blut abtropfte, sah ich, daß es sich um ein Stück dicke Angelschnur handelte. Ausgerollt mochte es wohl zwanzig bis zweiundzwanzig Zentimeter lang sein.

»Sie haben doch Tüten mitgebracht, nicht wahr?« fragte ich.

Ralph antwortete: »Ja. Was haben Sie gefunden?« Als ich es ihm erklärt hatte, sagte er: »Hochinteressant. Wir sollten mal prüfen, ob er überhaupt einen Angelschein besitzt.« Er begann zu lachen, aber es klang alles andere als fröhlich.

»Später«, sagte ich. »Jetzt packen wir erst mal das Beweisstück in eine Tüte und ziehen den Schlitten zum Haus.«

Ralph wurde schlagartig wieder ernst. »Entschuldigung. Ich mußte gerade daran denken, daß das hier viel schlimmer ist als ein Autounfall.« Er griff in die Tasche und zog einen sandwichgroßen wiederverschließbaren Plastikbeutel hervor. Das war sogar noch besser als eine normale Tüte. Ralph hatte sogar daran gedacht, den Verschluß zu öffnen, bevor wir aufbrachen. Er drückte die Öffnung weit auseinander, und ich ließ die Schnur hineinfallen.

»Ich habe auf dem Highway schon Unfälle gesehen, bei denen der Asphalt einen halben Kilometer weit vollgeschmiert war, aber das hat mich nicht so umgehauen wie dies hier. Es macht mir zu schaffen, daß ich einfach keinen Grund dafür sehe.«

Ich schüttelte die Schnur vom Handschuh ab, bis sie in den Beutel fiel, ganz vorsichtig. Ralph verschloß den Beutel. Selbst mit den dicken Handschuhen war er ungemein geschickt.

»Das liegt daran, weil jemand dies hier absichtlich herbeigeführt hat«, sagte ich. »Ein Unfall ist ein tragisches Ereignis. Aber das hier ist teuflisch.«

»Teuflisch«, wiederholte Ralph.

»Ein Mann ist tot, aber auf eine Art und Weise, auf die er gar nicht gestorben sein kann. Soweit wir das erkennen können. Wer das zuwege gebracht hat, ist clever und hat keine Achtung vor dem Leben. Oder haben Sie einen treffenderen Ausdruck dafür?«

Falls ja, behielt er ihn für sich. Er griff nach dem Schlittenseil und sah mich an. Ich nahm das Seil mit der sauberen linken Hand, und wir zogen den Schlitten gemeinsam zum Haus.

Norman öffnete uns die Tür. »Ist er das?« fragte er mürrisch.

Nein, dachte ich, hier kommt der Nikolaus mit Geschenken. Kling, Glöckchen, Klingelingeling.

»Ja, Onkel Fred«, sagte Ralph. »Schick die Leute aus der Halle, ja? Sorg dafür, daß uns niemand über den Weg läuft. Das brauchen die wirklich nicht zu sehen.«

»Aber die wollen das doch. Ich auch. Ihm die letzte Ehre erweisen, meine ich.«

»Später«, sagte ich. »Im Augenblick hätten wir nur gern freie Bahn, ja?«

Er warf mir einen geringschätzigen Blick zu und sah dann Ralph an, der nickte, warf mir einen weiteren geringschätzigen Blick zu und knallte uns dann die Tür vor der Nase zu. Ich beschloß, daß Fred Normans Hintern, Onkel hin oder her, wohl in Bälde intime Bekanntschaft mit meiner Schuhspitze machen würde.

Während wir warteten, zog ich mir die Handschuhe aus und ließ sie auf die oberste Stufe fallen. Der Wind biß mir in die Hände wie ein ganzer Schwarm Piranhas, aber das war mir egal. Ich war heilfroh, daß das Leder und die Imprägnierung gehalten hatten und meine Hände sauber geblieben waren.

Die Tür öffnete sich wieder, Norman hielt sie uns auf, während Ralph und ich den Schlitten vorn und hinten wie eine Bahre anhoben und durchs Haus trugen. Es war ein kalkulierbares Risiko. Zum Glück hinterließ unser Passagier keine Tropfspur. Wir trugen ihn durch das ganze Haus, um die Hintertreppe herum durch die Küche und zur Hintertür wieder hinaus, über eine schneebedeckte Fläche, auf der die Abdrücke von Hundepfoten zu sehen waren, und in einen geräumigen Geräteschuppen weit hinten im Wirtschaftshof.

Wir hatten uns für den Schuppen entschieden, weil der Tote hier am ehesten bleiben konnte, bis ihn jemand untersuchen kam, der wußte, was er tat. In dem Schuppen war es eiskalt, so daß die Leiche nicht verwesen konnte, außerdem konnten keine wilden Tiere dort eindringen.

Onkel Fred war zwar ein begnadeter Nervtöter, aber Anordnungen führte er perfekt aus. Der große Arbeitstisch in dem Schuppen war leergeräumt und mit einem sauberen weißen Laken bedeckt worden. Ein Stapel Tücher, mehrere Rollen Küchenpapier und ein ganzes Paket Müllsäcke lagen bereit. Eine nackte Glühbirne direkt über dem Tisch erhellte den Raum.

Wir stellten den Schlitten auf dem Fußboden ab und hoben Dost auf den Tisch. Ralph begann, mit den Füßen zu scharren, wie jemand, dem gerade eine Verabredung eingefallen ist.

»Tja«, sagte er, »ich geh dann mal und lasse Sie hier in Ruhe weitermachen …«

Ich sah ihn an. »Sind Sie bescheuert?« fragte ich ihn. »Ralph, alter Knabe, darf ich Sie daran erinnern, daß wir in Wirklichkeit gar nicht mit dem Sheriff telefoniert haben, oder wissen Sie das schon nicht mehr? Und daß er mich auch nicht zum Hilfssheriff ernannt hat. Ich bin ein Verdächtiger. Also gut, es sind besondere Umstände, ich besitze einige Erfahrung aus meiner Zeit bei der Militärpolizei und mit dem Kram, den ich für das Network erledige, deshalb lassen Sie sich von mir helfen. Aber Sie können mir eines glauben: Wenn Sie einen Verdächtigen mit der Leiche allein lassen, können Sie sich damit verdammt viele Schwierigkeiten einhandeln.«

Ralph seufzte resigniert. »Dann bleibe ich eben hier.«

»Sie bleiben hier, Sie packen mit an, und Sie machen Fotos.«

Darauf zog er sich ebenfalls die Handschuhe aus und holte die Kamera aus der Tasche. »Bringen wir's hinter uns«, sagte er.

Dieser Teil der Aufgabe war genauso widerlich wie das, was wir draußen gemacht hatten, doch wenigstens war es hier gemütlicher. Onkel Fred hatte uns einen kleinen Kerosinofen hingestellt, so daß wir nach kurzer Zeit mit aufgekrempelten Ärmeln weiterarbeiten konnten. Es gab ein Waschbecken, und das Wasser wurde sogar ansatzweise warm.

Als erstes mußten wir Dost entkleiden und dazu einige Kleidungsstücke zerschneiden. Wir gaben acht, die Schnitte nicht an den Nähten entlangzuführen, da sich darin häufig kleine Partikel ansammeln, aus denen ein erfahrenes Labor eine Menge ableiten kann. Dosts Sachen kamen in einen Müllsack. Ich wollte ihn mit einer Schnur zusammenbinden, doch Ralph winkte ab, nahm den Sack und machte drei stramme Knoten Marke Eigenbau hinein.

»Auf diese Weise muß jeder, der an die Sachen will, den Sack aufreißen«, sagte er. »Heimliche Blicke sind da nicht drin.«

»Gute Idee«, sagte ich.

»Jedenfalls nicht übel für einen Bescheuerten, nicht wahr?«

»Tut mir leid«, sagte ich. »Das war nur die Anspannung. Ich kenne eine Menge Dinge, mit denen man sich an einem Wintermorgen die Zeit angenehmer vertreiben könnte.«

Ralph brach in Lachen aus. Die Anspannung war offensichtlich auch für ihn zuviel gewesen. Auch ich prustete los.

»Psst«, sagte ich, noch immer lachend, »sonst hört man uns.«

»Wer ist denn hier der Hilfssheriff? Wer trägt die Verantwortung?«

»Wir klingen wie zwei alte Leichenschänder.«

Ralph sagte: »Stimmt«, kicherte noch ein paarmal und wurde dann wieder ernst. »Leichenschänder! Die sollen erst mal nachmachen, was wir gerade getan haben. Vor allem, was Sie getan haben. Igitt! Und ich dachte, mich kann so leicht nichts erschüttern.«

»Das hat überhaupt nichts damit zu tun«, sagte ich.

Ralph fragte mich, wie ich das meinte, aber ich gab ihm keine Antwort.

Ich warf ein letztes Papiertuch in den fast vollen Müllsack und sagte: »Ich denke, viel sauberer kriegen wir ihn nicht.«

»Was ist mit der ...«

»Da gehe ich nicht dran. Das soll der Leichenbeschauer sich ansehen, sobald die Verbindung zur Außenwelt wiederhergestellt ist.«

»Gut.«

»Drehen wir ihn um.« Es ging ganz schnell, wir bekamen langsam Übung.

Ralph machte einige Fotos. »Knipsen Sie die Stelle hier an seinen Schultern«, sagte ich. »Achten Sie darauf, daß die Schrammen hier gut zu sehen sind.«

Auf Dosts Rücken waren Abschürfungen zu sehen, und zwar frische. Es handelte sich um zwei Streifen, die von den Deltamuskeln im Nacken in gerader, diagonaler Linie bis zu den Achselhöhlen verliefen.

»Wo zum Teufel kommen die denn her?« wollte Ralph wissen. »Das sieht nicht aus wie dieses andere Zeug, diese Flecken ...«

»Leichenflecken«, sagte ich. »Die entstehen nach dem Tod, wenn das Blut in die untersten Teile des Körpers läuft.« Ich runzelte die Stirn. »Nein, das ist etwas anderes.«

»Ich kann mir nicht vorstellen, wie jemand an solche Schürfwunden kommt«, sagte Ralph.

»Es sei denn, er hatte die Angewohnheit, sich selbst mit einem Stock zu malträtieren.«

Ralph bezweifelte das, und ich stimmte ihm zu.

Wir legten Dost wieder auf den Rücken. Ralph fragte mich, woher ich das alles wußte. Ich antwortete ihm, daß ich ein sehr dienstbeflissener Militärpolizist mit einem noch viel dienstbeflisseneren Vorgesetzten gewesen war. Das stimmte auch. Was ich ihm allerdings nicht erzählte, war, daß ich vieles im Umgang mit Krimischriftstellern aufgeschnappt hatte.

»Okay«, sagte ich. »Decken wir ihn zu.«

Wir breiteten ein Laken über die sterblichen Überreste von G.B. Dost, seines Zeichens Ex-Milliardär, schalteten den Heizofen aus und gingen zum Haus zurück.

Die ganze Bande erwartete uns, als wir in die Küche traten. Fast die ganze Bande.

»Hallo«, sagte ich. »Hat sich Barry blicken lassen?«

»Den findet niemand, wenn er nicht gefunden werden will«, sagte Jack Bromhead.

Aranda Dost hatte sich der Herde wieder angeschlossen. Ich war froh darüber. Ich hätte sie niemals allein weglaufen lassen dürfen. Ihre Augen waren rot und verquollen, aber sie weinte im Augenblick nicht. »Warum hat das so lange gedauert?« fragte sie herrisch. »Was haben Sie da draußen gemacht?«

»Versucht, so viel wie möglich herauszufinden, ohne die Spuren für die Fachleute unbrauchbar zu machen. Wenn sie endlich hier eintreffen.«

»Aber wozu das Ganze?« fragte Haskell Freed in lockerem Gesellschaftston, der dem Angesprochenen mitteilte: »He, ich provoziere dich zwar ein bißchen, aber das ist nicht so ernst gemeint. Kommen Sie, trinken wir einen zusammen.«

»Genau«, fiel Wilberforce ein. »Sie haben alles getan, was der Anstand erfordert. Warum lassen Sie jetzt nicht alles, wie es ist, bis die Fachleute hier sind?«

Ich sah ihn an. Ich sah alle anderen an.

»Ist das Ihr Ernst?« Keine Antwort. »Glauben Sie alle wirklich, Ralph und ich würden den Morgen in innigem Zwiegespräch mit einer Leiche verbringen, weil uns das Spaß macht? Weil es unser Ego stärkt?«

Roxanne, das gute Kind, schüttelte ein wenig den Kopf. Die übrigen, Dosts Leute und die Kollegen vom Network, starrten uns gleichermaßen feindselig an.

»Hört mal zu, ihr Arschgeigen«, sagte ich. »Vielleicht kann ich ja folgenden Sachverhalt in eure Köpfe prügeln: Wir sitzen in diesem Haus gemeinsam mit einem Mörder fest. Einem Mörder, der Dinge tun kann, die für uns nicht nachvollziehbar sind. Einem Mörder, der vor unserer Nase einen der mächtigsten Männer der Welt kaltgemacht hat. Kapiert ihr das nicht?«

Einige räusperten sich, aber ich gab niemandem eine Chance, das Wort zu ergreifen.

»Warum sollten wir annehmen, der Kerl sei fertig? Vielleicht bleibt uns gar keine Zeit, alles den Fachleuten zu überlassen. Vielleicht ist gar keiner von uns übrig, um irgendwann mit den Fachleuten zu sprechen.«

Fred Normans Gesicht war gerötet. »Verdammt noch mal, Cobb, Sie machen den Frauen ja angst.«

Ralph sagte: »Halt den Mund, Onkel Fred.« Ich hätte ihn dafür küssen können.

»Nur den Frauen?« fragte ich zurück. »Das ist aber schade. Ich wünschte, ihr hättet alle so viel Angst wie ich jetzt. Ich schlage vor, jeder verrammelt seine Tür, wenn er allein in seinem Zimmer ist, und wenn jemand irgendwo hingeht, dann immer mindestens in Dreiergruppen.«

Ich hielt einen Augenblick inne und lauschte meiner eigenen Stimme. Erschrocken wurde eines klar: Falls Barry Dost nicht seinen alten Herrn umgenietet hatte, richtete ich in diesem Moment das Wort auch an den Mörder. Der sicherlich nur zu begierig zuhörte.

»Seien Sie vorsichtig«, sagte ich.

Ralph sagte noch, jeder solle sich nachmittags bereithalten, um ein paar Fragen zu beantworten, dann verzogen sich alle. Immer mindestens in Dreiergruppen.

Kapitel 11

… und finden Sie die irgendwo im Puzzle verborgene richtige Antwort.
– Jack Narz, »Now You See It« (CBS)

Ralph und ich verbrachten den restlichen Vormittag damit, das Haus zu erkunden. Roxanne heftete sich an unsere Fersen, ungeachtet der unzähligen Andeutungen, die ich ihr gegenüber fallenließ. Als ich ihr schließlich rundheraus sagte, sie solle sich verziehen, antwortete sie, ich hätte selbst gesagt, in Dreiergruppen, und sie schätze mich nicht als jemanden ein, der seine eigenen Anweisungen untergräbt.

Deputy Ingersoll hätte sie kraft seiner Dienstmarke einfach wegschicken können, aber er fiel mir in den Rücken. Er grinste nämlich und sagte: »Wo sie recht hat, hat sie recht.«

Ich wandte mich wieder an Roxanne. »Na gut«, sagte ich. »Aber du hältst den Mund über alles, was wir sehen oder sagen, kapiert? Falls nicht, lege ich dich übers Knie, darauf kannst du Gift nehmen.«

Roxanne riß die Augen auf, steckte ihren Zeigefinger in den Mund und hauchte: »Versprichst du mir das?«

»Versprich du mir das lieber.«

»Du brauchst mich nur darum zu bitten, Cobb, das müßtest du doch inzwischen wissen. Ich verspreche, daß ich den Mund halten werde.«

Ralph hatte den Hauptschlüssel in der Tasche und ging voller

Enthusiasmus an die Sache heran. Ich konnte ihm das nachfühlen. Solange wir beschäftigt waren, hatten wir keine Gelegenheit, über unser kleines Frankenstein-Spielchen von heute morgen nachzugrübeln.

Ich fragte mich ohnehin, ob Ralph nicht letzten Endes den schlechteren Part bekommen hatte, denn er war derjenige, der den Zeremonienmeister machen und alle in den Schuppen geleiten mußte, die sich Dosts sterbliche Überreste ansehen wollten. Ich saß in der Küche und schaute mir die Leute an, wenn sie zurückkamen. Aranda Dost war in Tränen aufgelöst, Ralph mußte sie praktisch tragen. Ich glaube nicht, daß es einem von beiden viel ausmachte. Jack Bromhead preßte die Kiefern fest aufeinander. Agnes Norman schüttelte fortwährend den Kopf und murmelte immer wieder: »Nein, nein, wie grauenhaft«. Onkel Fred wirkte um zwanzig Jahre gealtert und völlig gebrochen, als hätte er einen Bruder oder Sohn verloren.

Als Wilberforce aus dem Schuppen zurückkam, sah er – wie zu erwarten – aus, als sei er gestorben und bereits erfolgreich einbalsamiert. Auf meiner Liste für die nachmittäglichen Befragungen stand Wilberforce ganz oben.

Wir beschlossen, im Keller anzufangen und uns von unten nach oben vorzuarbeiten. Wir suchten zweierlei: 1. Barry Dost und 2. nützliche Hinweise, ganz gleich, welcher Art.

Im Untergeschoß gab es ein Schwimmbecken. Es hatte nicht direkt Olympiamaße, war jedoch erheblich größer als die üblichen Swimmingpools in anderer Leute Gärten. An der einen Schmalseite war ein Dreimeterbrett angebracht. Der Raum war feuchtwarm und roch so stark nach Chlor, daß ich schon befürchtete, der Dampf werde mir die Augenbrauen bleichen.

Wir gingen um das Becken herum und schauten in alle Ecken. Der Rest des Badebereichs war sehr elegant mit hellblauen Fliesen und Lichtschaltern ausgestattet. Hier hätte man nicht einmal einen bösen Gedanken verstecken können, geschweige denn etwas anderes.

Roxanne sagte: »Mist!«

»Was ist los?« fragte ich.

»Jetzt schau dir dieses tolle Schwimmbecken an. Schwimmen und Skifahren wollte ich, und keins von beiden läßt man mich tun.«

»Vielleicht könntest du ja auf Skiern den Berg runterfahren und Hilfe holen.«

»Sehr witzig. Leider verlaufen alle Pisten von der Kuppe den Berg herunter zum Haus hin. Außerdem komme ich nicht einmal bis zum Skilift, ohne deinen kostbaren Schnee zu zertrampeln.«

»Und warum kannst du dann nicht schwimmen gehen?«

»Immer mindestens in Dreiergruppen, sagt dir das was? Was soll ich denn tun? ›Bitte, Mrs. Dost, darf ich eine Poolparty veranstalten? Sie haben nicht zufällig ein paar Cocktailwürstchen und die Zutaten für Daiquiri im Haus?‹«

»Wo sie recht hat, hat sie recht«, sagte Ralph wieder.

»Halten Sie sich da raus«, sagte ich zu ihm und wandte mich an Roxanne. »Rennst du uns nach, um uns zu helfen oder um zu jammern?«

»Das kann ich mühelos beides«, sagte sie.

»Dann tu mir den Gefallen und sorg dafür, daß die Mischung immer siebzig zu dreißig zugunsten der Hilfe bleibt, klar?«

»Klar, Cobb.«

»Fein.« Wir durchsuchten den Duschraum und die Umkleidekabinen, ohne das geringste zu finden. Wir probierten es im restlichen Teil des Kellergeschosses, in dem Lagerräume und dergleichen untergebracht waren, doch ebenfalls ohne Erfolg.

Im Erdgeschoß stießen wir ebenfalls auf nichts, die vorwurfsvollen Blicke der Normans und der übrigen Gäste nicht mitgerechnet.

Bis wir die Waffenkammer betraten. Ich nahm den verschlossenen Plastikbeutel aus der Tasche und ging auf die Angelgeräte zu.

Roxanne deutete auf den Beutel. »Was ist das?« wollte sie wissen.

»Ein Stückchen Angelschnur«, sagte ich.

»Und was ist das Braune?«

Ich sah sie an.

Sie schluckte. »Oh«, sagte sie. »Was hast du jetzt damit vor?«

»Ich will versuchen, genau festzustellen, was für eine Schnur das ist und wo sie herkommt, denn dann kann ich mir eher einen Reim darauf machen, warum zum Teufel sie bei Dost da draußen lag.«

»Möglicherweise hatte er einfach nur eine Jacke an, die er sonst zum Angeln anzieht oder so.«

Ich runzelte die Stirn. »Herrgott, auf die Idee bin ich überhaupt noch nicht gekommen. Wahrscheinlich hast du recht. Laßt uns trotzdem nachsehen, wenn wir schon einmal hier sind.«

Es dauerte nicht lange. Die schmalen Schubladen unter den Wandhaken wirkten zwar auf den ersten Blick wie Insekten-Schaukästchen, trugen jedoch bei näherem Hinsehen Schilder wie KÜNSTLICHE FLIEGEN oder KALIBER .22 LANG. Alle waren verschlossen. Ich beschloß, mir den Schlüssel bei Bedarf später zu besorgen, und sah mir statt dessen die Angelruten an, die mit Haken an der Wand befestigt waren.

Und da war die Schnur, auf die Spule einer langen, dicken Brandungsangelrute gewickelt, nun jedoch ein Wirrwarr, nachdem jemand offenbar in großer Eile ein Stück Schnur abgerollt und ungeschickt abgeschnitten oder abgerissen hatte. Ich tippte eher auf letzteres, obwohl das sicher nicht einfach war, denn es handelte sich um ein stabiles, hochwertiges Material.

Warum jemand in einem Landhaus in den Bergen, vierhundert Meilen von der nächstgelegenen Küste entfernt, überhaupt eine Rute zum Brandungsangeln besaß, ging über meinen Verstand. Jack Bromhead würde mir sicher etwas dazu sagen können.

Anschließend gingen wir die Treppe hinauf, und von da an wurde es schwierig. Ich meinte es todernst mit der Absicht, den Mörder dingfest zu machen, bevor er sich ein weiteres Opfer suchen konnte. Falls wir ihn aber tatsächlich überführen konnten, wollte ich natürlich so viel in der Hand haben, daß der zuständige Staatsanwalt ihn auch vor Gericht bringen konnte. Wir durften auf keinen Fall Beweismittel zunichte machen.

Mit oder ohne Durchsuchungsbefehl machten wir uns also daran, die Zimmer zu inspizieren.

Soweit ich das beurteilen konnte, war die Situation folgende: Ralph hatte mit Wissen und Zustimmung Aranda Dosts den Hauptschlüssel an sich genommen. Deshalb war ihr eigenes Zimmer ebenso zulässiges Terrain wie die Räume aller übrigen, die ständig hier wohnten. Für die Gästezimmer hätten wir von Rechts wegen einen Durchsuchungsbefehl benötigt, es sei denn, wir hatten jeweils die Erlaubnis desjenigen, der das betreffende Zimmer bewohnte.

Ohne diese Erlaubnis konnte nichts, was wir fanden, vor Gericht verwertet werden. Das galt eindeutig für Ralph, aber auch, wie ich befürchtete, für mich und Roxanne. Der Sheriff hatte mich zwar nicht wirklich zum Hilfssheriff befördert, doch dadurch, daß ich Ralph bei den Ermittlungen »assistierte«, war ich »polizeilich beauftragt«, vor allem wenn Ralph mir die Türen mit dem Hauptschlüssel aufschloß.

Ein schöner Kuddelmuddel. Hätte ich doch Jura studiert, wie es sich mein Vater immer gewünscht hatte! Wilberforce und Carol Coretti waren zwar Juristen, aber nicht die richtige Sorte. Und selbst wenn, waren sie im übrigen selbst Verdächtige. Es wäre bestenfalls eine Dummheit von mir, ihren Ratschlägen zu folgen, und schlechtestenfalls hätten sie mir womöglich erklärt, daß ich keinerlei Möglichkeit hatte, auf legalem Weg in die Zimmer hineinzuschauen.

Und genau das wollte ich. Waren die Entscheidungen des Obersten Gerichtshofs auch noch so erhaben und weise, ich hätte doch schwören können, daß die Sache ganz anders aussähe, wenn das Hohe Gericht nicht in seinen Marmorhallen in Washington, sondern eingeschneit in einem Haus mit einem frei herumlaufenden irren Mörder tagen müßte.

Wir begannen mit den Räumen, die uns rein rechtlich gesehen zugänglich waren. Die Normans taten alles, um ihren Wohnbereich in diesem noblen Landhaus in eine Maisonette-Ranch im Vorstadtstil umzugestalten. Einer von beiden stand auf Milchglasengel und Bilder von kleinen Kindern mit großen, traurigen Augen auf schwarzem Samt. Nach und nach brachte ich mehr Verständnis für Fred Norman auf. Wenn ich tagein, tagaus von solchem Mist umgeben wäre, müßte ich das auch an anderen Leuten auslassen.

Jack Bromheads Zimmer im zweiten Stock erbrachte keinerlei Hinweise, abgesehen von der Erkenntnis, daß er sich Aranda Dosts Gestaltungswut zumindest in einer Hinsicht widersetzt hatte. Sein Bett war zwar eine Antiquität, jedoch ein antikes Monstrum aus irgendeiner Absteige. Das Ding bestand von den Beinen über das Kopfende bis zum fest montierten offenen Bettrost komplett aus Metall. Es mußte alles in allem eine Tonne Eisen enthalten.

Die Schlafzimmer von Aranda und Gabby Dost lagen nebeneinander. In Arandas fanden wir astrologische Tabellen, Tarotkarten, I-Ging-Stäbchen und die gesammelten Werke von Shirley McLaine. Auf das Kästchen mit ihrem Scheidenpessar hatte Aranda ihr Sternzeichen in Gold prägen lassen.

Ich zeigte es Roxanne. »Welches Sternzeichen ist das?«

»Jungfrau.«

»Ich dachte es mir. Auf einer Pessardose. Das Schlimme ist, daß sie vermutlich nicht einmal auf die Idee kommt, daß so was zum Brüllen ist.« Dosts Zimmer sah genauso aus wie meines und wirkte so, als hätte jemand dort gestern abend im Bett gelegen. Ich fand es deprimierend, daß ein Mann von G.B. Dosts Vermögen und Einfluß seine unmittelbare Umgebung persönlich so wenig geprägt hatte.

Wir gingen weiter. Ralphs Zimmer, Cal Gowes Zimmer, nichts. Auch in die unbewohnten Räume warfen wir einen Blick, nur für den Fall, daß sich Barry Dost irgendwo unter dem Bett versteckt hatte, aber vergebens.

Dann kamen die Gästezimmer dran. Meines als erstes, um aufs Klo gehen und nach Spot sehen zu können, der sich wie ein Schneekönig freute, daß er mit Roxanne spielen durfte. Dann die übrigen Räume. Das Zimmer von Wilberforce strahlte exakt dieselbe Persönlichkeit aus wie sein Bewohner, so daß wir innerhalb von fünf Sekunden damit fertig waren. Haskell Freed hatte sein Zimmer in einen Saustall verwandelt. Überall lagen Kleidungsstücke und Papier herum. Ich hob die Zettel auf. Alle waren mit Zahlen bedeckt, einschließlich eines Blattes, das neben dem Telefon lag. Es stand eine Telefonnummer darauf. Es war nicht die Rufnummer des Networks. Ich prägte mir die von Haskell notierte Nummer ein und legte die Zettel mehr oder weniger wieder dort hin, wo ich sie aufgehoben hatte.

Carol Corettis Zimmer kam als nächstes dran. Roxanne hatte wieder zu uns aufgeschlossen, diesmal mit Spot im Schlepptau.

»Was zum Teufel soll das?« fragte ich. »Ich komme mir vor wie im Zauberer von Oz. Jedesmal, wenn ich mich umdrehe, sind wieder welche dazugekommen.«

»Jetzt halt mal die Luft an«, sagte Roxanne. »Mit Hilfe seiner Nase kann Spot vielleicht Barry Dost finden.«

»Spot kann von Glück reden, wenn er mit Hilfe seiner Nase

seinen Futternapf findet. Samojeden sind Schlittenhunde, keine Spürhunde.«

Roxanne wechselte das Thema. »Wessen Zimmer ist das hier? Carols? Ich gehe jede Wette ein, daß du hier kein Pessar findest.«

»Komisch«, sagte ich. »Woher weißt du das?«

»Ha!« rief Roxanne aus. »Also ist sie es tatsächlich?«

»Wo sie recht hat, hat sie …« setzte Ralph an.

»Verbindlichen Dank, Deputy Ingersoll, es wäre mir bestimmt entgangen.« Ich wandte mich wieder an Roxanne. »Hör bitte auf, herumzubrüllen, ja? Oder möchtest du es gleich ans Schwarze Brett nageln: IHRE ZIMMER WERDEN GERADE DURCHSUCHT?«

Aus lauter Verwunderung über sich selbst schüttelte Roxanne den Kopf. »Wow! Die Kleine hat ein gutes Gespür für solche Dinge!«

Ich ignorierte sie und sah mich rasch im Zimmer um. Ich fand in der Tat kein Pessar, aber auch nichts, was die Ermittlungen irgendwie weitergebracht hätte. Das einzige, was einen Blick wert war, war ein Silberrahmen mit einem Foto von Carol Coretti Arm in Arm mit einer kleinen molligen Blondine.

Roxanne stand plötzlich neben mir. »Die Konkurrenz, wie?«

»Rox, hör jetzt mit dem Quatsch auf, ja?«

»Ich hab gesehen, wie du sie auf dem Weg hierher die ganze Zeit angeschmachtet hast.«

»Ich schmachte nichts und niemanden an.«

»He, ich hab dich schon gekannt, als du noch mit Monica zusammen warst. Den letzten Satz kannst du also getrost streichen.«

Ich mußte lächeln. »Ich habe nicht behauptet, ich hätte nie zuvor jemanden angeschmachtet.«

»Ein Punkt für Cobb«, sagte Ralph. »Sind wir hier fertig?«

»Ja«, sagte ich. »Beeilen wir uns.«

Ich könnte Ihnen jetzt im einzelnen aufführen, was wir in

Bats Blefarys Zimmer und den übrigen Räumen vorfanden, aber es würde Ihnen genauso wenig einbringen wie uns.

Unter dem Strich fanden wir doch noch einiges. Gabby Dost hatte leicht übertrieben mit der Behauptung, die Renovierung des Hauses sei abgeschlossen. Abgesehen von den Räumen, die er selbst, seine Familie und Gäste bewohnten, kamen lediglich fünf oder sechs Zimmer etwa an den Standard meines eigenen Zimmers heran. Die übrigen enthielten zwar Möbel, aber keinerlei Dekoration. Die Fernsehgeräte standen noch auf Rollständern, anstatt in maßgeschneidertem Mahagoni verborgen zu sein. Die Geräte waren zwar an das Stromnetz, jedoch weder an einen Kabelkanal noch einen Videorecorder oder eine Antenne angeschlossen.

Auch was mit der Telefonanlage passiert war, fand ich heraus. Das Schaltpult für die Steuerung der einzelnen Leitungen in den verschiedenen Räumen, das Telex, das Faxgerät und die Gegensprechanlage war im zweiten Stock in einem Wandschrank an der Hintertreppe untergebracht. Der Schrank fiel uns vor allem deshalb auf, weil das Schloß aufgebrochen war.

Das Schaltpult war irreparabel zerstört. Es sah aus, als hätte es jemand mit einer Axt zertrümmert und auf den Bruchstücken herumgetrampelt.

»Jemand weiß, daß wir gelogen haben«, sagte Ralph.

»Noch schlimmer: Dieser Jemand wollte sichergehen, daß wir keine Hilfe herbeirufen können.«

Roxanne kapierte noch immer nicht. »Wie konntet ihr denn überhaupt mit dem Sheriff telefonieren, wenn das Ding doch total kaputt ist … oh. Jemand weiß, daß ihr gelogen habt. Ich zum Beispiel?«

»Abgesehen von dir. Derjenige, der das getan hat, weiß, daß wir nie und nimmer mit dem Sheriff gesprochen haben können. Jetzt weißt du, warum du mir versprechen mußtest, den Mund zu halten.«

»Kannst du nicht für das belangt werden, was du hier tust? Amtsanmaßung oder so etwas?«

»Das ist unsere geringste Sorge«, sagte ich.

»Immerhin«, meinte Ralph, »wissen wir jetzt, daß es der Typ ernst meint.«

»War Ihnen die Leiche da draußen auf den Felsen nicht ernst genug?« blaffte ich.

»Ich meine, wirklich ernst«, erwiderte Ralph.

»Er meint«, sagte Roxanne, »daß er eine wirklich ernsthafte Bedrohung für uns alle darstellt.«

»Ich verstehe sehr gut, was er meint«, sagte ich. »Los, kommt jetzt, bringen wir es hinter uns.« Das taten wir. Wir schauten in eine Million leerer Räume, jedenfalls kam es uns so vor. Ich bekam allmählich Kopfschmerzen. Das erinnerte mich daran, auch in dem Raum nachzusehen, in dem Barry mir den Tritt vor den Kopf gegeben hatte. Er war völlig unverändert, nur daß es wegen der Sonne, die durch die große Glasfläche in den Raum schien, darin jetzt sehr warm war. Aber ich hatte jetzt ja auch etwas an.

Das Beste verwahrten wir uns bis zum Schluß auf. Barrys Zimmer.

Und fanden nicht das geringste. Abgesehen davon, daß Barry seinen persönlichen Geschmack teilweise gegen die Dekorationsbemühungen seiner Stiefmutter durchgesetzt hatte. An drei Wänden standen Bücherregale. Das eine enthielt ausschließlich Bände über Public Relations, eines Studienausgaben über klinische Psychologie und das dritte schlicht und einfach Abenteuer- und Schauerromane. In einem Kasten fanden wir Videobänder, durchweg Horrorstreifen und Zeichentrickfilme.

»Chacun à son goût«, sagte Roxanne. »Das ist Französisch. Es bedeutet ›Jeder nach seiner Fasson‹.«

»Excelsior«, erwiderte ich. »Das ist Lateinisch und bedeutet: ›Schauen wir auf dem Dachboden nach‹.«

Doch auch auf dem Dachboden fanden wir nichts.

Was ich jetzt dringend brauchte, waren zwei Kopfschmerztabletten und reichlich Schlaf.

»Kommt, wir stellen den Leuten ein paar Fragen«, sagte ich.

Kapitel 12

Ich würde fünfundsiebzig Punkte geben,
aber kaufen würde ich es nicht.
– Zahlreiche Teenager, »American Bandstand« (ABC)

Wir ließen uns in der Bibliothek nieder. Dort gab es bequeme Ledersessel und eine Bar, für den Fall, daß jemandes Zunge etwas geölt werden mußte.

Als erstes nahmen wir Calvin Gowe in die Mangel. Er hatte nichts gehört oder gesehen (Ich habe einen sehr festen Schlaf, wissen Sie). Über die Leute, mit denen er hier eingeschneit saß, hatte er sich keinerlei Meinung gebildet (Ich kümmere mich um meine eigenen Angelegenheiten, wissen Sie). Ralph, der beruflich ziemlich oft mit Gowe zu tun hatte, erklärte mir, das sei eine ziemlich vollständige Zusammenfassung von Gowes Kenntnissen und Fertigkeiten, so daß wir beschlossen, ihn als Türsteher einzusetzen. »Wir möchten nicht, daß jemand an der Tür lauscht«, erläuterte Ralph ihm.

Cal war das gleichgültig. Allerdings verlangte er auch eine Gegenleistung. »Ich wußte gar nicht, daß du Hilfssheriff bist«, sagte er zu Ralph. Er klang regelrecht beleidigt. »Weißt du, ich hab doch da neulich ein Strafmandat wegen Geschwindigkeitsüberschreitung gekriegt. Vielleicht könntest du mir dabei ja irgendwie behilflich sein ...«

Ich sagte, Ralph werde tun, was er könne, und handelte mir damit ein Lächeln von Gowe und scheele Blicke von Ralph ein.

Aber so kamen wir zu einem Türsteher. Ich bat ihn, zuerst die Normans hereinzuschicken.

Des lieben Friedens willen ließ ich Ralph alle Fragen stellen, aber er machte das ohnehin recht gut. Er ließ sich nicht verleiten, etwas für bare Münze zu nehmen, nur weil der Betreffende ein naher Verwandter war. Nicht, daß uns das etwas genützt hätte, denn niemand hatte etwas gesehen oder gehört. Sie hatten keinerlei Vorstellung, wie Dosts Leiche hatte den Schnee überqueren können, ohne die geringsten Spuren zu hinterlassen. Nein, sie konnten uns nicht sagen, wo Barry Dost sein mochte.

»Es gibt hier so viele Zimmer«, sagte Tante Agnes.

»Möglicherweise ist er vor euch her immer weitergegangen und dann in einen Raum zurückgeschlichen, wo ihr schon gewesen wart«, meinte Onkel Fred.

»Er ist immer schon reizbar gewesen«, sagte Tante Agnes. »Dabei ging es ihm in letzter Zeit ausgesprochen gut. Und dann mußte das passieren.« An diesem Punkt schaute das Ehepaar einmütig mit exakt demselben Ausdruck der Abscheu in meine Richtung.

Zum ersten Mal, seit sie den Raum betreten hatten, ergriff ich das Wort. »Nun halten Sie mal einen Augenblick die Luft an. Sie beide sind seit heute morgen stinksauer auf mich. Glauben Sie allen Ernstes, ich hätte Ihren Chef umgebracht? Oder habe ich einfach bloß Mundgeruch und merke es nicht?«

»Ihre Ausdrucksweise«, sagte Fred Norman. Ich vermutete, ich hätte in Anwesenheit einer Dame das Wort »Mundgeruch« nicht verwenden dürfen. Ich entschuldigte mich.

»Das sagen Sie nur so. Sie kommen hierher und spielen sich als cleverer, gewiefter Geschäftsmann aus der City auf. Aalglatt wie eine Teflonpfanne. Und wenn es Probleme gibt, rennen Sie halbnackt durch die Gegend und kommandieren uns dumme Provinznulpen herum, ohne zu kapieren, daß wir längst einen richtigen Gesetzeshüter unter uns haben.«

»Mr. Dost hat uns niemals so behandelt!« Tante Agnes rümpfte die Nase.

»Dost hatte eben nicht dieses City-Gehabe«, erläuterte Onkel Fred. Aufgrund seiner Aussprache und Mimik war davon auszugehen, daß das Wort »City« für Onkel Fred gleichbedeutend war mit »Sumpf«.

Onkel Fred war noch nicht fertig. Er murrte weiter, es sei mir zwar gelungen, den Sheriff und sogar den armen Ralph einzuwickeln, aber er lasse sich von mir nicht hinters Licht führen.

»Es war immer alles in bester Ordnung, bis Mr. Dost mit Ihnen und Ihresgleichen vom Network in Berührung kam«, ließ Norman unheilschwanger verlauten und starrte mich an, wohl in der Erwartung, ich werde unter der erdrückenden Last seiner Logik weinend zusammenbrechen.

Ich sah ihn nur an. Ihn und seine Frau. Ich konnte es einfach nicht fassen. Die beiden waren Bauerntrottel, wie sie im Buche standen. Richtige hinterwäldlerische Bauerntrottel. Ich hatte diese Art für ausgestorben gehalten, aber nun saßen sie leibhaftig vor mir. Die beiden waren Städtern gegenüber so verunsichert, daß sie jedes Wort und jede Geste als absichtliche Beleidigung auffaßten. Ich hatte zwar gewußt, daß es solche Leute gab, hätte jedoch nie damit gerechnet, ihnen heutzutage noch in Fleisch und Blut zu begegnen. Ich hoffte inständig, daß dies die ersten und letzten Exemplare waren.

Ich wandte mich an Tante Agnes. »Wir essen hier in der Bibliothek zu Mittag. Ein paar Sandwiches reichen völlig. Sie können jetzt gehen.« Bei denen hatte ich sowieso nichts mehr zu verlieren, dachte ich.

Sie stiefelten naserümpfend aus dem Raum. Ralph drehte sich zu mir um und zuckte die Achseln. Ich lächelte ihn an und sagte: »Was soll's!« Dann bat ich Calvin, das nächste Opfer hereinzulassen.

Fast sechs Stunden lang verhörten wir Leute, und ich könnte

jetzt lang und breit über all die Nieten berichten, die wir dabei zogen, aber das würde Sie nicht weiter voranbringen als uns. Wahrscheinlich sogar noch weniger als uns, weil wir dabei wenigstens Tante Agnes' selbstgebackenes Brot mit Schinken serviert bekamen, was immerhin ein halbwegs angemessener Trost war.

Es genügt zu sagen, daß niemand das geringste gehört, gesehen oder vermutet hatte. Die übrigen Gesprächsthemen möchte ich kurz zusammenfassen.

Haskell Freed betrat die Bibliothek mit einem Lächeln, als stehe er kurz vor einem Vertragsabschluß. Er zog eine Zigarre aus der Tasche, schraubte die Metallhülse ab, sah dann erst auf und meinte: »Oh, tut mir leid. Darf ich ...?«

Wir ließen ihn weitermachen. Er zündete das Ding umständlich an und strahlte uns durch den Qualm hindurch an. Er benahm sich wie jemand, der beim Lustwandeln im Park zwei Kinder beim Räuber-und-Gendarm-Spielen gelassen über sich ergehen läßt.

Schön, dachte ich. Na dann, viel Vergnügen.

»Haskell«, sagte ich, »ich möchte Ihre Erfahrungen in finanziellen Angelegenheiten in Anspruch nehmen. Mir ist da ein Gedanke gekommen, und ich würde ihn gern mit Ihnen besprechen, um zu sehen, ob so etwas überhaupt möglich ist.«

»Aber natürlich«, sagte er und lehnte sich paffend zurück.

»Seit Dosts Ankündigung, er werde das Network kaufen, steigen unsere Aktien, das stimmt doch, nicht wahr?«

»Himmelhoch. Besitzen Sie welche?«

»Ein paar. Man kann nicht Vizepräsident beim Network sein, ohne mindestens einige davon in der Ecke zu haben. Ich meine, Sie sind doch noch viel länger als ich Vizepräsident, Sie müssen doch viel mehr Aktien besitzen.«

Er zuckte die Achseln. »Eine relativ große Menge«, räumte er ein. »Natürlich nicht annähernd so viele wie beispielsweise Roxanne Schick. Sie hat sie allerdings geerbt.«

»Allerdings«, sagte ich. »Mir kam einfach so eine Idee. Falls unser kleines Meeting hier oben vorab konkret oder gerüchteweise bekannt geworden wäre, hätte der Aktienpreis doch mittlerweile bestimmt astronomische Zahlen erreicht, oder?«

»Das ist richtig«, sagte Haskell. »Aber nicht auf Dauer.«

»Warum nicht?« fragte Ralph.

»Weil Dost tot ist. Dost war das Zauberwort. Selbst wenn die Fusion noch zustande kommt, was ich ehrlich gesagt stark bezweifle, ist das der Börse gleichgültig. Die wollen nur Dost als Chef der fusionierten Gesellschaft.«

»Ohne Dost müßte also die Nachfrage nachlassen und der Aktienwert fallen.«

»In den Keller«, meinte Haskell traurig. »Ich habe heute vermutlich auf dem Papier zwei Millionen Dollar verloren. Oder besser gesagt, das werde ich, sobald das bekannt wird. Ich muß schon sagen, Deputy ... Ingersoll?« Ralph nickte. »Ich muß schon sagen, das Büro des Sheriffs ist ausgesprochen diskret. Von Dosts Tod ist noch nichts an die Öffentlichkeit gedrungen.«

»Woher wollen Sie das wissen?«

»Weil das Telefon zwar nicht funktioniert, wohl aber das Kabelfernsehen. Ich habe mir heute morgen den Börsenticker auf dem Financial News Network angesehen. Die Network-Aktien steigen immer noch, und auch Dosts übrige Firmen – NorAm-Bake, Dost Tool Company und all die anderen – verhalten sich in etwa wie erwartet. Wäre sein Tod bereits publik, wären sie allesamt drastisch gefallen.«

»Was wäre aber, wenn jemand jetzt in diesem Augenblick wüßte, daß Dost tot ist? Dann wäre das doch genau der richtige Moment, um zu verkaufen, nicht wahr? Sie könnten doch zwei Millionen Dollar Gewinn einstreichen. Und wenn der Tiefststand erreicht ist, könnte man die Aktien zurückkaufen und einen erheblich größeren Anteil haben als vorher, jedoch ohne einen Cent dafür latzen zu müssen, von der Maklercourtage einmal abgesehen.«

»Das würde gegen das Gesetz verstoßen, Cobb.« Haskell hatte jetzt genug von unserem Spielchen, aber die Gendarmen nahmen den Räuber noch etwas in den Schwitzkasten.

»Das tut Mord auch«, sagte ich. »Wir haben es hier ganz offensichtlich mit einer gestörten Persönlichkeit zu tun, mit jemandem, der vielleicht verbittert ist, weil er bei der Ernennung von Präsidenten beim Network bereits zweimal übergangen wurde, und dem klar ist, daß ihm mit Dosts Übernahme endgültig die Felle wegschwimmen.«

Haskells Gesicht rötete sich. »Verdammt noch mal, das gefällt mir nicht, Cobb!«

Ich antwortete liebenswürdig: »Das braucht es auch nicht, hören Sie einfach nur zu. Es stimmt, ich spreche von Ihnen, Haskell. Ohne Dost keine Fusion. Plus die einmalige Chance, so viele von den inzwischen spottbilligen Network-Aktien an sich zu raffen, daß man einen Führungswechsel erzwingen kann.

Sie haben heute morgen gar nicht versucht, Falzet anzurufen, nicht wahr? Sie wollten Ihren Broker anrufen und ihn anweisen, jetzt zu verkaufen.«

Als ich das aussprach, zog er gerade an seiner Zigarre. Es hat sich noch nie bewährt, mit einem Atemzug den Qualm einer halben Zigarre in die Lunge zu saugen, und Haskell Freeds Gesichtsfarbe schlug in Sekundenschnelle von Leuchtendrot in Seegrün um. Er hustete etwa fünf Minuten lang. Ralph holte ihm ein Glas Wasser, das er gierig herunterstürzte. Die Hälfte davon landete auf seinem burgunderroten Pullover, der so ausgezeichnet mit seinem weißen Haar harmonierte.

Haskell ließ sich in seinem Sessel zurücksinken und schnappte nach Luft.

»Geht's Ihnen jetzt wieder besser?« fragte ich.

Er war naßgeschwitzt, seine Augen tränten, aber er riß sich zusammen und kam sogar richtig in Fahrt. »Sie beschuldigen mich eines Mordes, Cobb. Das gefällt mir gar nicht. Und ich werde das nicht vergessen.«

»Ihr Börsenmakler sollte in jedem Fall die richtigen Antworten auf einige Fragen bereithalten, wenn wir hier endlich rauskommen, das ist alles.«

»Ich fasse es einfach nicht. Glauben Sie allen Ernstes, ich hätte Dost umgebracht?«

Ich sah ihn ernst an. »Wollen Sie die Wahrheit hören?«

»Natürlich will ich das!«

»Ich glaube es nicht.«

Hätte Ralph eine Zigarre gehabt, dann wäre es ihm jetzt ebenso gegangen wie zuvor Haskell. »Sie glauben es nicht?«

»Haskell ist nicht blöd. Wenn er die ganze Sache eingestielt hätte, würde alles davon abhängen, daß er seinen Broker anrufen kann. Nehmen wir an, irgend etwas hätte das ganze Haus geweckt, und man hätte ihn beobachtet, so wie wir ihn jetzt beobachten. Dann könnte er sich nicht darauf verlassen, daß wenigstens so lange nichts von den Vorgängen hier nach außen dringt, bis er seine Gewinne einigermaßen unauffällig eingesackt hat. Er hätte bei der Frage nach dem Telefonat nicht gelogen, und er wäre nicht um ein Haar erstickt, als wir ihm die Lüge auf den Kopf zugesagt haben. Im übrigen hätte er von vornherein gar nicht zugegeben, einen Anruf versucht zu haben.«

Ich wandte mich an Haskell. »Was Sie getan hätten, ist folgendes: Sie hätten Ihre Aktien längst verkauft, bevor Sie überhaupt herkamen. Für die Gewißheit hätten Sie ein paar Dollar Verlust in Kauf genommen. Dann hätten Sie sich nämlich keine Sorgen mehr machen müssen, wann die Nachricht von Dosts Tod nach außen dringt. Je schneller die Preise fielen, desto eher könnten Sie zurückkaufen, und zwar ganz ungeniert. Und für das Network wären Sie weiß Gott der Held des Tages gewesen. Der Coup hätte Ihnen geholfen, an die Macht zu kommen.«

Haskell wollte ein Taschentuch aus seiner Brusttasche nehmen, um sich den Schweiß abzuwischen, stellte aber fest, daß sein Pullover keinerlei Brusttaschen besaß und er folglich auch kein Taschentuch hatte. Ralph reichte ihm eine Papierserviette.

Haskell nahm sie wortlos und tupfte sich die Stirn ab. Die ganze Zeit über starrte er mich mit einem Gesichtsausdruck an, den Fred Norman, ohne zu zögern, in sein Repertoire aufgenommen hätte.

»Warum tun Sie das, Cobb?« fragte er. »Das waren die schlimmsten zwanzig Minuten meines ganzen Lebens. Warum? Habe ich Ihnen etwas getan?«

»Sie haben mich belogen. Beim Frühstück heute morgen. Wir sitzen auf engstem Raum mit einem Mörder fest, und Ihr Denken kreist einzig und allein um Ihr Bankkonto. Und darum, uns Lügen aufzutischen.«

»Ich wollte doch nur verhindern ... Als Sie fragten, ob das Telefon funktioniert, wollte ich Ihnen behilflich sein, ohne gleich ...«

»Ich weiß, was Sie wollten, und ich weiß auch, was Sie verhindern wollten. Hören Sie zu, Haskell. Daß Sie Ihren Börsenmakler anrufen wollten, war raffiniert. Diesbezüglich zu lügen war raffiniert. Und das einzige, was wir über die Person wissen, die Dost ermordet hat, ist, daß es sich dabei um ein verdammt raffiniertes Arschloch handelt. So. Und jetzt werden Sie hoffentlich keine raffinierten Spielchen mit Deputy Ingersoll und mir mehr spielen, oder?«

»Nein«, sagte Freed und sah mich haßerfüllt an. »Nein, das werde ich nicht. Sind Sie jetzt mit mir fertig?«

»Wenn uns nicht noch etwas einfällt.«

Freed stand auf. »Also gut«, sagte er. »Wir sprechen noch über die Sache, sobald wir wieder in der Stadt sind, Cobb.« Er sah mich an, vermutlich hätte er gern gesehen, daß ich zitterte. Als er merkte, daß das nicht der Fall war, ging er.

Der nächste war Bats Blefary. Er kam herein, schnupperte und begann sofort, Qualm wegzuwedeln. Ohne auf eine Aufforderung zu warten, setzte er sich in den Ledersessel.

»O Mann, Haskell und seine Zigarren. Ich muß sie schon im Büro dauernd ertragen, aber auf dem Weg hierher dachte ich, er wollte mich und Spot im Auto vergasen. Was soll ich euch erzählen. Ich habe keine Ahnung, wie ich euch behilflich sein könnte, aber schießt erst mal los.«

»Okay«, sagte ich. »Hier kommt der erste Schuß: Warum zum Teufel bist du so fröhlich, Bats?«

Er warf ein mageres Bein über die Sessellehne. »Ach, wißt ihr, ein bezahlter Urlaub in den Bergen ist doch was Feines, schon, als wir zum Arbeiten hier waren, aber jetzt sehe ich einfach zu, wie sich zu Hause die Kohlen stapeln, und warte hier auf den Frühling.«

Ralph entwickelte allmählich eine Abneigung gegen den Mann. »Macht Ihnen Mr. Dosts Tod denn gar nichts aus?«

Bats hob sein Bein von der Lehne und wirkte über sich selbst überrascht. »Doch, doch. Natürlich macht mir das etwas aus. Ich meine, mir tut jeder leid, der unter Schmerzen stirbt. Aber die Person selbst gerät schnell in Vergessenheit. Seit Wochen ist er der heimliche Retter des Networks. Wenn wir in den vorbereitenden Sitzungen von ihm sprachen, wirkte er wie ein Engel aus den oberen Himmelssphären: Dost kann uns dies geben, Dost wird jenes wollen, Dosts Leute werden auf diesem und jenem bestehen. Begreifen Sie, was ich sagen will?«

»So ziemlich«, meinte Ralph. »Sie versuchen, sich selbst davon zu überzeugen, daß Sie keine Angst zu haben brauchen.«

»Angst?« Bats rollte die Augen, als wolle er in das Innere seines Schädels schauen. »Nein, ich kann nicht behaupten, daß ich Angst hätte.«

»Macht es dich nicht nervös, daß wir alle hier mit einem Mörder eingeschlossen sind?« wollte ich wissen.

»Eigentlich nicht. Warum sollte der Mörder es auf mich abgesehen haben? Ich arbeite bloß für das Network. Ich besitze nicht mal Aktien. Mir war es von vornherein egal, ob die Fusion zustande kommt oder nicht. Ich habe nur meine Arbeit gemacht.«

»Vielleicht will der Mörder ja keine potentiellen Zeugen übriglassen.«

Er wiederholte den Augenrolltrick. »Ach was«, sagte er. »Das kann ich mir nicht vorstellen. Warum sollte sich jemand so viel Mühe machen, nur um etwas zu vertuschen? Außerdem bin ich mir gar nicht so sicher, ob hier überhaupt ein Mörder rumläuft.«

»Sicher ist aber doch, daß Dost tot ist.«

»Aber wie ist das passiert? Ich meine ja nur, wenn ihr das nicht erklären könnt, könnt ihr erst recht nicht behaupten, das hätte jemand getan. Ich meine, viele verrückte Sachen passieren ja gar nicht mit Absicht, sondern zufällig. Was ist, wenn Dost beschlossen hat, vom Dach zu springen, oder so etwas?«

»Dann wäre es ja Absicht gewesen.«

»Du weißt schon, was ich meine. Das ist ein hohes Gebäude. Wenn man im richtigen Winkel abspringt, müßte man ziemlich weit davon entfernt aufkommen.«

»So weit auch wieder nicht. Außerdem ist der Schnee auf dem Dach unberührt. Ich habe das von draußen überprüft.«

»Nach so etwas müßtest du Barry fragen«, meinte Bats. »Alles, was das Haus angeht, meine ich. Er kennt sich hier unheimlich gut aus. Typisch für ihn, einfach abzuhauen, wenn wir hier in der Scheiße sitzen.«

»Barry?« fragte ich. »Wieso typisch? Das klingt, als würdest du ihn gut kennen.«

»Wir waren zusammen am College. Wirtschaftsfreaks in Princeton. Es gibt Forschungsfreaks und Wirtschaftsfreaks, ich dachte du wüßtest das.«

»Wieso sollte ich das?«

»Ich dachte, die Abteilung Sonderprojekte wüßte stets über alles Bescheid.«

Ich sah ihn an. »Hast du mit Carol Coretti gesprochen?«

Bats grinste mich an. »Nein, aber das täte ich gern mal. Oder soll ich dir lieber den Vortritt lassen? Ich bin geschmeichelt, daß du einen kurzsichtigen, mageren Wirtschaftsfreak mit Halbglatze überhaupt als Konkurrenz empfindest, Matt.«

Ich hätte ihm verraten können, daß er seine Zeit vergeudete, aber es war sinnvoller, in der Sache weiterzukommen.

»Warum hast du gesagt, es sei typisch für Barry Dost, einfach abzuhauen?«

»Weil er ein gestreßtes Nervenbündel ist. Das war er schon auf dem College. Er macht sich Sorgen um alles und jeden. Einmal fuhren wir mit ein paar von unserer Truppe zu einer Tagung nach Chicago, und ab Erie, Pennsylvania machte sich Barry nur noch Sorgen, ob wir wohl einen Parkplatz in der Nähe des Wohnheims kriegen würden.«

»Dann habt ihr euch wohl recht nahegestanden?«

»So nah auch wieder nicht. Wir waren zu fünft oder zu sechst. Wir hatten keinerlei Anarcho-Tendenzen und mit Drogen nichts am Hut, es sei denn, man rechnet Bier dazu. Wir hörten eher Neil Diamond als Jefferson Airplane. Deshalb paßten wir irgendwie ganz gut zusammen. Nach dem Abschluß haben wir uns dann völlig aus den Augen verloren.«

»Gestern abend merkte man aber gar nicht, daß ihr beiden euch kennt.«

»Barry hat mich vielleicht gar nicht erkannt. Das ist auch so ein Punkt. Er ist immer völlig mit sich selbst beschäftigt. Damals dachte ich, er sei nur deshalb so nervös, weil sein Vater wieder heiratete, er wußte ja nicht, ob sie ihn von seinem alten Herrn fernhalten würde, wie es seine erste Stiefmutter getan hatte, und ob sie den Ehevertrag unterschreiben würde. Während unserer ersten Semester hat er sich ständig mit solchen Sachen verrückt gemacht, aber auch nach der Hochzeit hörte es nicht auf.«

»Hat er je zu erkennen gegeben, er würde seinen Vater hassen?«

»Niemals. Er betete seinen Vater an. Ich habe heute noch gedacht, es ist gut, daß Barry nicht jetzt aufs College geht.«

»Wieso?«

Bats legte die Fingerspitzen zusammen und lehnte sich zurück. »Weil Dost erst später berühmt wurde. Ich meine, wir alle wußten, daß er stinkreich war. Die Freaks am College sagten schon mal zu Barry: ›Dein Alter ist ein reicher Sack‹, und Barry konnte das noch einigermaßen wegstecken. Die hauten das jedem um die Ohren, dessen Vater nicht gerade Hilfsarbeiter war.

Heute würde es dagegen heißen: ›Dein Alter ist G.B. Dost, der Unternehmensfresser, der Finanzhai, der Schmarotzer der amerikanischen Wirtschaft‹ und lauter solche Artigkeiten. Barry würde sich wahrscheinlich fünfmal am Tag mit irgendwem an die Köpfe kriegen.«

Ich betastete die Beule an meiner Schläfe. »Nun verniedliche ihn mal nicht«, sagte ich. »Was hielt er von Aranda?«

»Er haßte sie aus tiefster Seele. Bei den Verhandlungen über den Ehevertrag gab es ein paar Diskussionen, und Barry erzählte mir einige Details darüber, aber ich habe sie wieder vergessen. Er war jedenfalls überzeugt davon, sie sei – ich zitiere – ›eine geldgeile Fotze‹. Natürlich kann sich die Lage mittlerweile verändert haben. Gestern abend schien sich seine Aggression jedenfalls eher gegen dich zu richten.«

»Das geht mir in letzter Zeit offenbar mit vielen Leuten so.«

Bats grinste. »Bei mir hast du nach wie vor einen Stein im Brett, Matt.«

»Danke, Bats. Bist ein echter Kumpel.«

»So bin ich nun einmal. Aber mal ehrlich, ich glaube, er kann den Gedanken nicht ertragen, daß sich jemand zwischen ihn und seinen Vater stellen könnte. Barrys Problem ist seit jeher, daß er sich nicht für würdig hält, der Sohn von G.B. Dost zu sein. Und ich glaube, daß es dazu nur kommt, wenn der Vater solche Vorstellungen zumindest unbewußt unterstützt, was meinst du?«

»Keine Ahnung«, sagte ich. »Mein Vater war ein Bill Cosby in Weiß.«

»Deshalb ist aus dir auch so ein untadeliges Exemplar geworden, nehme ich an.«

»Exakt. Aber Barrys Vater ist jetzt tot. Und er ist unter ebenso scheußlichen wie mysteriösen Umständen gestorben. Ihn beeindrucken oder seinem Vorbild nacheifern zu wollen, macht nun keinen Sinn mehr. Was bedeutet das für Barry?«

Bats rutschte unbehaglich in seinem Sessel hin und her. »Okay. Ich habe vorhin gesagt, Barry hätte sich seit dem College überhaupt nicht verändert. Aber letzten Endes kann ich das ja gar nicht beurteilen, stimmt's? Soweit ich gehört habe, tat es ihm gut, diese PR-Geschichte für seinen Vater durchzuziehen, jedenfalls kam das dabei heraus, als unsere Leute die Dost-Leute (da sind sie wieder!) überprüft haben, bevor wir diesen Termin vereinbarten. Ich kann es also nicht mit Bestimmtheit sagen.«

»Halt dich nur an den Barry Dost, den du vom College her gut kennst, und die Person, die du gestern abend gesehen hast.«

Bats holte tief Luft. »Also gut. Wenn etwas wie das hier dem Barry Dost zugestoßen wäre, den ich gekannt habe, dann wäre er meiner eindeutig laienhaften Meinung nach völlig durchgedreht. Er hätte sonstwas anstellen können.«

»Beispielsweise jemanden vor den Kopf treten, weglaufen und sich verstecken?«

Bats nickte. »Genau in der Art«, sagte er. »Ich würde mich nicht wundern, wenn er letztlich in der Klapsmühle enden würde.«

»Wie es derzeit aussieht, sitze ich dann in der Zelle neben ihm.«

»Aber du doch nicht. Perfekte Exemplare drehen nicht durch.«

Ich überließ ihn Ralph, der sich von Bats bestätigen ließ, daß er nichts gesehen oder gehört hatte, was für den Fall relevant war. Dann durfte Bats gehen.

Als die Tür hinter ihm ins Schloß fiel, sah mich Ralph an. »Meine Herrschaften, haben Sie beide eine Show abgezogen!«

»Wie meinen Sie das?«

»Abbott und Costello. Rowan und Martin.«

»Martin und Van Buren. Sehen Sie, mit Ihnen kann ich das auch.«

»Ich will das aber nicht. Ich stecke hier bis zum Hals im Mist, und da fängt mein Retter in der Not auf einmal an, mit einem der Verdächtigen eine Komikernummer abzuziehen.«

»Das war keine Komik, sondern reine Schlagfertigkeit. New Yorker Geplänkel.«

»Wie Sie das nennen, ist mir ganz egal«, beharrte Ralph.

»Sie haben völlig recht. Nicht egal ist, daß es funktioniert. Die New Yorker meiner Generation stehen mit Haut und Haaren unter dem Einfluß David Lettermans.«

»Wovon reden Sie eigentlich?«

»Ich rede von der Grundeinstellung, die die meisten Leute im Big Apple heute vertreten und die dieser zähnebleckende Quatscharsch in Reinform verkörpert.«

»Das würden Sie nicht sagen, wenn er bei Ihrem Network aufträte.«

»Sehen Sie, Sie machen es genauso. Wichtig ist vor allem, cool zu sein. Und die einzige Möglichkeit, cool zu sein, besteht darin, mit allem und jedem zynisch umzugehen. Denn wenn man irgend etwas ernst meint, wenn man etwas wichtig nimmt, wenn man etwas für wesentlich hält, wenn man an etwas glaubt, wenn man etwas liebt, dann könnte jemand anders daherkommen und einen auslachen. Selbstverständlich ist es viel cooler, der Lachende zu sein als derjenige, über den gelacht wird.«

»Deshalb machen Sie sich über Mord lustig«, sagte Ralph.

»Wenn Sie wollen, daß jemand wie Bats mit Ihnen darüber redet, dann müssen Sie das. Sie sahen ja, wie er sich gewunden hat, als Sie ihn deswegen zur Ordnung riefen und er zugeben mußte, daß er womöglich einen gar nicht coolen Rest von Anstand in sich hat?«

»Ich dachte, der Typ ist ein Freund von Ihnen.«

»Das ist er auch.«

»Und wieso? Wenn er sich doch so benimmt?«

»Ich sage ja gerade: Wir sind alle so. Die Hälfte von uns geht zur Gruppentherapie, damit wir überhaupt irgend etwas ernst nehmen können.«

»Gehen Sie auch, äh ...?«

Ich lachte. »Nein. Tue ich nicht. Ich suche mir ratlose Hilfssheriffs und halse ihnen meine Probleme auf. Das ist viel billiger als ein Therapeut. Wer ist der nächste auf unserer Hitliste?«

Er sah auf einen Zettel. »Wilberforce.«

»Au, fein«, sagte ich. »Dem wollte ich sowieso ein paar Fragen stellen.«

Dann ging die Tür auf, und er trat ein. Er war dem Anlaß entsprechend gekleidet, mit allem Zick und Zack vom braunen Zweireiher über Krawatte und braune Halbschuhe bis zur metallisch funkelnden Brille. Ich war mir nicht sicher, ob die ganze Schau ein Zeichen von Respekt oder eine Warnung in unsere Richtung sein sollte.

Wilberforce schritt zu dem Sessel und setzte sich hin. Er wartete nicht ab, bis wir ihm Fragen stellten.

»Cobb, ich protestiere gegen die Art und Weise, wie Sie diese Angelegenheit handhaben.«

»Ich handhabe überhaupt nichts«, erklärte ich ihm. »Ich bin lediglich Deputy Ingersoll behilflich.«

»Unsinn.« Mit undurchdringlichem graurosa Gesicht wandte er sich an Ralph. »Es tut mir leid, junger Mann, aber wir kommen überhaupt nicht weiter, wenn wir nicht alle eingestehen, daß dies hier unsinnig ist.«

»Och, ich glaube schon, daß wir weiterkommen«, meinte Ralph. »Ich kriege langsam Übung mit Network-Vizepräsidenten.«

Wilberforce gab auf und wandte sich wieder an mich. »Unter anderem darüber wollte ich mit Ihnen sprechen. Was bilden Sie sich eigentlich ein, Haskell Freed derart scharf anzupacken?«

»Ich habe ihm doch gesagt, was ich von ihm wollte. Was geht Sie das an? Oder hatten Sie selbst auch Insidergeschäfte mit Network-Aktien im Sinn?«

Charles Wilberforce besitzt wahrscheinlich von allen Menschen, die ich kenne, die größte Selbstbeherrschung. Ich habe nur ein einziges Mal erlebt, daß er die Kontrolle über sich verlor. Und das war in diesem Augenblick. »Machen Sie sich doch nicht lächer ... Wie können Sie es wagen ... Haskell hat doch nur versucht ...«

»Er hat es versucht, und er hat zugegeben, es versucht zu haben. Was hat er Ihnen denn erzählt?«

Wilberforce öffnete den Mund.

»Lassen Sie nur, es ist mir gleichgültig. Sie sollten sich nur nicht zu irgendwelchen Schlußfolgerungen hinreißen lassen, ohne die ganze Story zu kennen.«

Wilberforce schloß die Augen, blies die Wangen auf, nickte und ließ die Luft wieder entweichen. Danach gab es keinerlei Anzeichen mehr, daß er sich zuvor aufgeregt hatte. »Ja«, sagte er. »Das dürfte das Beste sein. Erzählen Sie mir die ganze Story.«

»Nein. Sie gehören zu den Verdächtigen, Charlie. Wir stellen Fragen, Sie antworten.«

Seine Augen wurden zu schmalen Schlitzen. »Sie machen einen großen Fehler, Cobb.«

»Gut«, sagte ich. »Dann sind wir wieder da, wo wir angefangen haben. Erzählen Sie mir alles, was Sie letzte Nacht gesehen und gehört haben.«

»Irgendwann kommen wir hier raus und kehren zum Network zurück. Dann werden Sie mit Freed und mir weiter zusammenarbeiten müssen.«

»Es sei denn, ich beschließe, alles der Bundespolizei zu stecken, und Haskell geht ab in den Kahn. Was ist bloß mit euch los? Hängt ihr da alle zusammen drin oder was? Ich für mein Teil mache mir viel mehr Sorgen, ob ich es noch erleben werde, daß sie uns hier rausholen, als darüber, nachzudenken, was hinterher beim Network los sein wird.«

Wilberforce sagte: »Hmpf« und verschränkte die Arme vor der Brust.

»Erzählen Sie uns jetzt von gestern nacht.«

Das tat er, und zwar detailliert. Was er von unserem nächtlichen Ausflug auf die Vorderveranda erzählte, deckte sich exakt mit meiner Erinnerung, was zwar erfreulich, aber wenig hilfreich war.

»Ist das alles?« fragte er.

Ralph sagte: »Ja.« Ich sagte: »Nicht ganz.«

Der Ausdruck in Wilberforces Augen brachte mich auf den Gedanken, ich sollte es mir vielleicht doch noch einmal überlegen, zum Network zurückzugehen, wenn alles vorüber war. Möglicherweise konnte ich ja einen Job als Hilfssheriff bekommen.

»Warum um alles in der Welt wollten Sie unbedingt Dosts Leiche sehen?«

»Ganz einfach. Ich wollte mit eigenen Augen sehen, daß es sich tatsächlich um die Leiche von G.B. Dost handelt.«

»Zu diesem Zeitpunkt hatte Deputy Ingersoll den Toten bereits identifiziert. Ich hatte ihn identifiziert, seine Frau, sein Geschäftspartner und langjähriger Freund sowie seine Angestellten hatten die Leiche allesamt eindeutig als sterbliche Hülle von G.B. Dost identifiziert.«

»Sie hätten sich geirrt haben können. Die übrigen hätten aus irgendeiner ruchlosen Absicht heraus lügen können. Wenn ich es mir jetzt recht überlege, sehe ich keinen Grund, warum nicht auch Sie gelogen haben könnten. Ich meine nicht, daß ich irgend jemandem mehr trauen sollte als mir selbst. Vielleicht lebte Dost noch, und jemand hatte einen anderen Toten für ihn ausgegeben, woher sollte ich das wissen. Ich hielt es für meine Pflicht meinem Arbeitgeber gegenüber ...« Er sprach den Satzteil »eine Pflicht, die einige von uns offensichtlich ernster nehmen als andere« zwar nicht aus, hielt aber lange genug inne, damit mein Gewissen, soweit vorhanden, diese Worte von sich aus formulieren konnte. »... für meine Pflicht, sicherzugehen. Das ist alles.«

»Deshalb haben Sie ihn sich angesehen.« Wilberforce nickte. »Und?«

»Es ist Dost.«

»Danke. Dieser Meinung bin ich auch.«

Wilberforce stand auf und ging. Es fiel mir schwer, aber ich schaffte es, mir das Lachen zu verbeißen, bis sich die Tür hinter ihm geschlossen hatte.

»Was finden Sie denn jetzt schon wieder komisch?« wollte Ralph wissen.

»Nichts. Nach dem Vortrag, den ich Ihnen gehalten habe, müßte ich mich wegen des Lachens schämen. Ich schäme mich. Es ist nur so, daß ich mir niemals hätte träumen lassen, daß Wilberforce mit einer so romantischen Geschichte herausrücken würde. In ruchloser Absicht vertauschte Leichen, um Himmels willen! Hinter dem ausdruckslosen Gesicht steckt offenbar eine rege Phantasie.«

Ralph kratzte sich am Kopf. »Da Sie Freed laufengelassen haben, sehe ich keinen besseren Kandidaten.«

»Sie sind ein Spielverderber, Ralph, wissen Sie das?«

»Ich versuche nur, mich auf meine Arbeit zu konzentrieren. Ich habe es schließlich schwerer als Sie. Sie versuchen herauszufinden, wer von denen es war. Ich muß gleichzeitig Sie im Auge behalten und herausfinden, ob Sie es womöglich waren.«

»Hm«, machte ich. »Spricht so der junge Mann, der mich heute morgen um Hilfe angefleht hat?«

»Ich brauche Ihre Hilfe noch immer. Und Sie haben mir schon eine Menge geholfen. Ich stimme völlig mit Ihnen überein, was das Raffinierte an den Vorgängen hier angeht. Aber je länger ich Sie bei der Arbeit beobachte, desto mehr kommt mir der Gedanke, daß Sie selbst der raffinierteste Typ sind, der mir je untergekommen ist.«

»Das ist die einzige Art, wie ich solche Dinge regeln kann.«

»Oh, ich verstehe. Ich glaube auch nicht wirklich, daß Sie es waren. Ich möchte nur absolut fair sein und Sie daran erinnern, daß Sie ebenfalls auf der Liste stehen.«

»Sie würden mich enttäuschen, wenn es anders wäre«, sagte ich.

Als nächstes kam Carol Coretti an die Reihe. Sie verfolgte weder eigennützige Ziele, noch hatte sie Vorwürfe auf Lager. Sie saß hübsch anzusehen da, legte die Hände in den Schoß und beantwortete unsere Fragen. Nach dem Treffen mit mir und Wilberforce war sie – allein – zu Bett gegangen und hatte fest geschlafen, bis das allgemeine Tohuwabohu über die Entdeckung des Toten sie geweckt hatte. Sie hatte nichts Hilfreiches zu bieten, weder Beobachtungen noch Überlegungen.

»Hatten Sie noch irgend etwas mit Mrs. Dost zu tun?«

»Nein. Ich bin ihr nicht direkt aus dem Weg gegangen, aber ich habe mich auch nicht gezielt in ihrer Nähe aufgehalten. Sollte ich das?«

»Sie sollten was?«

»Wollen Sie, daß ich sie ausspioniere oder dergleichen? Ich

meine, ich würde nicht mit ihr schlafen, aber im Flirten bin ich bestimmt nicht schlecht.«

»Das weiß ich«, sagte ich. »Sie haben im Auto mit mir geflirtet.«

Sie sah mich traurig an. »Das habe ich nicht. Aber das ist nicht Ihre Schuld. Männer sind von Natur aus sexbesessen. Wenn eine Frau sie nicht mit offener Feindseligkeit behandelt, denken sie sofort, sie wolle flirten. Ab einem gewissen Punkt müssen sich alle lesbischen Frauen entscheiden. Und da ich Männer nicht verabscheue, finde ich mich damit ab, daß man mich gelegentlich beschuldigt, leere Versprechungen zu machen. Tut mir leid.«

»Nicht der Rede wert«, sagte ich. »Man lernt nie aus. Warum wollen Sie denn mit Mrs. Dost flirten?«

»Das will ich nur, wenn es Ihnen weiterhilft. Wenn Sie glauben, ich könnte etwas erfahren, das uns hilft, die ganze Sache zu verstehen. Ich halte genauso wenig wie Sie davon, mit einem Mörder eingeschlossen zu sein.«

»Oh, danke für Ihre Hilfsbereitschaft, aber unternehmen Sie im Augenblick noch nichts. Wir möchten zunächst einmal mit Mrs. Dost sprechen.«

»Na gut, okay, Matt«, sagte sie. Sie lächelte scheu und winkte zum Abschied mit dem Händchen. Und ob das auf mich wie Flirten wirkte!

Ich drehte mich zu Ralph um. »Okay, Sie sexbesessener Kerl, wer ist der nächste?«

»Wollen Sie mit Roxanne Schick sprechen?«

»Ach, nein. Wir haben den ganzen Morgen mit ihr geredet.«

»Okay. Ich wüßte bei ihr sowieso kein Motiv. Sie besitzt weiß Gott genausoviel Geld, wie Dost hatte.«

»Nicht ganz. Aber fast.«

»Also, dann haben wir nur noch Jack Bromhead und die Witwe.«

»Die Witwe sollten wir uns bis zum Schluß aufsparen.«

Jack Bromhead humpelte herein und setzte sich in den Sessel. Alle paar Sekunden zuckte er zusammen. Ralph fragte ihn, ob alles in Ordnung wäre.

»Ja doch«, brummte Bromhead. »Ich müßte jetzt bloß eigentlich meine Tabletten nehmen. Sobald wir hier fertig sind, tue ich das auch. Das Kodein macht mich ein bißchen benommen, wissen Sie, und ich möchte hellwach sein, um Ihre Fragen zu beantworten.«

»Ich würde mir gern mal Ihren Knöchel ansehen«, sagte ich.

»Wie bitte?«

»Ich möchte mir Ihren Knöchel ansehen. Ob er wirklich verstaucht ist. Falls ja, haben Sie ihn wahrscheinlich nicht umgebracht. Soweit ich erkennen kann, kam der Tote durch Zauberkraft da draußen hin, aber mit einem verstauchten Knöchel ist alles ein wenig schwieriger, vermutlich sogar Zauberei. Kommt jedoch ein rosaroter, kerngesunder Knöchel zutage, können wir mit Fug und Recht annehmen, daß Sie ein verlogenes Subjekt sind, und auf der Grundlage weitermachen.«

Bromhead lachte. »Das ist wohl heute Ihr Tag, um alle Leute vors Schienbein zu treten, nicht wahr, mein Sohn?«

»Für die nächsten sechs Monate gleich mit, vermute ich. Kommen Sie schon, Jack. Es muß Ihnen doch klar gewesen sein, daß wir das überprüfen würden. Und wenn nicht wir, dann auf jeden Fall die offiziellen Fahnder.«

»Und wenn ich Ihnen sage, daß ich nicht eine Sekunde daran gedacht habe, daß Sie mich verdächtigen könnten, meinen ältesten und engsten Freund ermordet zu haben?«

»Dann würde ich sagen, wenn Sie das ernst meinen, können Sie nie und nimmer intelligent genug sein, um als G.B. Dosts rechte Hand zu fungieren.«

Bromhead lachte. »Okay, okay. Ich verstehe schon, warum Gabby Sie anheuern wollte. Legen Sie los. Aber den Stiefel ziehen Sie mir aus. Es tut nämlich höllisch weh, wenn ich mich nach vorn beuge.«

Ich kniete mich neben ihn und band den Stiefel auf. Er hatte ihn so fest geschnürt, daß er sogar einen Knochenbruch zusammengehalten hätte. Daß er nicht schwindelte, merkte ich, als ich ihm den Stiefel auszog. Ich ging so vorsichtig wie eben möglich vor, aber Bromhead schnappte nach Luft und wurde weiß wie die Wand. Das schafft niemand auf Kommando.

»Es tut mir leid«, sagte ich.

»Zum Teufel noch mal. Sie haben angefangen, jetzt bringen Sie's auch zu Ende.«

Ich zog vorsichtig die Socke herunter. Zutage kam ein auf die doppelte Größe angeschwollener Knöchel. Die Verstauchung war schon älter und sah übel aus. Die ausgedehnten blauen Flecken färbten sich an einigen Stellen bereits grün.

»Du liebe Güte«, sagte ich. »Wie konnten Sie damit überhaupt laufen?«

»Wir im Westen werden zur Härte erzogen. Trotzdem gehe ich davon aus, daß ihr beide mir nachher die Treppe raufhelfen müßt, Jungs. Den Stiefel kriege ich da heute nicht mehr drüber.«

»Sie hätten damit ins Krankenhaus gehen sollen, als es passierte«, sagte Ralph. »Im Grunde jetzt noch.«

»Ärzte! Ohne die heilt es viel besser. Man muß den Fuß nur kühlen, die Medikamente einnehmen und den Stiefel fest schnüren, dann ist das bald wieder in Ordnung. Außerdem kann ich derzeit ohnehin weder ins Krankenhaus noch sonstwohin gehen, solange wir hier eingeschneit sind. Ich habe diesen Freed von Schneemobilen reden gehört. Pah! Schneemobile sind praktisch wie Boote, auf einen Berg wie diesen kommt man damit nicht.«

Bromhead bestand darauf, er sei fit genug, um unsere Fragen zu beantworten, deshalb nahmen wir ihn beim Wort. Als erstes wollte ich von ihm etwas über Barry Dost hören. Bromheads

Einschätzung fügte sich nahtlos in das ein, was Bats Blefary gesagt hatte.

»In letzter Zeit hat er sich aber ganz prima entwickelt, ehrlich. Hat eine Menge Ideen, liegt wahrscheinlich an den Büchern, die er liest, alles nur mit Zukunft. Aber es ist ihm immerhin gelungen, daß sein Vater sich auf diesen neumodischen PR-Kram einließ, um sein Image aufzupolieren, verstehen Sie? Manchmal hat sich Gabby schlimmer angestellt als beim Zahnarzt, wenn es um solche Sachen ging, aber Barry hat sich gegen seinen alten Herrn durchgesetzt, und letztlich hat er recht behalten.«

»Hat Mrs. Dost seinerzeit eigentlich den Ehevertrag unterschrieben?«

»Wie haben Sie denn davon erfahren?«

»Ein kleines Vögelchen hat's mir verraten.«

»Okay, okay. Ich habe ja auch nie jemandem verraten, wie ich die Ölquellen aufgespürt habe. Ja, sie hat ihn unterschrieben. Deshalb glaube ich auch absolut nicht, daß Aranda etwas mit dieser Sache zu tun hat.«

»Was meinen Sie damit?«

»Bei strafrechtlichen Ermittlungen gibt es doch das sogenannte cui-bono-Prinzip, was so viel bedeutet wie ›zu wessen Nutzen‹?«

»Genau das heißt es.«

»Eben. Nun, in diesem Fall wäre der Nutzen der Tat für sie gleich Null.«

»Kriegt sie überhaupt nichts?« wollte Ralph wissen.

»Sie kriegt das Haus in Palm Springs und das Apartment in New York. Außerdem fünf Millionen grüne Scheinchen sowie weitere fünf Millionen Versicherungssumme, beziehungsweise zehn Millionen bei einem Unfall. Zehn Millionen plus denselben Betrag noch einmal als Abfindung.«

»Nach Abzug der Steuern reden wir also über zwanzig Millionen Dollar. Das klingt für mich nach einem sehr ansehnlichen

Nutzen. Einer meiner Spielkameraden ist damals wegen eines Basketballs im Wert von zehn Dollar erstochen worden.«

»Sie kennen Aranda nicht. Sie kauft gern ein, Pferde zum Beispiel. Außerdem gibt sie Gesellschaften im Four Seasons. Haben Sie schon mal einen Haufen Astrologen essen gesehen?« Er schüttelte den Kopf. »Die mögen ja durch und durch spirituell sein, aber ihr leibliches Wohl vergessen die weiß Gott nicht.«

»Trotzdem«, sagte Ralph. Er war entsetzt über die Vorstellung, daß zwanzig Millionen Dollar jemandem nicht genug erscheinen konnten. Ich wäre es auch gewesen, aber ich war durch den langen Kontakt zum Showbusineß mittlerweile abgehärtet.

Bromhead sagte: »Ich gebe ihr drei Jahre, viereinhalb, vielleicht fünf, wenn sie den Grundbesitz versilbert. Nein. Ich sage Ihnen, unser Aranda-Schätzchen hätte viel mehr Nutzen davon gehabt, wenn Gabby am Leben geblieben wäre.«

»Wer bekommt denn den ganzen Rest?«

»Barry. Ich kriege ein bißchen, aber das meiste fällt an Barry.«

»Wenn zwanzig Millionen nicht genug sind, wieviel ist denn dann für Sie ein bißchen?«

»Nicht für mich, sondern für Aranda. Ich habe ehrlich keine Ahnung, wieviel mir Gabby hinterlassen hat, und es ist mir auch ziemlich egal. In seinem Kielwasser habe ich jede Menge Geld verdient. Aber ich würde alles hergeben, wenn er davon wiederkäme.« Er sah mich mit feuchten Augen an. »Und wenn Sie mir das nicht glauben, Mister, dann können Sie sich zum Teufel scheren. Alle beide.«

»Warum besaß er eine Rute zum Brandungsangeln?«

»Häh?«

»Im Geräteraum. Da hängt eine riesige alte Brandungsangel an der Wand. Wäre ein verdammt weiter Wurf von hier bis zur nächstgelegenen Brandung.«

»Oh«, sagte Bromhead. »Sie dürfen nicht ganz so schnell lospreschen, junger Mann. Das ist ganz einfach. Gabby hat dieses Haus immer mehr als seinen Hauptwohnsitz angesehen. Wahrscheinlich gefiel es ihm. Barry hat es ausfindig gemacht, damals, als er noch auf dem College war. Na, egal. Gabby wußte eigentlich nie, wohin es ihn als nächstes verschlagen würde, aber wenn es irgendwo in Meeresnähe war, dann nahm er seine Lieblings-Angelrute mit, nämlich diese.«

»Die Schnur ist total verheddert«, sagte ich.

Bromhead runzelte die Stirn. »Das sieht Gabby überhaupt nicht ähnlich. Er hat seine Sachen immer tipptopp in Ordnung gehalten.«

»Tja«, seufzte ich, »ein weiteres kleines, verwirrendes Geheimnis.«

Ich ging mit Jack Bromhead hinaus, damit er sich auf meine Schulter stützen konnte, und bat dann Calvin Gowe und Bats Blefary, ihm die Treppe hinaufzuhelfen, damit er seine Schmerzmittel nehmen und seinen Fuß kühlen konnte.

Ich ging zur Bar hinüber und mixte mir einen Bourbon mit Soda. Ralph nahm sich das gleiche. Er wirkte genauso erschöpft, wie ich mich fühlte. Ich hatte keine Ahnung, wie Typen wie Hercule Poirot oder Doctor Fell so etwas durchstanden. Oder doch: Sie schaffen es, weil es sie in Wirklichkeit gar nicht gibt.

»Alkohol im Dienst«, sagte Ralph mit einem dankbaren Blick in sein Glas. »Schlimme Sache.«

»Solange es bei dem einen bleibt. Ich hatte ihn jedenfalls nötig.«

»Zeit für die Witwe?«

»Zeit für die Witwe.«

Kapitel 13

Hier ist sie, die Frau, auf die Sie alle gewartet haben …
– Pat Sajak, »Wheel of Fortune« (Syndicated)

Aranda Dost war es gelungen, einige gedeckte, ihrer Trauer angemessene Kleidungsstücke aufzutreiben. Sie trug einen schwarzen Rollkragenpullover, einen grauen Rock, schwarze Strümpfe und schwarze Schuhe mit Keilabsätzen. Sie sah darin aus wie eine junge, von allen Schülern glühend verehrte englische Nachwuchslehrerin. Sie setzte sich, schüttelte ihr Haar zurück, sah uns hoheitsvoll die Nase rümpfend an und sagte: »Nun?«

Ich hatte an diesem Tag schon ziemlich oft den starken Max gemacht. Teilweise war das unumgänglich gewesen, denn schließlich ist ein Mord eine äußerst unschöne Angelegenheit, und man darf bei der Suche nach dem Täter keine Glacéhandschuhe tragen. Andererseits kann man Mimik und Stimme aber auch so kontrollieren, daß die erforderliche Aggressivität auf ein Minimum reduziert wird, aber das hatte ich ganz bewußt nicht getan.

Es gehörte zu dem psychologischen Spiel, das ich mit Aranda Dost spielte. Ich hatte keine Ahnung, wer ihren Mann umgebracht hatte, dafür aber das deutliche Gefühl, daß sie Dinge wußte, die ich erfahren wollte, die sie mir aber keinesfalls von sich aus verraten würde.

Sie hielt sich für stark. Nicht körperlich, sondern geistig und emotional. Weniger starke Menschen halten sich nicht so lange im Showgeschäft wie Aranda. Und weniger starke Frauen haben meist keine Überlebenschance in dem Harpyenschwarm, der einen frisch geschiedenen Millionär unweigerlich umflattert.

Ich wollte ihr deshalb vor Augen führen, wie stark ich war. Ich wollte, daß die Leute, die diesen Raum verließen, möglichst oft und laut klagten, ich sei ein knallharter, unerbittlicher Saukerl. Ich wollte, daß sie sich innerlich für einen Generalangriff rüstete.

Aber der würde nicht stattfinden.

»Mrs. Dost«, sagte ich, »ich möchte mich bei Ihnen entschuldigen, daß ich Ihren Haushalt hier so durcheinandergebracht habe. Auch für alles, was ich gesagt oder getan habe und das Sie verstimmt hat.« Ich streckte beschwichtigend die Hände aus. »Ich war selbst ganz durcheinander. Ich bewundere Ihren Mann seit langem, und obwohl ich nur wenige Stunden in seiner Gesellschaft verbringen durfte, habe ich ihn sehr schätzen gelernt.«

»Ja«, sagte sie und setzte ein tapferes kleines Lächeln für mich auf. »Gabriel war der charmanteste Mann, den ich je kennengelernt habe. Ich nehme Ihre Entschuldigung an, Mr. Cobb. Übrigens hatten wir uns doch darauf geeinigt, Aranda und Matt zu sagen. Und natürlich Ralph.« Sie strahlte ihn mit blitzenden Zähnen an.

Ich lächelte zurück. »Aranda also. Ich will Ihnen nichts vormachen, die Lage ist ausgesprochen ernst. Wir haben heute einige wichtige Dinge erfahren, aber es war nicht einfach und auch nicht genug. Sofern Sie nicht weitere Informationen für uns haben, werden wir alle, so fürchte ich, heute abend mit dem Gedanken zu Bett gehen müssen, daß der Mörder noch unbehelligt unter uns ist.«

»Ich wüßte nicht, was für Informationen ausgerechnet ich Ihnen geben könnte.«

»Das weiß ich auch nicht. Wir müssen eben möglichst viel Material sammeln und später sichten. Warum fangen wir nicht an mit … tja, ich weiß nicht recht … Erzählen Sie uns doch einfach alles, was Sie gestern gemacht haben.«

»Den ganzen Tag über?«

»Natürlich. Meiner Erfahrung nach ist es manchmal viel einfacher, wenn man ganz vorn anfängt.«

»Oh, ich weiß sehr genau Bescheid über Ihre Erfahrungen, Matt. Gabriel nahm nicht gern Verhandlungen auf, ohne zuvor so viel wie möglich über seine Gesprächspartner herauszufinden.«

»Dann wissen Sie ja vermutlich auch, daß ich eigentlich mehr Erfahrung darin habe, solche Fragen zu beantworten als sie zu stellen. Vertrauen Sie mir und fangen Sie ganz vorn an.«

Das tat sie dann auch. Ich erfuhr viele nützliche Dinge, die zu beachten sind, wenn man eine Gesellschaft gibt, vor allem, was die Beaufsichtigung von Dienstboten angeht, aber nicht viel über den Fall. Sie erzählte von der Party am Vorabend bis zu dem Zeitpunkt, als sie zu Bett ging. Alles war eitel Sonnenschein gewesen, und falls sie meine Auseinandersetzung mit Barry mitbekommen hatte, so erwähnte sie es nicht. Auch über Carol Coretti verlor sie kein Wort.

Ich stellte weitere Fragen. Soweit sie es sagen konnte, hatte Dost unter keinem außergewöhnlichen Druck gestanden (»Natürlich würde bereits der gewöhnliche Druck, der um ihn herum herrscht, jeden anderen Mann zermalmen«, sagte sie.), keiner seiner geschäftlichen Gegenspieler hatte irgendwelche Anzeichen für eine psychische Störung gezeigt, es hatte keine ungewöhnlichen Drohungen gegeben.

»Bis auf den Brief an das Network natürlich«, sagte Aranda stirnrunzelnd. »Der war schon ein wenig beängstigend, obwohl keine Drohungen darin ausgesprochen wurden, jedenfalls nicht direkt. Außerdem war der Brief ja nicht an ihn gerichtet.«

Ich zog eine Augenbraue hoch. »Trotzdem hatte er deswegen Angst?«

»Er nicht, aber ich. Mir machte der Brief angst. Ich fürchte mich vor Menschen, die sich für ein verkorkstes Leben entscheiden, obwohl es so einfach ist, sich den kosmischen Mächten des Guten zu öffnen. Aber Gabriel war ein so starker, in sich ruhender Mann, daß solche Dinge auf ihn einfach keinen Eindruck machten. In all den Jahren, die ich ihn kenne, hatte er niemals vor irgend etwas Angst. Jack Bromhead ist genauso.«

»Hat Ihr Mann immer mit Ihnen über seine Geschäfte gesprochen?«

»Wenn ich ihn danach gefragt habe, aber das war nicht häufig der Fall. Er hatte so viel um die Ohren, wissen Sie.« Sie wedelte mit der Hand. »Über die Verhandlungen mit dem Network war ich allerdings recht gut informiert. Die Sache interessierte mich, weil es ums Showbusineß ging. Ich bin zweimal in Ihrem Network aufgetreten.«

Ralph setzte sich kerzengerade hin. »Sie waren das?« rief er. »In der Theodore Farnsworth Show? Mit dem Lied über einen Wasserfall? Das hätte ich mir nie träumen lassen!«

Aranda lächelte ihn an. »Habe ich mich denn so sehr verändert, Ralph?«

»Nein, das nicht. Ich habe die ganze Zeit schon das Gefühl, Sie irgendwoher zu kennen. Außerdem dürfen Sie nicht vergessen, daß ich damals noch klein war ...«

»Hoppla«, sagte ich. Aranda sagte zu mir »Pst!« und zu Ralph: »Fahren Sie doch fort.«

»Na ja, also, so klein war ich auch wieder nicht. Vielleicht zehn.«

»Sie machen es nur noch schlimmer, Ralph«, sagte ich zu ihm.

»Ganz egal, wenn ich jedenfalls in der Hitparade gewesen und im Fernsehen aufgetreten wäre, dann würde ich das den

Leuten erzählen. Jedem. Das ist doch etwas, worauf man stolz sein kann.«

»Danke«, sagte sie. »Es ist lieb von Ihnen, einer alten Dame wie mir so etwas zu sagen.«

Ralph errötete. »Das ist mir jetzt wirklich peinlich.«

»Das braucht es nicht. Ich wollte Sie nur necken. Es ist wirklich lieb von Ihnen. Ich verstehe schon, warum Ihr Onkel so stolz auf Sie ist. Aber ich fürchte, in den Kreisen, in denen ich mich bewege, seit ich Gabby kennenlernte, in Gesellschaft von Leuten, die mit einem einzigen Telefonat Geschäfte über Milliarden Dollar abschließen, die sich auf Millionen Menschen, manchmal sogar ganze Länder auswirken, in solchen Kreisen gilt es eher als Kuriosum, wenn jemand früher einmal ein oder zwei Hits hatte. Es ist viel netter, wenn sich Leute wie Sie und Matt an diese Dinge erinnern.«

»Ich weiß, es ist etwas früh für diese Frage, aber haben Sie schon darüber nachgedacht, wie Sie nun Ihre Zukunft gestalten werden?« Der fiese Matt Cobb, den sie erwartet hatte, hätte die Frage so formuliert: »Was werden Sie jetzt anfangen, nachdem Ihr Mann tot ist?« Diese Frage hätte sie nicht beantwortet.

Nun aber gab sie bereitwillig Auskunft. »Es ist in der Tat noch zu früh«, sagte sie, »aber im Grunde kann ich auch jetzt schon anfangen, darüber nachzudenken. Gabriels Imperium werde ich weder leiten noch entscheiden, wer das tun soll, und darüber bin ich sehr froh. All das fällt an Barry, den armen Jungen. Ich kann ihm nur wünschen, daß er all dem gewachsen ist. Ich habe einen Ehevertrag unterschrieben, durch den ich gut versorgt bin. Ich erhalte mehr, als ein durchschnittlicher Mensch je benötigen würde.«

Ralph warf mir einen raschen Blick zu. Ich hoffte, Aranda hatte ihn nicht bemerkt.

Sie fuhr fort: »Vielleicht fange ich ja wieder mit dem Singen an. Ich mache jeden Morgen Stimmübungen, müssen Sie wissen. Es ist eine Sache, ein Talent nicht zu nutzen, aber eine ganz andere, es verrosten zu lassen. Meinen Sie nicht auch?«

»Dazu kann ich nichts sagen«, sagte ich. »Ich habe kein Talent.«

»Tun Sie nicht so schüchtern, Matt. Ich habe den Verdacht, daß Sie insgeheim eine ganze Menge Talente besitzen.« Sie warf mir einen gespielt vorwurfsvollen Blick zu und schüttelte ihr goldblondes Köpfchen. Ich wünschte, Carol Coretti wäre da und würde mir sagen, ob das nun Flirten war oder nicht.

»Sollte ich tatsächlich je wieder auftreten, dann natürlich nur unter einem anderen Namen.«

»Warum das?« wollte Ralph wissen.

»Weil ich eine gute Sängerin bin. Ich habe meinen Stolz, ich würde ihn sogar künstlerischen Stolz nennen, wenn es nicht so hochtrabend klänge. Und ich möchte, daß die Leute mich als Sängerin wertschätzen, nicht als Milliardärsgattin. Witwe.«

Nach »Witwe« schnappte sie kurz nach Luft, als sei sie über den Klang des Wortes ebenso erschrocken wie über seine Bedeutung. Sie starrte einige Sekunden stumm vor sich hin und wandte sich dann wieder an mich.

»Entschuldigen Sie, Matt.« sagte sie. »Kann ich Ihnen sonst noch irgendwie behilflich sein?«

»Vielleicht«, sagte ich. »Wir würden furchtbar gern mit Barry sprechen. Ehrlich gesagt könnte er auch in Gefahr sein, wenn er so ganz allein ziellos durch das Haus läuft. Wenn Sie irgendeine Möglichkeit hätten, ihn dazu zu bewegen, zu den anderen zurückzukehren, wären wir Ihnen sehr dankbar.«

Aranda schüttelte den Kopf.

»Wollen Sie das nicht tun?« fragte Ralph.

»Nicht doch. Es ist nur so, daß ich keinerlei Einfluß auf Barry habe.«

»Verstehen Sie beide sich nicht?«

»Doch, wir verstehen uns ganz gut. Zumindest seit ein paar

Jahren. Früher haßte mich Barry regelrecht. Ich glaube, er hat die Trennung seiner Eltern nie richtig überwunden. Die meisten betroffenen Kinder haben ganz unvernünftige Träume, daß die Eltern sich wieder versöhnen könnten, doch bei Barry hielten sie bis weit ins Erwachsenenalter an.«

»Wieso hat er denn Ihnen die Schuld gegeben?« fragte ich. »Sie hatten doch mit der Trennung seiner Eltern gar nichts zu tun.«

»Nein, aber ich kam ihm in die Quere, nachdem Gabriels zweite Ehe in die Brüche gegangen war und er die Möglichkeit gehabt hätte, zu Barrys Mutter zurückzukehren. Aus Barrys Perspektive, verstehen Sie?«

»Und aus Ihrer Perspektive?«

»Ich war der Meinung, daß ich den besten Mann der Welt erobert hatte, und nichts würde uns … würde uns auseinanderbringen.«

Arandas Miene verdüsterte sich, aber sie hatte sich im Griff. »Es tut mir leid«, sagte sie. »Nach dem Ausbruch heute morgen habe ich mir geschworen, daß ich mich beherrschen würde.«

»Das ist doch völlig natürlich«, sagte ich.

»Es ist völlig absurd«, erwiderte sie scharf. »Schließlich habe ich studiert, Erfahrungen gesammelt. Wenn eine Freundin von mir jemanden verloren hätte, wäre ich jetzt bei ihr und würde ihr sagen, daß der Tod nur ein Übergang ist und das Wesen, die Seele, wenn Sie so wollen, der geliebten Person nun auf einer anderen Ebene angelangt ist, an einem wundervollen Ort irgendwo im All, und darauf wartet, als winziges, unschuldiges Baby wieder auf die Erde zurückzukehren.«

An der High School war ich Mitglied eines Science-fiction-Filmclubs. Wir trafen uns samstagabends in einem eiskalten Keller unter einem Restaurant irgendwo in der Lower East Side. Eines Tages war der Veranstalter ganz aufgeregt, weil er einen frühen Tonfilm ergattert hatte, einen deutschen Streifen namens

F.P.1 antwortet nicht, in dem abwechselnd Deutsch, Französisch und Englisch gesprochen wurde. Nach etwa einer halben Stunde veränderten sich die Gesichter der Schauspieler, und sie redeten allesamt Deutsch. Es war eine sehr beunruhigende Erfahrung und der Grund, warum ich heute vier Sprachen mehr oder weniger fließend beherrsche. Ich wollte die Wahrscheinlichkeit verringern, daß mir eine solche Verwirrung noch einmal passiert.

Und Himmelhergott noch mal, da war sie wieder. Diesmal war es nicht der Wechsel von Englisch zu Deutsch, sondern von sinnvoller Rede zu blödem Geschwätz. Allerdings war ich nicht bereit, mir das New-Age-Gelaber anzueignen, jedenfalls nicht in diesem Leben.

Sie erzählte nun lang und breit und klagte schließlich sogar darüber, daß Dereks Chancen auf eine eigene Show im Network nun nach Gabriels Tod praktisch gleich Null waren. Derek war ihr Trance-Channeler und besaß einen heißen Draht zu Imhotep. Sie bot Ralph und mir an, uns einige ihrer Kristalle zu leihen, damit wir »den Kontakt mit uns selbst wiederherstellen« konnten.

Ralph sagte: »Nein, danke, Ma'am. Meine Mutter sagte immer, von zuviel Kontakt mit mir selbst würde ich blind.«

Das war das Ende des ebenso liebe- wie verständnisvollen Verhörs. Aranda nahm Haltung an, als sei sie soeben geohrfeigt worden. Natürlich löste auch ich mich in nahezu hysterischem Gelächter auf und zerstörte damit jede Chance, meinerseits Ralph über den Mund zu fahren und das Ganze nach der Routinevorstellung ›Ralph der Böse‹ und ›Cobb der Gute‹ fortzusetzen.

»Ich verstehe«, sagte sie wütend. »Seit Anbeginn der Menschheit stehen unbelehrbare Kleingeister ihrer Erleuchtung immer wieder selbst im Weg.«

Ich wollte mich entschuldigen und den Schaden irgendwie

begrenzen, doch sie wollte nichts davon hören. Daß ich mir das Lachen nicht verbeißen konnte, war daran wohl nicht ganz schuldlos.

Sie richtete einen blutroten Fingernagel auf mich. »Gestern abend haben Sie mich aufgefordert, Ihnen eine Prophezeiung zu machen, Mr. Cobb. Sie sollen sie jetzt bekommen: Gabriel wird zu Ihnen sprechen. Bevor Sie dieses Haus verlassen, wird mein Mann Ihnen eine Botschaft zukommen lassen, die Ihnen bei der Aufklärung seiner Ermordung helfen wird.«

»Gibt es schon konkrete Termine?« fragte ich.

»Er möchte das nur ungern verschlafen, wissen Sie«, sagte Ralph.

Aranda sagte ganz ruhig: »Von Ihnen hätte ich das nicht erwartet, Ralph. Keine Sorge, die Botschaft wird Sie erreichen, Mr. Cobb.«

»Ich kann's kaum erwarten«, beteuerte ich. Es hatte ohnehin keinen Zweck mehr, um Entschuldigung zu bitten. »Ich wünschte, Sie könnten prophezeien, daß Barry von einer Botschaft erreicht wird, er möge in den Schoß seiner Lieben zurückkehren.«

»Ich halte es für ausgesprochen demütigend, in meinem eigenen Hause darum bitten zu müssen«, sagte sie, »aber kann ich jetzt gehen?«

Ich beschloß, nicht darauf zu beharren, daß es sich bereits jetzt, spätestens jedoch nach der Testamentseröffnung, um Barrys Haus handelte. »In einer Minute«, sagte ich. »Eine Frage noch.«

»Was gibt es denn noch?«

»Haben Sie gestern abend versucht, Carol Coretti schöne Augen zu machen?«

»Schöne Augen? Was wollen Sie damit sagen?«

»Avancen«, sagte ich. »Um es in aller Deutlichkeit zu sagen: Haben Sie Miss Coretti unsittliche Anträge gemacht, ja oder nein?«

»Ich habe wirklich genug von Ihren Beleidigungen, Mr. Cobb!«

»Das ist aber schade, ich hätte nämlich noch eine Menge auf Lager. Haben Sie sie nun angebaggert oder nicht?«

»In keiner Weise. Wollen Sie mich etwa beschuldigen, ich wäre lesbisch?«

»Ganz und gar nicht. Miss Coretti ist es in der Tat, aber sie meint, Sie seien es nicht. Deshalb fand sie es auch so merkwürdig, daß Sie ihr schöne Augen gemacht haben.«

»Das habe ich niemals getan. Und Sie sind dumm, wenn Sie diesen Anschuldigungen Glauben schenken. Solche Leute sind verzweifelt und bemitleidenswert, sie behaupten alles mögliche. Wenn ich das gewußt hätte, hätte ich sie nie und nimmer in mein Haus gelassen.«

Schon wieder ihr Haus.

»Wenn Sie Wert darauf legen«, sagte ich, »kann ich Miss Coretti holen lassen. Vielleicht möchte sie sich ja bei Ihnen entschuldigen.« Oder dir ins Gesicht sagen, daß du ein verlogenes Miststück bist, dachte ich im stillen.

»Nein, besten Dank. Ich ziehe es vor, die ganze Angelegenheit zu ignorieren. Ist das jetzt alles?«

»Im Moment ja«, sagte ich.

»Sie können uns gar nicht früh genug aus dem Schnee rausholen! Ich wünschte weiß Gott, sie wären jetzt schon hier.«

Damit rauschte sie hinaus. Ich sah ihr nach und dachte, es sei doch schön, wenn man nach einem solchen Tag einer Bemerkung so aus vollem Herzen beipflichten konnte.

Kapitel 14

Zu zweit ist's gemütlich, da gibt's keinen Zweifel.
Zu zweit ist's gemütlich, das ist sonnenklar.
– Elaine Stritch und Donald Sinden, »Two's Company«
(London Weekend Television und A&E)

Die ganze Gesellschaft traf sich zu einem in gedrückter Stille eingenommenen Abendessen. Selbst Bats Blefary, der auf niemanden richtig sauer war, gab nach ein paar mißlungenen Vorstößen die Bemühungen um Konversation auf.

»Werden die Vorräte eigentlich reichen?« fragte er Tante Agnes strahlend. Zugegebenermaßen nicht unbedingt die taktvollste aller denkbaren Fragen, aber vielleicht hatte er es mir ja abgeschaut.

»Abgesehen von frischem Gemüse ist von allem reichlich vorhanden«, sagte sie. »Wir hatten Vorkehrungen getroffen, Sie alle hier oben zehn Tage zu beköstigen, falls erforderlich.«

»Oh, gut«, sagte Bats. »Das ist prima.«

Auch ich war auf niemanden besonders sauer, sondern lediglich zerstreut. Ich konnte mit ziemlicher Sicherheit davon ausgehen, daß ich von allen Anwesenden der unbeliebteste war. Roxanne, Carol und Bats hätten wohl notfalls etwas zu meiner Lebensrettung unternommen, ebenso natürlich Ralph, aber die übrigen warfen mir so finstere Blicke zu, daß ich hätte verrückt sein müssen, wenn ich Roastbeef, Kartoffelpüree mit Sauce oder grüne Bohnen gegessen hätte, die nicht von einer allen zugänglichen Servierplatte stammten.

Ich war froh, als es endlich Zeit war, zu Bett zu gehen. In Erfüllung meiner Anordnung, immer mindestens in Dreiergruppen herumzulaufen, ging ich mit den Normans die Treppe hinauf, was für mich eine lustige Reise wurde. Bevor ich auf mein Zimmer ging, erinnerte ich alle an meine Anweisung, die Türen zu verrammeln.

Ich selbst klemmte einen Stuhl passender Größe unter die Türklinke und plazierte zur Verstärkung einen im Türenbewachen erfahrenen Samojeden davor. Dann duschte ich, trocknete mich ab und legte mich aufs Bett.

So. Was hatte ich heute erreicht? Abgesehen davon, daß ich es geschafft habe, alle gegen mich aufzubringen, dachte ich. Nun, wir hatten Haskell Freed eine kleine Lektion in Demut erteilt und bestätigt, daß Jack Bromhead sich tatsächlich den Knöchel verstaucht hatte.

Oder etwa nicht?

Ich dachte darüber nach. Von allem und jedem hatte ich heute Fotos gemacht, bloß nicht von Jack Bromheads Fuß, und das bedauerte ich jetzt. War es möglich, daß er Gabby Dost so zugerichtet und sich danach erst den Knöchel verstaucht hatte? Ich glaubte es nicht. Nach meiner Erfahrung treten die grünlichen Verfärbungen an den Rändern eines Hämatoms erst nach mehreren Tagen auf, aber was wußte ich schon? Schließlich war ich kein Arzt. Angenommen, Bromhead war irgendwie so veranlagt, daß seine blauen Flecken früher grün wurden als bei anderen?

Vergiß es, Cobb, sagte ich mir. Vergiß es einfach. Du kannst nur warten, bis Leute mit den richtigen Fachkenntnissen hier eintreffen. Die werden sich um die Antworten auf solche Fragen kümmern, während du wegen Amtsanmaßung, Herumpfuschens mit Beweismitteln und Gott weiß was im Knast sitzen und ganz andere Sorgen haben wirst.

Der Gedanke an Jack Bromheads blaue Flecken brachte mich auf die Schürfwunden an Dosts Schultern. Verdammt noch mal, ich hatte vergessen, die Witwe danach zu fragen; womöglich war es ja Dosts liebstes Hobby gewesen, sich wie ein mittelalterlicher Mönch selbst zu geißeln.

Ich glaubte nicht daran, daß dies die Erklärung sein konnte, denn dazu waren die Stellen zu vereinzelt und zu symmetrisch gewesen, aber das war die erste und einzige Idee, die mir bei ihrem Anblick gekommen war, und ich hätte zumindest danach fragen sollen. Jack Bromhead übrigens auch.

Toll, dachte ich, da habe ich gleich etwas für morgen vor. Vielleicht würde mir Dost ja auch eine Antwort aus den höheren Sphären zukommen lassen, in denen er jetzt weilte.

Bis dahin dachte ich über das einzige wirklich große Ereignis des Tages nach. Wir hatten Aranda Dost bei einer dicken, fetten Lüge erwischt. Nun drängte sich die Frage auf: Hat diese Lüge überhaupt etwas zu bedeuten, und wenn ja, was? Und, angenommen, sie bedeutet tatsächlich etwas, was fange ich damit an?

Spot richtete sich mit einem leisen, kehligen Knurren auf und kauerte sich sprungbereit vor die Tür. Eine halbe Sekunde später klopfte es. Ich rollte mich vom Bett und quetschte mich in die rote Boxershorts, mit der ich bereits am Morgen meine Fans begeistert hatte. Ich hatte vage Visionen von wütenden Dorfbewohnern mit Fackeln, aber wenn ihnen mein Outfit nicht gefiel, dann hatten sie eben Pech gehabt. Ganz gleich, wer da draußen stand, er konnte mich mal.

Ich ging zur Tür und griff mit beiden Händen nach dem Stuhl, teils, um ihn Spot für den Fall der Fälle aus dem Weg zu räumen, teils aber auch als Waffe, sollte sich Spots Angriff als unzureichend erweisen.

Es klopfte wieder, diesmal etwas lauter.

»Wer ist da?« fragte ich bestimmt.

»Ich bin's, Cobb, Roxanne. Mach auf.«

»Wer ist bei dir?«

»Niemand.«

»Befolgst du so meine Anordnungen, du Hohlköpfchen?«

»Schon gut. Ich hatte nicht erwartet, daß die Spanische Inquisition mich hier im Flur herumstehen läßt.«

Ich hätte jetzt antworten sollen: »Niemand erwartet die Spanische Inquisition«, aber statt dessen sagte ich: »Ich habe nichts an.«

»Ich habe dich schon nackt gesehen, Cobb. Sei lieb und laß mich rein.«

Ich zog Spot ab und räumte den Stuhl aus dem Weg. Roxanne betrat munter das Zimmer. Sie trug einen knallgelben, flauschigen Kinderschlafanzug mit angearbeiteten Füßen. Sie sah darin aus wie ein einszweiundsiebzig großer Teddybär. Sie setzte sich in den Sessel und sagte: »Hi!«

»Selber Hi. Welchem Umstand verdanke ich die Ehre?«

»Ich war einsam. Ich wollte zu Spot.« Sie kraulte ihn an der Kehle, das liebt er noch mehr als ein saftiges Steak.

»Möchtest du ihn für heute nacht ausborgen? Schließlich seid ihr alte Kumpels.«

Sie erwog das Angebot einen Augenblick. »Ach, wenn ich schon mal hier bin, kann ich auch ein bißchen mit dir reden. Du siehst aus, als würdest du einen Freund gebrauchen können.«

»Als könne ich einen Freund gebrauchen.«

Roxanne nickte. »Das ist genau die richtige Methode: Um sich Freunde zu machen, korrigiert man am besten ihre Grammatik.« Sie beugte sich vor. »Allen Ernstes, Cobb, ich habe dich noch nie so verquer gesehen. Und das will was heißen.«

»Ich wohne nicht gern unter einem Dach mit einem Mörder.«

»Du hast früher auch schon hautnah mit Mördern zu tun gehabt.«

»Dann ist es eben Klaustrophobie. Ich hasse die Vorstellung, eingeschlossen zu sein. Ich glaube, in dieser Hinsicht drehen wir alle allmählich am Rad.«

»Ich mit Sicherheit. Aber bei dir ist das noch etwas anderes. Kann es sein, daß du vorhattest, Carol Coretti anzubaggern und jetzt unter frustrierten Hormonen leidest?«

»Ich habe seit Jahren frustrierte Hormone«, sagte ich. »Mit mir ist alles in Ordnung.«

»Zu spät. Das hättest du vor drei Minuten sagen müssen, wenn es glaubhaft hätte klingen sollen. Nicht, daß ich es dir vor drei Minuten abgekauft hätte, dafür kenne ich dich zu gut, Cobb.«

»Also gut. Vielleicht wollte ich nach unserer Rückkehr in die City versuchen, bei Carol zu landen. Vielleicht bin ich nur um Haaresbreite der Gefahr entronnen, mir einen Satz heiße Ohren einzuhandeln, egal, wie schonend sie ihn mir verabreicht hätte. Ich müßte darüber froh sein, nicht wahr? Ich weiß überhaupt nicht, warum ich mit dir darüber rede.«

»Ich habe etwas an mir«, intonierte Roxanne, »das schlichte Gemüter zur Aufrichtigkeit bewegt. Ist ja auch ganz egal. Ich wollte dich heute morgen nur von ihr abbringen. Ganz instinktiv, einfach nur Geplänkel, weißt du. Das scheint die einzige Art zu sein, wie wir überhaupt noch miteinander reden können.«

»Dasselbe Problem habe ich mit Bats Blefary.«

»Darum soll der sich selbst kümmern. Ich mache mir Sorgen um dich.«

»Mit mir ist alles in Ordnung«, sagte ich, obwohl es nicht stimmte.

»Das stimmt nicht«, sagte die kleine Hellseherin. »Ich weiß, was mit dir los ist.«

»Sagen Sie es mir doch, Frau Doktor, bitte, bitte!«

»Nicht so schnell. Denkst du, ich habe so viel Geld für mein Studium ausgegeben, damit ich den Leuten die Sachen einfach auf den Kopf zusage? Nie und nimmer. Es funktioniert nur, wenn wir die sokratische Methode anwenden.«

Ich dachte, was soll's. Ich bin ein Produkt meiner Zeit, ein

Kind der Ich-Generation. Warum sollten wir nicht mal zur Abwechslung über mein Ich sprechen? Vor allem dann, wenn die Beschäftigung mit meinem Ich mich davon abhielt, ständig das Bild Gabby Dosts vor Augen zu haben, wie er blutend im jungfräulichen Schnee lag.

»Darf ich es mir unterdessen ein wenig bequem machen?«

Roxanne sagte huldvoll: »Ich bestehe darauf.« Ich legte mich rücklings aufs Bett und verschränkte die Hände im Nacken.

»Na, dann los«, sagte sie. »Wie alt war ich, als du mich kennenlerntest?«

»Fast sechzehn.«

»In was für einem Zustand war ich?«

»Du warst ein Wrack. Heroinsüchtig. Schmutzig, verängstigt und krank.«

»Wer hat mich ins Krankenhaus gebracht? Mir geholfen, davon loszukommen? Wer hat meinen Zuhälter aus der Stadt gejagt, als er mich wieder zurückholen wollte? Wer hat mir noch zwei schöne Jahre mit meinem Vater ermöglicht?«

»Ich. Das war mein Job.«

»Dein Job war es, mich aufzustöbern, aber der ganze Rest nicht. Nun, damals gingst du mit Monica Teobaldi, der berühmten Schauspielerin, stimmt's?«

»Berühmt war sie damals noch nicht, außerdem war alles viel komplizierter, aber im Prinzip stimmt es schon.«

»Und was wurde aus Monica?«

»Sie bekam eine Rolle, für die sie sich beworben hatte, und ging nach L.A.«

»Und hinterließ dir eine Nachricht auf dem Anrufbeantworter. Sie hat dich fallengelassen wie eine heiße Kartoffel und nicht mal auf Wiedersehen gesagt.«

»Korrekt.«

»Wie alt war ich zu dieser Zeit?«

»Neunzehn.«

»Was geschah zwischen uns, nachdem Monica weg war?«

Ich setzte mich auf. »Rox, das ist jetzt nicht mehr spaßig …«

»Halt die Klappe«, befahl sie. »Es ist keineswegs spaßig gemeint. Was passierte also?«

»Du weißt doch, was wir gemacht haben, Rox, nun laß doch gut sein …«

Sie war unbarmherzig. »Sag es.«

Ich sagte es. »Wir haben uns geliebt.«

»Wir haben was?«

»Uns geliebt.«

»Danke.« Sie klimperte mit den Augendeckeln. »Hat es dir gefallen, Darling?«

»Weißt du das nicht mehr?«

»Ich weiß, wie sehr es mir gefallen hat. Wir sprechen gerade von dir. Benote es auf einer Skala von eins bis zehn.«

»Zwölf.«

»Mach keine Witze, Cobb.«

»Es war traumhaft. Du warst da und hast mich in einen sabbernden Idioten verwandelt. Was willst du noch mehr?«

»Wir machen ausgezeichnete Fortschritte.«

»Au, fein.«

»Kommen wir jetzt zu den Frauen, mit denen du seither gegangen bist.«

»Verdammt noch mal, Rox, ich werde den Teufel tun, alle Frauen, mit denen ich je geschlafen habe, auf einer Skala von eins bis zehn zu benoten, nur um deine Neugier zu befriedigen.«

»Das sollst du ja auch gar nicht. Ich möchte lediglich wissen, wieso die Beziehungen in die Brüche gegangen sind. Was war mit Llona Hall?«

»Im Ernst?«

»Ich habe noch nie im Leben etwas ernster genommen.«

»Sie hat einen Mord begünstigt, was ihr aber nicht nachzuweisen war, mit einer ungeheuren Summe Geld das Land verlassen und sich irgendwo eine Insel gekauft. Wo, weiß ich nicht.«

»Okay. Eine unmoralische Person. Du hast sie abgeschossen. Was war danach, mit der Juristin weiter oben im Staat New York, nein, von hier aus unten, ach, du weißt schon, was ich meine.«

»Eve Bowen. Sie ist jetzt Bezirksstaatsanwältin an ihrem Wohnort. Sie wollte für einen Sitz im Kongreß kandidieren und meinte, während des Wahlkampfs sei ihr eine wilde Ehe hinderlich.«

»Warum habt ihr dann nicht geheiratet?«

»Sie war der Meinung, die Wähler würden für meine Arbeit kein Verständnis aufbringen.«

»Also hat sie dich abgeschossen, weil du ihre ehrgeizigen Vorhaben mit deinen Skandalgeschichten besudelt hättest.«

»Sehr poetisch.«

»Vielen Dank. Was war mit Wendy Ichimi, die zufällig genau einen Monat jünger ist als ich?«

»Sie reist mit einer Eisrevue kreuz und quer durch die Weltgeschichte.«

»Hat dich zugunsten ihrer Karriere abgeschossen?«

»Korrekt.«

»Und schließlich noch die Bibliothekarin, Kenni Clayton.«

»Wie hast du denn das herausgekriegt?«

»Wenn man zufällig ›Schick‹ heißt, erfährt man beim Network alles, was das Herz begehrt. Also, was war mit ihr?«

»Sie hielt mich für abartig«, sagte ich.

»Warst du ihr zu exzentrisch?«

»Nein, es ging um etwas, was ich getan habe.«

»Ich höre.«

»Ich – Ich habe eine Freundin von ihr in eine Falle gelockt, und sie wurde getötet. Es war alles ganz anders geplant. Sie – die Freundin – war eine Mörderin und Dealerin, und sie gab das mir gegenüber auch zu, aber um ihr vor Gericht etwas nachweisen zu können, hätte sie geständig sein müssen. Ich wollte sie zu einer Aussage zwingen. Sie hatte unter anderem den Neffen eines Mafiapaten ermordet, und dem habe ich gesteckt, wo sie sich aufhielt.«

»Und der hat sie umgebracht?«

»Nicht direkt. Sie hielt einen Bullen, dem ich ebenfalls von ihr erzählt hatte, für einen Mafiakiller und lief vor ihm weg in eine U-Bahn-Station. Vom Bahnsteig fiel sie dann vor den Zug.«

»Und du fühltest dich schuldig.«

»Nein, ich fühlte mich nicht im geringsten schuldig, aber genau das hielt Kenni für abartig. Sie hat mich dauernd schief angesehen.«

»Na, die hat vielleicht Nerven«, sagte Roxanne empört.

»Was ist jetzt mit der sokratischen Methode?«

»Meine Mutter hat jemanden umgebracht, und dank deiner Mithilfe entwickelte sie sich von einer Psychopathin zu einem seelen- und hirnlosen Gemüse. Trotzdem habe ich dich nie schief angesehen.«

»Das stimmt«, sagte ich. Ich hatte nicht gedacht, daß der Gang durchs Museum auf so dunklen Wegen erfolgen würde. »Tja, Kennis Leben war bis dahin eben von netteren Menschen bevölkert gewesen als deins oder meins.«

»Trotzdem. Was hättest du ihrer Meinung nach denn tun sollen, sie einfach ungeschoren davonkommen lassen?«

»Nein. Sie konnte bloß nicht begreifen, warum ausgerechnet ich derjenige sein mußte, der sie zur Strecke brachte.«

»So eine Pißnelke.« Roxanne schimpfte noch minutenlang leise vor sich hin, während ich weiterüberlegte. Ich hatte derjenige sein müssen, weil ich es als einziger gekonnt hatte. Hätte ich nichts unternommen, um Kennis Freundin zu stoppen, wäre ich an den schlimmen Dingen, die sie allen übrigen zufügte (die

Frau war in dieser Beziehung ungemein begabt gewesen), zumindest teilweise mitschuldig geworden. Das hätte mir Schuldgefühle verursacht. Ich weiß, daß es Millionen anständiger, ehrlicher Menschen gibt, die ganz anderer Meinung sind, beispielsweise wahrscheinlich jeder lebende Jurist, doch ich sehe die Dinge nun einmal so, und das rechne ich mir durchaus als Pluspunkt an.

»Wie dem auch sei«, sagte Roxanne, als ob wir nie vom Thema abgekommen wären, »jetzt kommt die Hunderttausendmarkfrage: Trifft es nicht zu, daß Sie mit irgendeiner dieser Frauen eine dauerhafte Beziehung hätten aufbauen können, wenn Ihnen wirklich daran gelegen gewesen wäre?«

Ich antwortete ungehalten: »Nein! Wie hätte ich eine dauerhafte Beziehung mit Llona haben können?«

»Okay, laß Llona beiseite. Aber was ist mit den anderen? Um Monica oder Wendy zu halten, hättest du lediglich das Network verlassen müssen, zumal du ständig selbst sagst, daß du diesen Job verabscheust. Du hättest mit ihnen mitgehen und sie managen können oder sonstwas. Im Showgeschäft verdienen viele Frauen das Geld und halten ihre Männer aus. Das ist fast schon Tradition.«

»Noch besser ist es, wenn jeder sich selbst aushält.«

»Danke für die Blumen!« sagte sie.

»Ach, Mist«, sagte ich. »Von dir habe ich gar nicht gesprochen. Natürlich ist es richtig, seine eigenen Kinder zu versorgen.«

»Na prima. Aber Kinder wie ich werden erwachsen und haben dann immer noch Geld. Was passiert dann?«

»Sie übernehmen den Familienbetrieb. Oder sie werden Hare-Krishna-Jünger oder Anarchisten. Oder sie werden Wohltäter der Menschheit oder Kunstmäzene. Das hängt vor allem vom jeweiligen Charakter ab.«

»Okay, so viel zu mir, nun zurück zu dir. Der Politikerin hättest du kein schöneres Geschenk machen können, als das gesamte Personal des Networks für sie zu mobilisieren. Zur Förderung einer politischen Karriere geht nichts über eine freundliche Berichterstattung in den Medien.«

Ich setzte mich auf. »Meinst du wirklich, ich würde so etwas tun?«

»Hätte sie das von dir erwartet?«

»Nein!« Zumindest ging ich davon aus.

Roxanne gab ein skeptisches »Mmmmmm« von sich und fuhr fort: »Mit der Bibliothekarin wäre es wahrscheinlich am einfachsten gewesen. Du hättest lediglich ein wenig Zerknirschung über die Sache mit ihrer Freundin zur Schau tragen müssen. Notlügen sind für die meisten Menschen eine altbewährte Methode, eine Beziehung wieder ins Lot zu bringen. Nur für dich nicht. Und nicht mit ihr. Warum nicht?«

»Ich dachte, du wolltest mir sagen, warum ich so unausstehlich bin.«

»Dazu kommen wir noch. Im Moment biete ich dir meine These an, warum du deine Beziehungen nicht auf Dauer halten kannst. Willst du sie nun hören oder nicht?«

»Gibt es mit Ausnahme eines dicken Knebels irgend etwas, womit ich dich davon abhalten könnte, es mir zu sagen?«

Sie schüttelte den Kopf. »Dann würde ich es aufschreiben.«

»Dann sag es mir bitte.«

»Es ist meinetwegen. Du liebst mich, und deshalb scheust du davor zurück, dich endgültig an jemand anderen zu binden.«

Ich setzte mich auf und sah sie an. »Mit deinem Ego hast du scheinbar keine größeren Probleme.«

»Doch, jede Menge. Ich kenne lediglich die Wahrheit, weil ich sie jahrelang studiert habe. Wenn du hier so rappelig bist, dann ist auch das meinetwegen. Ich habe dir ja gesagt, wir würden noch dazu kommen. Du hast Angst, ich könnte in Gefahr sein, und du fragst dich, welche Auswirkungen es für mich haben wird, daß ich das Network nun nicht verkaufen kann.«

»Beides kann ohne weiteres zutreffen, ohne daß ich dich liebe.«

»Ha! Du hast dir in den Kopf gesetzt, ich sei zu jung und zu reich und du liebtest mich zu sehr, als daß du einen Vorteil daraus ziehen dürftest, weil ich dich womöglich gar nicht wirklich liebe.«

»Das tust du ja auch nicht«, sagte ich.

Roxannes Stimme war von tödlichem Ernst. »Sag das nicht, Cobb. Sag so etwas nie wieder.«

»Vielleicht kommt es dir so vor, Rox, aber es ist nicht so. Ich habe dich aus der Gosse gezogen, nachdem du weggelaufen warst, und darüber bin ich sehr froh. Aber damals warst du trotz allem noch ein Kind und hast in mir den edlen Ritter gesehen. Seither erzählst du mir ständig, was für ein toller Kerl ich bin, daß du mir dein Leben verdankst und alles für mich tun würdest. Das ist nicht dasselbe wie Liebe. Liebe heißt, jemanden trotz aller Fehler und Schwächen zu lieben, anstatt so zu tun, als existierten sie nicht. Perfekt sein zu sollen ist eine zu große Belastung für einen Mann.«

»Ich weiß, daß du Fehler hast. Beispielsweise bist du Frauen gegenüber ein Arschloch. Das Schlimmste ist, daß du dir eine Meinung bildest und davon nie wieder abweichst, auch wenn sich die Sache verändert.«

»Wie meinst du das?«

»Vor drei Jahren kam ich zu demselben Schluß wie du jetzt, ich meine, daß ich dich dauernd über den grünen Klee gelobt habe und dir das peinlich war. Ich habe es dann gelassen, aber du hast es nicht mal gemerkt. Ich habe es sogar mit sarkastischen Sticheleien probiert, um deine Aufmerksamkeit zu erregen, aber auch das hat nicht funktioniert. Jetzt versuche ich es mit einem Frontalangriff. Ich weiß nicht, was ich sonst noch tun könnte, außer dir mit einem Holzhammer eins überzubraten.«

»Was willst du von mir, Rox?«

»Sei ehrlich dir selbst gegenüber. Habe ich recht mit dem, was ich dir gerade gesagt habe, oder nicht? Und behandle mich nicht wie ein Kind. Ich bin längst eine erwachsene Frau, und ich kämpfe um den Mann, den ich liebe.«

Ich sah sie wieder an, wie sie in ihrem Strampelanzug dasaß. »Ich räume ein, daß du eine Frau bist, noch dazu eine verdammt attraktive, wenn ich das sagen darf.«

»Danke«, sagte sie steif.

»Aber wenn du mir das klarmachen wolltest, warum hast du dich dann wie ein einjähriges Kind ausstaffiert?«

»Weil ich dich nicht mit Sex zu irgendwas drängen wollte.«

»Ach ja, Männer sind sexbesessene Schweine.«

»So ungefähr.«

Ich ließ mich rücklings in die Kissen fallen und atmete tief durch. Ehrlich mir selbst gegenüber, hatte sie gesagt. Ich zwang mich dazu. Und kam zu dem Schluß, daß sie recht hatte. Seit Jahren lief ich ohne jeden vernünftigen Grund vor ihr weg.

»Das ist beängstigend, Rox.«

»Weniger beängstigend als der Gedanke zu kneifen, ohne es je probiert zu haben.«

Sie war nicht nur reich und hübsch, sondern obendrein ein verdammt kluges Mädchen. Ich hatte das Gefühl, es kamen interessante Zeiten auf uns zu. Ich sprach es laut aus.

»Prima«, sagte sie. »Und jetzt rutsch ein Stück und laß mich ins Bett.«

Ich nahm sie in den Arm, wir küßten uns. Nach wenigen Sekunden brach ich in Lachen aus.

»Was ist denn so lustig?« wollte Roxanne wissen.

Ich grapschte in den gelben Flausch. »Das hier«, sagte ich. »Es ist so, als wollte ich mit Pu dem Bär schlafen.«

Sie biß mich in die Nase. »Noch nie was vom Reißverschlußprinzip gehört. Toller Detektiv?«

Ich fand den langen Reißverschluß und zog ihn langsam und vorsichtig auf. Immerhin war innen ein Schatz.

Kapitel 15

Lassen Sie uns vernünftig miteinander reden.
– Lyndon B. Johnson, Fernsehansprache

Etwa um zwei Uhr morgens sagte ich: »Wir sollten jetzt wirklich mit dem Gegicker aufhören und ein bißchen schlafen.«

Roxanne kicherte wieder. »Schlafen können wir das ganze Leben noch«, sagte sie.

»Auch danach noch ziemlich lange.«

Sie sah mich an. Im gedämpften Lampenschein waren ihre Augen groß und strahlend. »Du bist morbide, Cobb«, sagte sie. »Wie konnte ich mich in jemanden verlieben, der so morbide ist wie du?«

»Keine Ahnung«, sagte ich. »Bereust du es schon? Das ist vielleicht eine Art und Weise ...«

»Es waren diverse Arten und Weisen, falls Du es schon vergessen hast.«

»... und jetzt willst du mich von der Bettkante schubsen, nur weil ich morbide bin.«

»Niemals«, sagte sie. »Sei meinetwegen so morbide, wie du willst. Meinetwegen können wir sogar in Särgen schlafen.«

»Gibt es eigentlich Doppelsärge?«

»Ich bin reich, ich lasse uns einen nach Maß anfertigen.«

»Super. Du wählst die Farbe für die Seidenpolster aus. Und jetzt schlafen wir ein bißchen, okay?«

»Kann ich nicht«, erklärte sie kategorisch. »Ich hab Hunger.«

Ich gähnte. »Ich glaube, Spot hat etwas übriggelassen. Vielleicht gibt er dir was davon ab.«

»Ich meine es ernst, Cobb.« Sie versetzte mir einen Rippenstoß.

»Ich auch. Ich habe letzte Nacht nicht viel Schlaf gekriegt, außerdem hatte ich tagsüber ziemlich viel zu tun. Und morgen werde ich wohl genauso fleißig sein müssen.«

»Was kannst du denn jetzt überhaupt noch tun?«

Ich gähnte wieder. »Mir fällt schon noch etwas ein. Man darf nicht zulassen, daß der Mörder fleißiger ist als man selbst.«

Roxanne zuckte zusammen. Ich hatte das eigentlich nicht sagen wollen: nun hatte ich den Mörder zu uns ins Bett geholt.

»Komm mit nach unten in die Küche, Cobb. Dost hat uns am ersten Abend die Erlaubnis gegeben, in akuten Notsituationen den Kühlschrank zu plündern, und dies ist eindeutig eine.«

»Es ist erst unsere zweite Nacht hier, Rox.«

»Weiß ich ja. Nun komm schon, ich koche dir eine Tasse Kakao, der wird dich entspannen. Wir nehmen Spot mit nach unten, dann verstoßen wir nicht mal gegen deine Dreiergruppenverordnung.«

»Na schön«, sagte ich. »Herrgott, wir sind erst seit zwei Stunden ein Paar, und schon stehe ich unter dem Pantoffel.«

»Gewöhn dich frühzeitig dran«, sagte Roxanne strahlend. »Das ist gut für dich.«

Roxanne kletterte wieder in ihren Teddyschlafanzug und ich in meinen Jogger, dann machten wir uns auf den Weg zur Küche.

Die Lichtschalter im Flur waren mit kleinen Nachtlämpchen ausgestattet, so daß wir ohne weiteres den Weg fanden. In der Küche selbst allerdings war es stockfinster. Das Bullauge in der Schwingtür hätte genausogut aus Onyx sein können. »Wenn ich mich recht entsinne«, sagte ich zu Roxanne, »ist der Lichtschalter rechts von der Tür.« Ich drückte die Tür nach innen auf und tastete nach dem Schalter, der ausnahmsweise kein Nachtlicht besaß. In dem Moment, als ich das Licht anknipste, sagte eine Stimme: »Keine Bewegung!«

In der plötzlichen Helligkeit mußte ich blinzeln. Roxanne stieß einen leisen Schrei aus, Spot knurrte. Ich blinzelte wieder und stellte fest, daß die Mündung einer doppelläufigen Schrotflinte auf mich gerichtet war. Dahinter sah ich das von Wut und ganz viel Angst verzerrte Gesicht Barry Dosts.

»Keine Bewegung, Mörder«, sagte Barry.

»Ganz wie Sie wünschen.«

»Exakt, genau wie ich es wünsche«, sagte Barry. Auf dem Tisch vor ihm standen Roggenbrot, grüner Salat, Tomaten, Mayonnaise und die Reste des Roastbeefs vom Abendessen. Ich kam zu dem ungemein scharfsinnigen Schluß, daß wir ihn gestört hatten, als er sich ein Sandwich machen wollte.

»Krautsalat paßt gut dazu«, sagte ich.

»Was?«

»Zu einem Roastbeef-Sandwich. Krautsalat anstatt Kopfsalat und Mayonnaise. Agnes macht leckeren Krautsalat. Vielleicht ist noch etwas davon da.«

»Schnauze. Was macht das Mädchen hier?«

»Ich heiße Roxanne«, sagte Roxanne. »Hi, Barry.«

»Sagen Sie nicht ›Hi‹ zu mir. Was haben Sie vor mit diesem … diesem …«

Ihm fiel kein Wort ein, das gemein genug für mich gewesen wäre. Nach ein paar weiteren Anläufen rettete ihn Roxanne.

»Ich hatte das gleiche vor wie Sie«, sagte sie. »Ich hatte noch ein bißchen Hunger und bat Matt, mit mir herunterzukommen und mir Gesellschaft zu leisten, wenn ich den Kühlschrank plündere.«

Seine Augen verengten sich zu Schlitzen. »Ihnen wird gleich der Appetit vergehen, wenn ich seine Gedärme erst hier in der Küche verstreut habe.«

Ich stellte mir die Szene plastisch vor, und ich muß zugeben, mir verdarb es ganz eindeutig den Appetit.

»Darf ich die Hände runternehmen?«

»Nein. Wer weiß, was Sie in dem Jogginganzug versteckt haben.«

Ich hätte doch besser wieder die Boxershorts anziehen sollen. »Darf ich Sie denn wenigstens etwas fragen?«

»Wenn es schnell geht.«

»Wieso sind Sie sich so sicher, daß ich Ihren Vater umgebracht habe?«

»Ich habe Sie beide miteinander gehört. Ich habe gehört, wie er mit Ihnen redete.«

»Was haben wir gesagt?«

Barry wirkte verdrießlich. »Ich konnte nicht alles verstehen.«

»Was habe ich gesagt?«

»Von dem, was Sie gesagt haben, habe ich kein Wort verstanden. Sie haben geflüstert oder gemurmelt oder was weiß ich.«

Die Flinte änderte alles. Wäre sie nicht gewesen, hätte ich jetzt gelacht, den Kopf geschüttelt oder beides. Statt dessen lernte ich, daß ein Mann mit einer Flinte in der Hand einem Respekt einflößt, ganz egal, wie bescheuert er sich benimmt.

»Woher wollen Sie dann wissen, daß ich das war?« fragte ich in respektvollem Ton.

»Versuchen Sie irgendeinen Trick?« herrschte Barry mich an.

Mit erhobenen Händen ist man in der Regel nicht sehr überzeugend, aber ich gab mir Mühe. »Ich versuche überhaupt keinen Trick. Ich versuche nur, ein massives Mißverständnis aufzuklären.«

»Versuchen Sie nicht, mich reinzulegen.«

»Das versuche ich garantiert nicht. Wenn es etwas nützt, gebe ich Ihnen mein feierliches Ehrenwort, daß ich gestern nacht nicht mit Ihrem Vater zusammen war.«

»Ha!«

»Wirklich! Wenn Sie mich für den Mörder halten, dann gilt mein Wort natürlich nicht viel. Ich versuche herauszufinden, ob es ein triftiges Argument gibt, mit dem ich Sie überzeugen kann, daß ich die Wahrheit sage.« Außerdem versuchte ich, ihn dazu zu bewegen, die Flinte herunterzunehmen, bevor ich mir in die Hose machte, aber ich hielt es für keine gute Idee, ihm das auf die Nase zu binden.

Barry lachte und schüttelte den Kopf über mich. Wenn man derjenige ist, der die Flinte hält, darf man das. »Mit Argumenten winden Sie sich nicht aus der Sache raus, Cobb. Mein Vater sprach Sie mit Namen an!«

»Oh, mein Gott«, sagte ich.

Die Abscheu in meiner Stimme nahm Barry nicht wahr. »Sollte das ein Gebet werden?« höhnte er. Er packte die Flinte fester.

Ich spürte, wie kleine Schweißbäche auf meinem Rückgrat zu einem kalten Strom zusammenflossen. »Barry«, sagte ich so ruhig wie eben möglich, »ist Ihnen schon mal in den Sinn gekommen, daß Ihr Vater nicht mit mir, sondern über mich gesprochen haben könnte?«

»Über Sie?«

»Warum nicht? Er hatte mir doch einen Job angeboten.« Ein heikles Thema, doch das mußte so logisch sein, daß selbst ein Paranoiker wie Barry Dost es kapierte. »Er hatte mir eine Stelle angeboten und versuchte offenbar herauszufinden, warum das Network mich überhaupt hergeschickt hat.«

»Das wußte er ja schon«, sagte Barry. Sein Griff um die Flinte lockerte sich. »Er wußte alles über die Leute vom Network.«

»Okay, er wußte also Bescheid. Vielleicht hat er ja jemandem Bericht erstattet, oder er wollte ihm ...«

»Oder ihr«, sagte Barry unheilschwanger. Allmählich keimte die Hoffnung in mir auf, ich könnte doch noch mit dem Leben davonkommen.

Ich nickte eifrig. »Oder ihr. Wem auch immer wollte er vielleicht seine Eindrücke von den Gesprächen wiedergeben, nachdem er uns alle vom Network persönlich kennengelernt hatte«, sagte ich.

»Genau«, fiel Roxanne ein. »Sie hätten hören sollen, wie oft Ihr Name heute gefallen ist.«

»Bestimmt.« Seine Stimme klang verbittert. »Alle versuchen, mir den Mord an meinem Vater in die Schuhe zu schieben.« Die Flinte zeigte wieder nach oben. Wenn ich die Sache überlebte, würde ich Roxanne einen gezielten Tritt in den Hintern verpassen müssen.

»Aber nicht doch«, beeilte ich mich zu sagen. »Alle haben sich lediglich gefragt, warum Sie nicht da waren, um Ihre Sicht der Dinge zu erläutern.«

»Ich wollte nachdenken.«

»Denken Sie jetzt nach«, sagte ich. »Ich hatte keinerlei Grund, Ihren Vater zu töten oder ihm irgend etwas zu tun. Vielleicht wissen Sie etwas, das den wahren Mörder überführt. Reden Sie mit den anderen.«

Er überlegte. Die Sache gefiel ihm nicht, aber offensichtlich hatte er sein Dasein als Schloßgespenst ebenfalls satt.

»Es ist schon zu spät, um die anderen zu wecken«, sagte er. »Wir machen uns jetzt erst mal ein paar Brote.« Er wandte sich abrupt ab und lehnte die Flinte an die Spüle. Es war nicht der sicherste Ort für eine Waffe – ich fand ihn sogar alles andere als beruhigend –, aber ich nahm mir trotzdem vor, mir darüber keine Gedanken zu machen. Nachdem er die Flinte endlich weggestellt hatte, konnte ich mit Spots Hilfe die Situation wieder in den Griff bekommen. Der Samojede konnte den Kerl notfalls zerfleischen, bevor er auch nur in die Nähe der Waffe kam.

Roxanne und ich setzten uns an den Tisch. Roxanne schnappte sich ein Messer und schnitt eine Tomate in saubere runde Scheiben.

»Ich sage Ihnen, warum ich beschlossen habe, Ihnen zu trauen«, sagte Barry.

»Reichen Sie mal das Brot rüber«, sagte Roxanne.

»Das würde mich interessieren.«

»Ihretwegen. Roxanne. Sie hatte solche Angst um Sie, dabei war sie so tapfer. Sie ist keine Frau, die sich von einem Mann reinlegen lassen würde.«

»Nur einmal«, sagte Roxanne, »und das ist verdammt lange her. Kann ich mal das Fleisch haben?«

Seine Logik, warum er mir jetzt traute, schien mir ebenso faul wie die, warum er mich zuvor verdächtigt hatte. Vielleicht war Bats Prophezeiung bereits eingetreten und Barry war wirklich völlig durchgedreht.

»Mit wem könnte ...« Ich war einen Moment lang durch Roxanne abgelenkt. Wenn sich ihre Liebe als genauso enorm erwies wie ihr Appetit, war ich ein Glückspilz. Sie hatte sich ein Sandwich von der Größe eines Kanaldeckels aufgeschichtet. Sie biß hinein. Bei einem solchen Bissen hätte jede Bärenmama ihr Kind ermahnt, nicht so zu schlingen. Sie sah meinen Blick und zuckte die Schultern. Zumindest würde ich ihr nicht beibringen müssen, daß man mit vollem Mund nicht spricht.

Ich wandte mich wieder an Barry. »Mit wem könnte Ihr Vater denn Ihrer Meinung nach über mich gesprochen haben?«

»Ich weiß nicht.« Er überlegte einen Augenblick und wiederholte es dann. »Die Normans können es nicht gewesen sein. Und wenn es Onkel Jack oder Aranda waren, warum sollten sie es dann abstreiten?«

»Keiner möchte gern der oder die letzte sein, der ein Opfer lebend gesehen hat, denn die Leute haben eine eigentümliche Neigung, einen für den Mörder zu halten.«

»So wie ich Sie.«

»Genau. Wenn ich es also nicht war, und Jack und Aranda auch nicht, wer war es dann?«

»Ich weiß nicht«, sagte Barry wieder. Es klang gereizt. »Die Anwälte sind wegen des Schnees nicht gekommen, die beiden und ich wären wohl die einzigen, mit denen er mitten in der Nacht vertrauliche Dinge besprochen hätte.«

»Meinen Sie nicht, Sie sehen das ein bißchen naiv, Barry?«

»Wie meinen Sie das?«

»Ihr Vater war berühmt dafür, daß er vor und hinter allen Fronten agierte. Hat er denn im Network niemanden, der ihm in die Hände spielt?«

»Was? Ach, natürlich hat er das. Hatte. Selbstverständlich hatte er das.«

»Wen? Könnte es jemand sein, der wegen der Vertragsverhandlungen hier ist?«

»Mein Gott, natürlich, das kann sein!« Barry schlug sich mit der Hand auf den Kopf, als wolle er seine Schädeldecke festhalten. »Cobb, Sie haben recht. Ich hätte niemals weglaufen dürfen. Wenn wir eher Gelegenheit gehabt hätten, darüber zu reden …«

»Ist schon gut«, sagte ich.

»Will jemand einen Sprudel?« fragte Roxanne.

»Cola«, antwortete ich. Zum Teufel noch mal, dachte ich. Zum Schlafen würde ich sowieso nicht kommen. Barry wollte auch eine.

»Jemand vom Network gibt meinem Vater Informationen, kriegt, warum auch immer, kalte Füße und beschließt, ihn umzubringen.«

»Richtig. Die Frage ist bloß«, sagte ich, »wer?«

»Ich weiß es nicht. Ich weiß es nicht. Dad hat über solche Dinge mit mir nicht gesprochen. Außerdem war ich mit dem ganzen Public-Relations-Kram und seinem Image so beschäftigt, daß ich auch gar keine Zeit gehabt hätte, ihn danach zu fragen, selbst wenn ich das Gefühl gehabt hätte, er würde es mir sagen.«

»Das«, sagte ich, »ist eine Schande.«

»Ganz genau. Sie werden wohl Jack fragen müssen, oder vielleicht Aranda. Sie hat sich aus irgendwelchen Gründen brennend für diese Verhandlungen interessiert.«

»Sie behauptet, weil sie früher im Showgeschäft war«, erzählte ich ihm.

Barry schnaubte verächtlich. »Das stimmt. Ich glaube, sie wollte irgendwas gegen den alten Herrn in der Hand haben, weil ihre Zeit praktisch um war. Außerdem versuchte sie, aus dem Ehevertrag rauszukommen.«

»Wie meinen Sie das, ihre Zeit war praktisch um?«

»Kleinigkeiten. Dad zündete ihr nicht mehr die Zigaretten an. Er sagte nicht mehr ›deine Ma und ich‹, wenn Aranda von mir etwas wollte. Er zog sich einfach irgendwie von ihr zurück. Schließlich habe ich das schon zweimal miterlebt. Ich kenne die Anzeichen.«

Das klang hochinteressant, doch je länger ich darüber nachdachte, desto weniger Sinn schien es zu ergeben. Als mögliches Motiv für einen Mord war es unbrauchbar. Indem sie Dost umbrachte, kam sie doch gerade nicht um den Ehevertrag herum.

Jetzt setzte Barry eine aggressive Miene auf. »Hören Sie«, sagte er streng, »jetzt habe ich aber auch noch ein oder zwei Fragen an Sie, Cobb!«

»Nur zu.«

»Wüßten Sie denn jemanden vom Network, der als Spion in Frage käme?«

»Allerdings«, sagte ich. »Ich wüßte jemanden.«

»Wer ist es?«

Erklärungen, warum ich es ihm nicht sagen würde, blieben mir erspart, weil in diesem Augenblick der schrille Schrei einer Frau durch das Haus gellte.

Kapitel 16

Und wieder ist es an der Zeit, Sie … einen Blick auf die andere Seite werfen zu lassen!
– John Newland, »Alcoa Presents« (ABC)

Barrys Blick wanderte sofort zur Spüle und zu der daran angelehnten Flinte. Mit starr darauf gerichtetem Blick stand er von seinem Stuhl auf.

Ich ergriff sein Handgelenk. »Lassen Sie das Gewehr stehen«, sagte ich.

»Sind Sie verrückt?«

»Im Flur da oben wird es gleich von Menschen wimmeln. Lassen Sie das Gewehr hier. Es verursacht mehr Probleme, als es löst.«

Er schaute es sehnsüchtig an.

»Wir verschwenden unsere Zeit«, sagte ich.

Barry riß den Blick los und stöhnte. »Na gut, dann also los, gehen wir.«

»Gut. Du wartest hier, Rox«, sagte ich.

Sie sagte etwas mit vollem Mund, das ich vage als »darauf kannst du lange warten« identifizierte, vielleicht drückte sie sich auch krasser aus. Klar war, daß sie nicht in der Küche warten würde. Alles, was ich tun konnte, war, vor ihr durch die Schwingtür zu stürzen.

Als ich auf dem ersten Treppenabsatz ankam, konnte ich die Schreie besser orten. Die Frau schrie am Ende des Flurs über mir. Es war Aranda Dost. Und sie schrie meinen Namen.

»Matt! Matt Cobb! Kommen Sie her! Kommen Sie sofort hier rauf!«

Roxanne sagte: »Wenn alle Frauen mitten in der Nacht so nach dir brüllen, kann ich ja von Glück sagen, daß ich meine Ansprüche als erste angemeldet habe.«

Ich sparte mir den Atem für die Treppe.

Ich rannte bis zum Ende des Flurs. Jack Bromhead streckte den Kopf aus seinem Zimmer. »Verdammt noch mal, Cobb, was ist los?«

»Keine Ahnung«, sagte ich und rannte weiter.

Hinter mir hörte ich Bromhead über seinen Knöchel fluchen. Er murmelte, er werde sofort nachkommen, sobald er irgend etwas gefunden hatte. War mir recht. Wenn ich dem Killer schon von Angesicht zu Angesicht gegenüberstehen sollte (mit meiner hartnäckigen frischgebackenen Lebensgefährtin im Schlepptau), dann konnte ich alle Hilfe gebrauchen, die sich mir bot, mit Ausnahme allerdings von Barry Dost mit einer Schrotflinte auf meinen Fersen.

Jetzt wurde es brenzlig, denn die Schreie hörten auf. Ich versuchte, mich zu erinnern, in welchem Raum Aranda schlief. Sie hatte in ihrem alten Zimmer nicht bleiben wollen. Okay. Es lag im Stockwerk darüber, genau über Jacks Zimmer. Neben Barrys. Es war einer der kahlen, noch nicht dekorierten Räume, die wir morgens durchsucht hatten.

Die Treppe rauf und durch die Halle, ein Stück den Flur hinunter. Dort war es.

Als erstes sah ich Ralph. Wie er in seinem Türrahmen stand mit der von seinem Onkel geborgten Schlafanzughose und seiner behaarten Brust, schien er direkt einer Kölnischwasserreklame entsprungen zu sein. Ein blaues, flackerndes Leuchten im Innern des Zimmers hüllte ihn in ein seltsames Licht, das mir sehr bekannt vorkam. Schließlich hatte ich einen Großteil meines Lebens vor dem Fernseher verbracht.

Ich hatte allmählich die Schnauze voll, Treppen rauf und runter zu rennen. Mit meiner allerletzten Puste rief ich Ralphs Namen.

»Cobb!« sagte er. »Kommen Sie schnell.«

»Wahahas …«

»Ich weiß nicht, was das ist. Sehen Sie es sich selbst an.«

Ich zuckte die Achseln und betrat den Raum. Aranda Dost saß auf dem Bett. Sie hatte ein hauchdünnes schwarzes Etwas an, das an den Beinen und am Busen ganz verrutscht war, weil sie beide Hände im Stoff zu Fäusten geballt hatte. Ihre Augen waren weit aufgerissen, ihr Mund stand offen. Sie keuchte: »Nein, nein, nein.« Ihr Blick war starr auf den Fernseher gerichtet.

Ich konnte es ihr nicht verdenken. Der Mann auf dem Bildschirm war G.B. Dost, der verblichene Wirtschaftstycoon.

Dost stand vor einem rein schwarzen Hintergrund. Er trug einen grauen Straßenanzug, ein weißes Hemd und eine rote Krawatte. Er redete.

»Warum dauert das denn so lange?« tönte es aus dem Lautsprecher. »Barry, bist du da? Warum tust du einem alten Mann so etwas an?«

Das muß eine Kassette sein, dachte ich. Dann fiel mir ein, daß der Raum gar nicht ans interne Netz angeschlossen war. Ich ging zum Fernseher, während Dosts Geist weiter seine Ungeduld verlauten ließ.

Aranda geruhte nun endlich, mich zu bemerken. »Haben Sie jetzt immer noch schlaue Sprüche auf Lager, Mr. Cobb?« fauchte sie. »Sie wollten doch ein Zeichen. Was halten Sie davon? Oh, Gabriel, mein Schatz, es wird alles gut. Wir bringen dich sicher auf die andere Seite. Und wir kriegen heraus, was mit dir passiert ist …«

Ich klappte meine Ohren zu und sah mir die Rückseite des Fernsehers an. Kein Videostecker. Kein Antennenstecker. Nichts. Ich folgte dem Stromkabel bis zur Steckdose und zog den Stecker heraus.

Der Bildschirm wurde dunkel. Ohne Saft lief immerhin auch im Jenseits nichts.

»Um Himmels willen, Cobb, was machen Sie da?« Es war Haskell Freeds Stimme. Ich sah zur Tür hinüber. Die ganze Bande drängelte sich im Türrahmen um die besten Plätze und wollte wissen, was los war.

Ich steckte das Kabel wieder ein. Gabby Dost flackerte erneut in der Dunkelheit.

»Verdammt noch mal, Barry, hier ist es heiß wie in der Hölle.«

Aranda Dost gab einen Laut von sich, der die wesentlichen Bestandteile von Schluchzen und Nach-Luft-Schnappen in sich vereinigte.

Der Fernseher stand auf Kanal 4. Ich ging auf Kanal 5 und bekam gar nichts, dann auf Kanal 3 und bekam, wenn Sie den Ausdruck gestatten, ein Geisterbild. Ich ging wieder zurück zu Kanal 4.

»Wo zum Teufel steckst du, mein Junge?« fragte der Fernseher gerade.

Und plötzlich stand er im Türrahmen. Er hatte sich mit den Ellbogen einen Weg durch die Menge geboxt und starrte jetzt auf das Fernsehbild. Ich hatte noch nie so viel Wut im Gesicht eines Menschen gesehen. Aranda sah ihn an und wurde so bleich, daß man es sogar im Dämmerlicht des Fernsehers sah.

Das war auch gerechtfertigt, denn er ging mit ausgestreckten Händen auf sie los und knurrte: »Du verlogenes Miststück!«

Er kam nicht so weit, denn mit Unterstützung Calvin Gowes, der endlich einmal zu etwas nütze war, überwältigte ihn Ralph und zerrte ihn hinaus auf den Korridor. Barry hatte zwar nicht direkt Schaum vor dem Mund, schien aber nicht mehr weit davon entfernt zu sein.

Auf dem Bildschirm kratzte sich Gabby Dost gereizt am Kopf. »Barry?« sagte er. »Barry?«

Das Bild zerfiel. Auf der Mattscheibe war ein elektronischer Schneesturm zu sehen, aus den Stereolautsprechern war ein kehliges Heulen zu hören. Genau das, dachte ich, was von einem Fernseher in einer abgelegenen ländlichen Gegend, meilenweit von jeder Sendestation entfernt und ohne Antennen- oder Kabelanschluß, zu erwarten war.

Ich war dennoch enttäuscht. Auch wenn die Gabby Dost Show keinerlei Drehbuch hatte erkennen lassen, fesselte sie meine Aufmerksamkeit. Ich probierte alle übrigen zweiundachtzig Kanäle, fand aber überall nur Schnee, und davon hatten wir in dieser Woche ja ohnehin schon reichlich gehabt.

»Machen Sie Licht«, sagte ich. Aranda saß wie in Trance versunken. »Aranda!«

»Haben Sie es jetzt gesehen?« fragte sie herrisch. »Haben Sie es gesehen?«

»Ich habe es gesehen. Machen Sie jetzt das Licht an, ja?«

Sobald sie es getan hatte, schaltete ich den Fernseher aus. »Okay«, setzte ich an.

Doch jetzt ertönte wieder ein Schrei, diesmal der eines Mannes draußen auf dem Korridor. Ich quetschte mich durch die Menge und sah Calvin Gowe über Ralph Ingersoll gebeugt, aus dessen Nase Blut auf den Teppichboden schoß. Barry rannte wieder einmal blitzschnell den Korridor hinunter und verschwand.

»Das Schwein hat ihm einen Kopfstoß versetzt«, sagte Gowe.

»Mir bie Mase bebrochen«, erläuterte Ralph.

Das sah man. Mein Mitgefühl sparte ich mir für später auf. »Roxanne«, rief ich, »kümmere dich um Ralph. Cal, Sie gehen in den Raum und passen auf, daß niemand den Fernseher anfaßt.«

Cal grinste verhalten, offenbar bei dem Gedanken, vielleicht bald Gelegenheit zu finden, seinerseits jemandem eins drüberzubraten.

Roxanne kniete neben Ralph und fragte ihn, ob er Luft bekomme. Sie sah zu mir hoch. »Und du wirst vermutlich versuchen, Barry an einem neuerlichen Verschwinden zu hindern.«

Ich nickte und rannte los. Das heißt, eigentlich war ich überzeugt, daß er diesmal gar nicht wieder verschwinden würde. Ganz im Gegenteil. Ich konnte mir ziemlich genau denken, was er vorhatte.

Er war auf dem Weg in die Küche, um die an der Spüle lehnende Schrotflinte zu holen.

Ich beeilte mich nicht allzusehr, denn ich ging davon aus, wenn Barry mich hinter sich hörte, würde er einfach nur mehr Gas geben. Außerdem war der Weg zur Küche über die Hintertreppe etwas kürzer, so daß ich die Spüle vielleicht noch vor ihm erreichte. Auf diesem Weg kam ich erneut an Jack Bromheads Zimmer vorbei.

Jacks Stimme gellte heraus, er klang angestrengt und ungeduldig. »Was zum Teufel geht denn da draußen vor?«

»Keine Zeit!« brüllte ich und rannte weiter. Ich erreichte die Eingangshalle, bog ab und sprintete in Richtung Küche. Keine Spur von Barry. Etwa drei Meter von der Schwingtür entfernt breitete ich die Arme aus wie Walter Payton der Footballspieler und wollte gerade mit vorgestreckten Händen durch die Tür brettern.

In Zeichentrickfilmen mit Bugs Bunny gibt es immer wieder Szenen, in denen Bugs frohgemut etwas unglaublich Dämliches anstellt, dann aber plötzlich innehält, ins Publikum guckt und kreischt: »WAS TU ICH DENN DA?«

Genau das gleiche passierte jetzt mir. Ich kam sozusagen mit quietschenden Reifen zum Stehen und hätte mich nicht gewundert, wenn meine Hacken Bremsspuren auf dem Fußboden hinterlassen hatten.

Daran tat ich gut. Die Tür schwang auf, und vor mir stand Barry Dost, die Flinte schußbereit, den Finger am Abzug, um irgendwen umzunieten. Sein Gesicht zeigte deutlich, daß auch Herz und Seele dazu jetzt bereit waren.

»Keine Bewegung«, sagte er.

Da ich ohnehin wie festgefroren dastand, war diese Anweisung mühelos zu befolgen. Ich überlegte müßig, ob meine Darmperistaltik auch darunterfiel.

»Aus dem Weg«, befahl Barry.

»Dazu, äh, dazu müßte ich mich bewegen, Barry.«

»Reden Sie mich nicht mit Namen an. Ihnen hätte ich beinahe vertraut. Aber Sie stecken mit den anderen unter einer Decke, stimmt's? Das stimmt doch, oder?«

»Ich stecke mit niemandem unter irgendeiner Decke«, sagte ich.

Er achtete gar nicht auf mich. »Wie dämlich kann einer alleine eigentlich sein?« fragte er die Menschheit im allgemeinen, die in diesem Moment überwiegend aus ihm selbst bestand. »Und ich hab's ihnen gezeigt. Ich hab's ihnen auch noch gezeigt.«

»Und Sie haben mir geholfen!« Ich hatte die Verbindung zu ihm wieder. »Sie haben mir geholfen, so weit zu kommen, deshalb ...«

Er legte das Gewehr an. Aus der Hüfte heraus hätte er mich mittendurch erschießen können. Auf diese Entfernung hätte er mich gar nicht verfehlen können. Doch Barry hatte offensichtlich das Schießen bei der Vogeljagd gelernt, deshalb ließ er einen Sekundenbruchteil verstreichen, um das Gewehr an die Wange zu heben.

In diesem Sekundenbruchteil sagte eine Stimme hinter mir: »Runter, Cobb!«

Ich ließ mich fallen. Hinter mir erklangen Schüsse. Barry taumelte rückwärts, feuerte eine Ladung Schrot in die Decke und fiel um.

Ich schnappte nach Luft und drehte mich um. Hinter mir kam Jack Bromhead in einem alten purpurnen Bademantel durch den

Korridor angehumpelt. In der Hand hielt er einen silbrig glänzenden 45er Colt, den archetypischen Revolver des Wilden, Wilden Westens.

»Alles okay?«

»Ja«, sagte ich. »Danke.« Ich ging zu Barry Dost hinüber. Ich war vorsichtig, obwohl mir die glasigen Augen und die beiden Löcher mitten in seiner Brust genug sagten. Mit einem Tritt beförderte ich die Flinte außer Reichweite. Dabei fiel mir ein, was wir hätten tun sollen, sobald erste Anzeichen für ein Verbrechen zu erkennen gewesen waren: Wir hätten die Tür zur Waffenkammer abschließen sollen.

Kapitel 17

Ich werde Sie auseinandernehmen wie eine Uhr.
– William Conrad, »Jake and the Fatman« (CBS)

Meine Hände zitterten, als ich die letzte Schraube löste. Ich gebe zu, es waren vermutlich die Nerven. Derart nah an der Empfangsseite einer Schrotladung zu stehen ist eine Erfahrung, die ich kein zweites Mal machen möchte. Auch daß ich Barry Dosts letzten Schnaufer miterleben mußte, war mir kein besonderes Vergnügen gewesen, doch da es letztlich er oder ich geheißen hatte, war ich doch froh, daß es ihn erwischt hatte.

»Was ist los, mein Junge?« fragte Jack Bromhead.

Jack lag auf dem Bett, das zuvor Aranda Dost belegt hatte, mit dem verletzten Fuß auf einem Kissen. Aranda hatte in ihr altes Zimmer in der Suite zurückgebracht werden müssen, die sie zuvor mit ihrem Mann zusammen bewohnt hatte. Nach allem, was heute nacht geschehen war, hatte sie entschieden, daß sie das noch am ehesten ertragen konnte.

»Nichts«, log ich. Ich atmete tief durch und setzte den Schraubenzieher erneut an.

Meine Hände wollten wieder anfangen zu zittern, aber ich erlaubte es ihnen nicht. Ich beschloß zu hoffen, daß es wirklich nur die Nerven waren. Aus tiefster Seele hoffte ich, daß meine Hände nicht etwa zitterten, weil ich Angst davor hatte, was ich in diesem Fernseher finden würde, besser gesagt: was ich darin nicht finden würde.

Es wäre alles einfacher gewesen, hätte ich unmittelbar nach der Schießerei Gelegenheit gehabt, mir das Fernsehgerät anzusehen, denn dann hätte mir der mit der Todesangst verbundene Adrenalinstoß noch so zu schaffen gemacht, daß ich gar nicht zum Nachdenken gekommen wäre. Leider hatte es unter den Millionen Gegenständen im Besitz des Verblichenen, von denen Tausende unter dem Giebeldach von Rocky Point versammelt waren, nur einen einzigen Kreuzschlitzschraubenzieher gegeben, und der war schwer zu finden gewesen.

Vieles war geschehen, während Fred Norman und Cal Gowe das Haus nach diesem essentiellen Werkzeug absuchten. Aranda Dost war weggebracht worden; sie hatte abwechselnd vor sich hingemurmelt und mich angeschrien, sie habe mir ja gleich gesagt, ich solle nicht verächtlich über Dinge reden, die ich nicht verstand. Barry Dost war in der improvisierten eisigen Leichenkammer neben seinem Vater untergebracht worden. Roxanne, die neben ihren zahllosen akademischen Studien unter anderem eine hervorragende Erste-Hilfe-Ausbildung genossen hatte, war Ralph Ingersolls Nase zu Leibe gerückt. Ralph schlief jetzt, dank einiger von Jack Bromheads Kodeintabletten.

»Wie kommen Sie eigentlich an so viel Kodein?« fragte ich in einem ruhigen Moment. »Besaß Dost auch ein Pharmaunternehmen oder so etwas?«

»Das nicht, aber ihm gehört – gehörte – der wichtigste Großhändler an der Nordwestküste der USA. Der uns übrigens, um ehrlich zu sein, wegen der steigenden Benzinpreise seit einiger Zeit ziemliche Bauchschmerzen bereitet.«

Er lachte. »Arzneimittel, die uns Bauchschmerzen bereiten. Eigentlich sollte es ja genau umgekehrt sein. Aber das hat sowieso nichts damit zu tun. Das Zeug ist völlig legal. Es ist nicht das erste Mal, daß dieses Haus eingeschneit ist, wissen Sie.«

»Aber das schlimmste.«

»Das ist schon richtig. Aber da das Anwesen manchmal von

der Außenwelt abgeschnitten ist und die Leute hier Ski fahren oder anderen Blödsinn unternehmen« – er deutete auf seinen eigenen verstauchten Knöchel – »war uns klar, daß wir für alle Fälle etwas mehr als einen Verbandskasten im Haus haben mußten. Deshalb haben wir uns von einem Arzt hier am Ort alle Medikamente verschreiben lassen, die wir in einer Notsituation brauchen könnten. Außerdem haben wir alle einen Erste-Hilfe-Kurs absolviert, obwohl ich nicht glaube, daß ich das so gut könnte wie die kleine Schick.«

Endlich hatte ich die letzte Schraube gelöst. Sie fühlte sich heiß an. Ich steckte sie in die Tasche und wollte gerade die Plastikabdeckung von der Rückseite des Fernsehers abnehmen.

»Augenblick noch«, sagte Jack Bromhead. »Tun Sie das noch nicht. Sie werden einen weiteren Zeugen benötigen.«

»Was sollte denn gegen Sie einzuwenden sein?«

»Gegen mich ist einzuwenden, daß ich darauf zähle, Sie als meinen Zeugen dafür zu haben, wie der arme Barry zu Tode gekommen ist. Wenn Sie mein einziger Entlastungszeuge sind und ich Ihr einziger Zeuge für das, was in diesem Fernseher steckt, dann könnten die Behörden darin unter Umständen einen Kuhhandel sehen.«

Da war etwas dran. Es war vielleicht besser, wenn ich jemanden vom Network holte. Ich streckte den Kopf in den Korridor. Bats Blefary und Carol Coretti hielten Wache, das heißt, Bats flirtete mit Carol, und sie blieb nett und höflich. Ich beschloß, daß ich Bats nur einen Gefallen tat, wenn ich der Sache ein Ende bereitete.

Ich rief sie herüber.

Bats hatte Jeans und ein T-Shirt übergezogen, Carol trug das gleiche Outfit wie letzte Nacht. Die ganze Sache entwickelte sich immer mehr zu einer einzigen grauenhaften Pyjamaparty.

»Was gibt es, Matt?« wollte Bats wissen.

Ich sah ihn und Carol an. »Habt ihr beide mitgekriegt, was

auf dem Bildschirm hier heute nacht ablief, oder besser gesagt heute morgen ganz früh?«

»Bitte, Matt«, sagte Carol, »bleiben Sie bei heute nacht, sonst bringen Sie mich noch völlig durcheinander. Ich habe nicht lange genug geschlafen, als daß es für mich jetzt schon morgen sein könnte. Ansonsten: Ja, ich habe es gesehen.«

»Was halten Sie davon?«

»Videokassette«, meinte Bats. »Ich habe mich gewundert, was das ganze Geschrei sollte.«

»Aber dann haben Sie ja festgestellt, daß der Fernseher gar nicht an ein Kabelnetz angeschlossen ist«, sagte Carol. »Ich weiß nicht, was ich davon halten soll.«

»Augenblick mal«, sagte Jack Bromhead. »Cobb, ich dachte, Sie wollten herauskriegen, wie das gemacht wurde, und es vielleicht noch einmal ablaufen lassen. Ich habe es beim ersten Mal nicht gesehen.«

»Genau das habe ich ja auch vor. Hoffe ich.«

»Na, dann legen Sie doch endlich los.«

»Okay. Sie haben selbst vorgeschlagen, weitere Zeugen zu holen. Ich versuche gerade, mit deren – und Ihrer – Hilfe meine Gedanken auf Trab zu bringen.«

Jack Bromhead lachte. »Verdammt, nach allem, was Sie heute nacht mitgemacht haben, ist es schon erstaunlich, daß Sie überhaupt noch Gedanken zustande bringen.«

Ich sah ihn an. »Ich will ja nicht undankbar wirken, aber dafür, daß sie vor kurzem erst jemanden umgenietet haben, der Sie ›Onkel Jack‹ nannte, klingen Sie selbst aber auch ziemlich vergnügt.«

Jack Bromhead warf mir einen so finsteren Blick zu, daß ich innerlich frohlockte, seinen Colt außer Reichweite zu wissen. Dann entspannte sich sein Gesicht. »Da, wo ich aufgewachsen bin, hat man Männern früher nicht beigebracht zu zeigen, wenn ihnen was weh tut. Schüttel es ab, zuck die Achseln und lach darüber. Geh einfach darüber weg. Vielleicht ist es nicht richtig, aber ich kenne es nicht anders. Aber denken Sie bloß nicht, innen drin sei alles eitel Sonnenschein. Ich habe mit Barry Cowboy gespielt, seit er laufen konnte. Ich weiß auch nicht, warum, aber er kam irgendwie mit nichts zurecht. Er war völlig durchgedreht, er hat vermutlich seinen Daddy umgebracht, und er hat mit Sicherheit versucht, Sie umzunieten. Also habe ich getan, was ich tun mußte, stimmt's?«

Jack klatschte abrupt in die Hände. Ich zuckte zusammen. Carol und Bats ebenfalls.

»Also!« sagte er. »Bringen Sie dem dummen alten Mann etwas bei. Was sagten Sie gerade?«

»Ich habe ebenfalls zuerst an eine Videoaufzeichnung gedacht. Die Tatsache, daß Dosts Bild nur auf Kanal 4 zu sehen war, mit einem Phantombild auf Kanal 3, war sehr aufschlußreich.«

»Wieso?«

»Weil Videoabspielgeräte hier in den USA so eingerichtet sind, daß sie ihre Signale über Kanal 3 oder 4 senden. Ganz gleich, welchen Sie sich ansehen, sie haben dort immer einen Schalter. Sie nehmen einfach den, der in Ihrer Region nicht von einem Rundfunksender belegt ist, und lassen das Signal reinfließen.«

»Wieso macht es etwas aus, wenn da ein Rundfunksender im Spiel ist?« wollte Carol wissen. Einen Augenblick lang war mir die Frage peinlich, aber dann fiel mir ein, daß sie ja Juristin war und nur zufällig bei einem Fernsehsendernetz arbeitete, aber mit den technischen Dingen nichts zu tun hatte.

»Interferenzen«, sagte Bats.

»Genau. Im Prinzip ist ein Videorecorder nichts anderes als ein Radiosender im Miniaturformat. Er sendet die gleiche Art Signale aus, und der Fernseher deutet sie genauso wie das, was er über die Antenne oder ein Glasfaserkabel empfängt. Wenn man eine Verbindung zwischen Recorder und Fernseher schafft, hat man im Grunde ein eigenes kleines Kabelsystem.«

»Okay, ich verstehe. Wenn etwas per Antenne auf Kanal 3 ankommt, dann wollen Sie nicht, daß der Recorder dagegen ankämpfen muß.«

»Richtig. Und genau das ist hier der Fall. Deshalb legt man den Recorder auf Kanal 4.«

»Aber es war ja gar kein Videorecorder vorhanden«, gab Carol zu bedenken. »Das haben Sie selbst gesagt.«

»Das stimmt nicht ganz«, erklärte ich. »Ich sagte, daß kein Videoband vorhanden ist, der dem Fernseher externe Signale liefert.«

»Aha«, sagte Jack Bromhead. »Und deshalb haben Sie ...«

»Deshalb habe ich die Rückseite aufgeschraubt. Ich möchte sehen, was sich in dem Gerät befindet.«

»Ein Videorecorder würde da nicht reinpassen«, sagte Bats. »Meiner jedenfalls nicht.«

»Es gibt viel kleinere als deinen«, sagte ich. »Was hast du für einen, ein VHS-Gerät? Dachte ich mir. Betamax ist kleiner, immerhin um acht Millimeter. Alles, was dazu benötigt wird, ist ein Abspieldeck, das nur etwa so groß zu sein braucht wie eine Kinder-Lunchbox.«

»Aber selbst dann«, sagte Carol.

»Es gibt große Fernsehgeräte«, sagte ich. »Die Größe wird bestimmt durch die Bildröhre, die zwar riesig ist, aber eine ganz merkwürdige Form hat. Die Transistoren nehmen kaum Platz weg. Ein Fernseher besteht deshalb zum größten Teil aus leerem Raum.«

Ich griff wieder nach der schwarzen Plastikabdeckung. »Also«, sagte ich. »Wir werden es ja sehen.« Ich ruckelte etwas an der Platte, um sie aus der Rille zu lösen, in der sie saß, und zog sie weg.

Und da war es. Die Bildröhre. Ein paar elektronische Schaltkreise.

Und leerer Raum.

Der ganze verdammte leere Raum. Kein Videorecorder. Nichts.

Ich setzte mich hin und sah den Fernseher an. Ich drehte ihn so, daß alle hineinsehen konnten.

Jack Bromhead brach schließlich das Schweigen. »Ich fürchte, wir schulden Aranda eine Entschuldigung, mein Junge.«

Daß meine Lippen sich überhaupt noch bewegen ließen, merkte ich erst, als ich meine Stimme hörte. »Ja, sieht so aus.«

Bats hockte jetzt vor dem Fernseher. Er wedelte mit der Hand darin herum, als ob der Recorder da wäre, allerdings unsichtbar, und er wolle ihn durch Tasten aufspüren.

»Und was nun?« fragte Carol.

»Wir gehen zu Bett und versuchen zu schlafen. Wir machen morgen früh weiter.« Ich wandte mich zu Jack Bromhead um. »Kommen Sie, Bats und ich bringen Sie zurück zu Ihrem Zimmer.«

»Nein, nein«, sagte er. »Mein verdammter Knöchel ist jetzt oft genug die Treppe rauf und runter marschiert, mit und ohne Hilfe.«

Carol war schockiert. »Wollen Sie etwa hierbleiben?«

»Aber sicher. Vielleicht lasse ich sogar das Fernsehen an. Vielleicht kommt Gabby ja zurück und erzählt mir, was zum Teufel ich jetzt mit PharmaKing machen soll.«

Wir verließen den Raum mit Jacks gekünstelt klingendem Lachen im Rücken.

Kapitel 18

»Falls« ist ein ganz besonderes Wort.
– Judy Graubart, »The Electric Company« (PBS)

Ich schauderte, als ich mit Roxanne zusammen durch den Korridor im unteren Stockwerk zum Frühstück ging. Fred Norman hatte zwar das Blut aufgewischt, aber an der Schrotladung in der Decke konnte er nichts ändern. Ich sah mir die Löcher bewußt an. Mir war klar, daß ich eine lange Abfolge von Träumen vor mit hatte, in denen ich nicht vor der Küchentür stoppte oder in denen Jack Bromhead nicht rechtzeitig da war, und ich dachte, in diesem Fall konnte ich meinem Unterbewußtsein ja gleich akkurate Details mit auf den Weg geben.

Bei Tisch erfuhren wir, daß das Frühstück (Rührei, Grillschinken und kleine, weiche Brötchen) an diesem Morgen von Aranda Dosts eigener blütenzarter Hand zubereitet worden war, da Agnes Norman angesichts des Todes von Mr. Barry einen völligen Zusammenbruch erlitten hatte.

»Die Normans haben gekündigt«, erläuterte sie traurig. »Sollte ich diejenige sein, der diese Aufgabe zufällt, werde ich dieses Anwesen wohl stillegen.«

»Nicht verkaufen?« fragte Haskell Freed und akzentuierte die Frage, indem er einen großen Klumpen Rührei in den Mund schob.

»Aber nein«, sagte Aranda. »Erst wenn ich absolut sicher sein kann, daß Gabriel seine Ruhe gefunden hat.«

Ralph Ingersoll sagte: »Wie soll es denn angehen, daß Ihnen das zufällt?« Er klang gereizt, aber ich konnte es ihm nachfühlen. Er hatte eine mit Pflaster verklebte Nase und zwei blaue Augen. Er würde sich die Nase wohl von einem plastischen Chirurgen richten lassen müssen, wenn (falls) wir hier herauskamen. Außerdem hatte er immer noch keine Ahnung, was zum Teufel hier eigentlich gespielt wurde.

»Ich meine, bei dem Ehevertrag und so«, fuhr Ralph fort.

Aranda sah ihn nicht an, sondern widmete sich intensiv dem Umrühren ihres Kaffees.

»Ich denke, es ist durchaus denkbar«, sagte Wilberforce, »daß Mrs. Dost bei der Verwertung des Besitzes des Verstorbenen ein Wörtchen mitzureden hat.«

Ralph sagte: »Wie das?«

»Nun, Erbrecht fällt nicht in mein Ressort«, sagte er.

»In meines leider auch nicht«, schaltete sich Carol Coretti ein.

»Aber«, fuhr Wilberforce fort, »es gibt da einige interessante Überlegungen. In manchen Bundesstaaten, etwa in Connecticut, wo ich meinen Wohnsitz habe, werden Eheverträge nur für den Fall einer Scheidung anerkannt, nicht aber bei Eintritt der Erbfolge. Einer Witwe steht grundsätzlich ein Drittel des Nettovermögens ihres verstorbenen Gatten zu. Aber das dürfte von Staat zu Staat verschieden sein.«

»Wir haben ja ohnehin nicht in Connecticut geheiratet«, ließ sich Aranda vernehmen. Ich versuchte, einen Anflug von Bedauern herauszuhören, aber es gelang mir nicht.

»Nun, eine Möglichkeit ist beispielsweise, daß der junge Dost, falls er, wie ja jetzt anzunehmen ist, seinen Vater getötet hat, seine Erbansprüche verwirkt hat. Damit würden sie natürlich auch nicht unter seinen eigenen Nachlaß fallen. Soweit mir bekannt ist – und Sie müssen wissen, das Network hat Mr. Dost und alle in seinem Umkreis sehr sorgfältig geprüft –, gibt es keine weiteren lebenden Verwandten. Ist das korrekt, Mr. Bromhead?«

Jack sah heute morgen eher noch fröhlicher aus. Er sagte, seinem Fuß gehe es ebenfalls viel besser.

»Nein«, sagte er. »Niemanden. Er hatte einen Vetter, der lebte wie ein Einsiedler als Schafzüchter in Montana und ist 1977 gestorben. Das war der einzige.«

»In diesem Fall könnten die Richter zu dem Schluß gelangen, daß Mrs. Dost mit oder ohne Ehevertrag die einzige Erbberechtigte ist.«

»Nein«, sagte Aranda. »O nein.«

Wilberforce lächelte. Sein Lächeln ist nicht sehr anziehend. Würde ein Hai lächeln, sähe er wie Charles Wilberforce aus. Aranda zuckte sichtlich vor ihm zurück.

»Ich denke, das ist durchaus denkbar, Mrs. Dost«, sagte er. »Allerdings unter dem Vorbehalt, wie ich bereits sagte, daß ich kein Fachmann für Erbrecht bin.«

Einen Finger an ihr Kinn gelegt, hatte Carol Coretti nachdenklich zugehört. Nun lächelte sie strahlend. »Da ist noch etwas«, sagte sie.

»Ja?« fragte Wilberforce.

»Hat Barry Dost ein Testament hinterlassen? Hat er irgendwelche lebenden Verwandten?«

»Ahhhhh«, machte Wilberforce. Er klang wie jemand, der gerade im Kreuzworträtsel das Wort mit zwölf Buchstaben gefunden hat. Viele Juristen sind so. Das Leben ist ein Spiel, und die Gesetze stellen die Spielregeln dar. Ständig müssen sie Lücken aufspüren und »interessante Überlegungen« anstellen. Genau das sagte Wilberforce nun auch: »Interessante Überlegung.« Ich glaube nicht, daß es ihm auch nur eine Sekunde lang in den Sinn kam, daß der Ehemann und der Stiefsohn dieser Frau allen Ernstes mausetot waren und eisgekühlt im Schuppen hinten im Hof lagen wie zwei Makrelen beim Fischhändler.

»Was ist eine interessante Überlegung?« wollte Jack Bromhead wissen.

Carol Coretti überließ das Feld ihrem Chef. »Nun, Mr. Bromhead, angenommen, Barry Dost hat seinen Vater nicht ermordet. Nach der gesetzlichen Erbfolge wäre er dann Alleinerbe, von irgendwelchen Vermächtnissen einmal abgesehen. Aber nun ist er ja selbst tot. Wenn er starb, ohne ein Testament zu hinterlassen, und keine weiteren Verwandten hat ...«

»Hat er nicht. Seine Ma war ebenfalls die letzte ihrer Familie.«

»Dann ist die Wahrscheinlichkeit sehr groß, daß ein Gericht Mrs. Dost zu Barrys nächster Verwandten erklären und ihr das Erbe auf diesem Wege zuschlagen würde.«

»Ich möchte nicht mehr darüber sprechen. Derzeit ist es mir völlig gleichgültig, was mit dem Geld geschieht. Ich möchte einfach nur fort von hier und mein Leben wieder ins Lot bringen.«

»So geht es uns allen.« Haskell Freeds Stimme klang herzlich. »Wissen Sie, ich frage mich, warum das so lange dauert. Man sollte doch immerhin meinen, die Telefonverbindungen würden wieder stehen.«

Korrekt, dachte ich. Das sollte man auch, wenn man nicht genau wüßte, daß jemand das Schaltbrett zu Klump gehauen hat. Für dieses kleine Mysterium hatte unser Besuch aus dem Jenseits uns nämlich keine Erklärung geliefert. Ich beschloß, alle weiterhin auf die Telefongesellschaft schimpfen zu lassen, bis ich etwas herausgefunden oder man uns gerettet hatte. Damit wir gerettet werden konnten, mußte allerdings irgend jemand auf die Idee kommen, daß wir in Schwierigkeiten steckten. Und soweit ich das absehen konnte, war das nicht der Fall.

Aranda brachte das Gespräch auf eine Kommunikation ganz anderer Art.

»Sie haben es ja nun gesehen, Mr. Cobb«, sagte sie. »Sie haben es mit eigenen Augen gesehen. Gabriel hielt auf dem Weg ins Jenseits inne, um Ihnen bei der Lösung des Falls zu helfen.«

»Ich habe durchaus gesehen, was es zu sehen gab, Mrs. Dost.«

»Wie können Sie noch immer so skeptisch sein! Wenn es sich nicht um einen Besuch aus dem Jenseits gehandelt hat, um was dann?«

»Ich bin ohne weiteres bereit zuzugeben, daß ich letzte Nacht etwas gesehen habe, das ich mir nicht erklären kann.«

Sie lächelte mich fast schon höhnisch an. »Jack hat mir erzählt, daß Sie im Fernseher nachgesehen haben.«

»Tja«, sagte ich. »Wir wollen doch irgendwelchen weiteren Skeptikern keine Chance lassen, oder?«

»Weiteren Skeptikern?«

»Natürlich. Das wird vielleicht eine Sensation geben, wenn wir das erzählen. Erst der mysteriöse Tod. Dann Barrys Verschwinden. Die Stimme Ihres Mannes aus dem Jenseits. Jacks Heldentat. Ich tippe auf nicht weniger als sechs Bücher darüber.«

»Manche Menschen sind nun einmal furchtbare Aasgeier«, sagte sie. Entsetzt sah sie dabei aber eigentlich nicht aus.

»Deshalb haben wir Glück gehabt, daß dies vor so vielen absolut glaubwürdigen Augenzeugen passiert ist. Niemand hatte die Möglichkeit, irgend etwas aus dem Fernseher herauszunehmen, bevor ich ihn mir angesehen habe. Unsere Story hält deshalb jeglicher Überprüfung stand, und die wird unweigerlich kommen.« Ich seufzte. »Trotzdem fürchte ich, daß uns einige Leute einfach nicht glauben werden. Sie werden sich alle erdenkliche Mühe geben, damit sie behaupten können, wir steckten allesamt unter einer Decke, um einen Mord zu vertuschen.«

»Unsinn!« schnaubte Wilberforce.

»Denken Sie einmal darüber nach, Charles«, sagte ich.

»Ich ... ich glaube nicht an übernatürliche Dinge, aber ich habe es mit eigenen Augen gesehen.«

»Dann müssen Sie jetzt einfach an übernatürliche Dinge glauben«, sagte Aranda sanft. »Warum sollten Sie Ihre eigenen Sinne und Ihren eigenen Verstand anzweifeln?«

Wilberforce zog den Schwanz ein und murmelte nur noch etwas in seine Serviette.

»Wieso haben Sie letzte Nacht überhaupt den Fernseher eingeschaltet, Mrs. Dost?« fragte ich.

Sie drehte sich zu mir um. »Wie bitte?«

»Ich habe mich gefragt, wieso Sie den Fernseher in dem Raum eingeschaltet haben. Sie müssen doch gewußt haben, daß er gar nicht angeschlossen war. Erwarteten Sie, daß sich etwas Außergewöhnliches ereignen würde?«

Sie lächelte. »Oh, nein. Ich war so müde, daß ich nicht mehr richtig mitbekam, was ich tat. Die Macht der Gewohnheit – ich sehe an den meisten Abenden vor dem Einschlafen fern. Es entspannt mich.«

Sie neigte den Kopf zur Seite und legte den Finger an ihr Kinn. »Es wäre natürlich denkbar …«

»Ja?«

»Es wäre eventuell denkbar, daß meine Handlungen gelenkt wurden. Daß Gabriel mein Tun so beeinflußt hat, daß er mir helfen konnte, meine innere Aufruhr zu besänftigen.«

»Hm. Das klingt logisch. Ich halte es auch für interessant, daß von den dreiundachtzig Kanälen, die das Gerät empfangen kann, Mr. Dosts Geist genau auf dem eintrudelte, auf dem normalerweise Kabelfernseh- und Videosignale eingehen.«

Das war offensichtlich so komisch, daß sie laut lachen mußte. »Aber, Mr. Cobb, das liegt doch wirklich auf der Hand!«

»Wieso?«

»Genau auf dem Kanal würden wir doch eine Sendung erwarten. Gabriels Anliegen gestern nacht war es, uns eine schreckliche Wahrheit mitzuteilen. Er wollte sichergehen, daß die Nachricht uns wirklich erreicht.«

»Das hat sie ja. Dank Ihrer Mithilfe.«

»Ich habe ihm am nächsten gestanden«, sagte sie leise. »Ein weiteres Argument lautet, daß das Fernsehen möglicherweise geneigt war, auf Kanal 4 Signale zu empfangen. So etwas passiert ständig. Die Aura des Hauses hat den Fernseher vielleicht darauf eingestimmt, auf diese Weise zu funktionieren. Verstehen Sie das nicht?«

Die ehrlichste Antwort hätte gelautet: »Häh?«, aber ich nickte nur.

»Nun, damit haben wir die Lösung. Es ist nicht einfach, wenn jemand aus dem Jenseits zurückkehrt, müssen Sie wissen.«

»Das kann ich mir nicht vorstellen«, sagte ich. »Es kommt so selten vor.«

»Oh, öfter, als Sie denken. Das Problem ist dabei nur, daß diese Dinge in den richtigen Bahnen ablaufen müssen, sonst kommen sie gar nicht erst zustande. Und jetzt bitte ich Sie alle, mich zu entschuldigen. Ich möchte ein wenig allein sein.«

Zum zweiten Mal ließ sie uns damit beim Frühstück sitzen. Heute allerdings schien sie so fröhlich zu sein, wie eine Frau, die gerade erst zwei Trauerfälle hinter sich hat, es nur sein kann.

Kapitel 19

Denken Sie daran, es soll nicht zu anstrengend sein!
– Jay Johnstone, »The Lighter Side of Sports« (ESPN)

Wenn wir hier je wieder rauskommen«, sagte Ralph Ingersoll zu mir, »gehe ich aufs College und werde Buchhalter.«

Ich tat so, als nehme ich es ernst. »Warum denn das, Ralph?«

»Weil einem Buchprüfer keiner die verdammte Nase bricht.« Er hob die linke Hand und berührte damit schwungvoll den Verband, sog dann vor Schmerz zischend die Luft ein und ließ die Hand in den Schoß fallen.

Wir waren oben in Ralphs Zimmer. Er saß in einem der bequemen Stühle mit hölzernen Armlehnen, die Füße auf das Bett gelegt. Im Liegen tue es noch viel mehr weh, hatte er erklärt. Ich saß in dem anderen der beiden Lehnstühle und betrachtete die Muster, die die bleiche, aber schon recht kräftige Wintersonne auf den Fußboden malte.

»Vielleicht wäre es besser, wenn Sie nicht drangehen«, schlug ich vor.

Ralph stöhnte. »Das einzige, was mehr weh tut, als dranzugehen, ist, nicht dranzugehen.«

»Nützen die Pillen was?«

»Das will ich nicht hoffen«, sagte er. »Denn wenn sie wirken, kann ich mir jetzt schon lebhaft vorstellen, wie es ist, wenn die Wirkung nachläßt.«

»Kann ich was für Sie tun?«

»Können Sie mir einen richtigen Arzt herschaffen?«

»Im Moment nicht.«

»Wären Sie bereit, mir den Gnadenschuß zu geben?«

»Nein.«

»Dann können Sie nichts für mich tun.« Er hob den Kopf, ließ es aber schnell wieder sein. »Verflixtundzugenäht«, sagte er. »Jahrelang habe ich Football gespielt und mir nicht mal 'n Kratzer am Hintern geholt. Und jetzt so was.«

»Und jetzt was?« fragte ich. »Weil Sie Football unbeschadet überstanden haben, wollen Sie mir jetzt erzählen, so eine Bagatelle wie einen Mordfall müsse man eben mal mit links erledigen? Das ist eben das Unangenehme an Mordfällen, Ralph. Es kommen Menschen dabei zu Schaden.«

»Deshalb will ich ja Buchhalter werden. Seit Barry mein Gesicht zu Brei geschlagen hat, komme ich immer mehr zu dem Schluß, daß ein Leben als Hilfssheriff, ganz egal ob echt oder unecht, und als Chauffeur, ewig unterwegs in so einer fettärschigen Limousine, alles beides für mich viel zu riskant ist.«

»Hätten Sie nicht Lust, für das Network zu arbeiten?«

Ralph sagte mehrere Male: »Ha!«, dann stöhnte er. »Bringen Sie mich nicht zum Lachen, das tut weh. Wer weiß schon, was aus eurem Network wird, nachdem Dost jetzt tot ist?«

»Das überlebt. Die Aktien fallen, na und? Das Network produziert trotzdem weiterhin Shows, die Unternehmen werden weiterhin für Werbespots zahlen, und die Zuschauer werden weiterhin vor dem Fernseher hocken.«

»Und Matt Cobb wird weiterhin um Haaresbreite zu Hackfleisch verarbeitet werden.«

»Das Network stellt auch Buchhalter ein.«

»Ich werde daran denken«, sagte Ralph. »Also, was zum Teufel wollen Sie von mir?«

»Ich finde, wir sollten ihnen die Fußketten abnehmen. Das

heißt, Sie sollten das tun. Schließlich sind Sie hier verantwortlich.«

Gerade, als ich das sagte, hatte er wieder seinen Verband betastet. Jetzt zischte, lachte und stöhnte er, alles gleichzeitig. »Ich hab doch gesagt, Sie sollen mich nicht zum Lachen bringen. Was meinen Sie damit, ihnen die Fußketten abnehmen?«

»Ich finde, Sie sollten sie frei rumlaufen lassen. Skifahren, wenn sie Lust dazu haben. Die Dreiergruppenregelung sollten wir aufheben. Wir sollten insgesamt so tun, als seien wir überzeugt, Barry hätte Dost umgebracht, Dost hätte Barry als seinen Mörder identifiziert und Bromhead hätte den völlig durchgedrehten Mörder Barry erschossen. Fall erledigt.«

»Meinen Sie das im Ernst?« Ohne auf die Schmerzen zu achten, lehnte Ralph sich vor und sah mich an.

»Ich meine es insofern ernst, als ich Sie bitte, es so zu machen.«

»Ich meinte: Glauben Sie allen Ernstes daran, daß ein von Gespenstern heimgesuchter Fernseher letzte Nacht den Fall für Sie gelöst hat?«

»Ich glaube allen Ernstes daran, daß ich mir die Sache nicht erklären kann. Das habe ich ja beim Frühstück schon gesagt.«

»Weiß ich. Ich habe es gehört. Ich dachte, Sie hätten irgend etwas Cleveres vor. Hören Sie, Cobb, ich kann auch nicht erklären, warum das Brot meiner Tante Agnes beim Backen aufgeht. Aber das bedeutet noch lange nicht, daß ich daran glauben müßte, die gute Küchenfee würde es wie einen Luftballon aufpusten.«

»Nein«, sagte ich. »Natürlich glauben Sie das nicht. Aber wenn Sie kein Brot bekämen, es sei denn, Sie glauben an die gute Küchenfee, wäre das dann nicht das kleinere Übel?«

»Ich kann Ihnen nicht folgen.«

»Ich denke, jemand möchte, daß wir glauben, Barry hätte Dost umgebracht und Barrys Tod bringe die ganze Geschichte zum Abschluß. Mit oder ohne Eingreifen übernatürlicher Mächte. Und ich denke, daß wir alle viel sicherer sind, wenn dieser Jemand glaubt, wir würden es schlucken.«

»Aha«, sagte Ralph. »Wir lassen ihn in dem Glauben, wir hätten es geschluckt. Und was machen wir in der Zwischenzeit? Nicht, daß ich derzeit zu irgend etwas nütze wäre, das bestimmt nicht. Aber wenn ich schon angeblich hier die Verantwortung trage, dann müßte ich doch wenigstens darüber informiert sein, was hier vorgeht.«

»Nun stellen Sie sich nicht so an«, sagte ich. »Wenn Jack Bromhead trotz verstauchten Knöchels die rettende Kavallerie spielen kann, dann können Sie trotz der gebrochenen Nase die Verantwortung tragen.«

»Genau das, was ich brauche: anfeuernde Zurufe. Und was machen wir jetzt?«

»Keine Ahnung.«

»Okay, insofern sind wir einer Meinung.«

»Sie beherrschen diesen Schlagabtausch schon richtig gut«, lobte ich ihn. »Sagen wir einfach, mein innerer Aufruhr läßt sich längst nicht so leicht besänftigen wie Arandas.«

»Sie kaufen ihr die Botschaft aus dem Jenseits wohl nicht ab?«

»Selbst wenn ich es täte, würde mir das nicht reichen. Daß das hart klingt, ist mir klar. Ich weiß, der Kerl ist extra meinetwegen aus dem Totenreich zurückgekehrt und so weiter, aber ich finde, was macht es für einen Sinn, aufzuerstehen, wenn man dann doch so viele Fragen ungeklärt läßt?«

»Beispielsweise, ob Barry ihn tatsächlich umgebracht hat?«

»Das liegt nun wirklich auf der Hand, wie unsere Gastgeberin sagen würde. Barry war ›labil‹, und deshalb lassen auch seine Handlungen auf ›Labilität‹ schließen. Ich dachte eher an andere Fragen, etwa: Wie haben Sie es bewerkstelligt, daß Ihre Leiche so weit vom Haus entfernt lag, ohne Spuren zu hinterlassen?«

Ralph riß die Augen auf. Sie wirkten sehr weiß vor der blauschwarzen Haut ringsum. »Mein Gott, ich hatte das schon wieder völlig vergessen, ist das zu fassen? Ich glaube, mein Gehirn kann jeweils nur eine unmögliche Sache auf einmal verkraften.«

»Es ist gar nicht das Unmögliche daran, das mir zu schaffen macht.«

»Es sah aber so aus, als würde es das.«

»Okay, es macht mir zu schaffen. Aber es ist ein Trick. Der ganze unmögliche Kram in dieser Sache macht mir nicht annähernd so zu schaffen wie das Unbegreifliche.«

»Zum Beispiel?«

»Zum Beispiel die Frage, warum die Telefonanlage zerstört wurde. Das war der wesentliche Grund, warum ich der Meinung war, wir seien mit einem Verrückten eingeschlossen, der uns einen nach dem anderen kaltmachen würde. Einen anderen Grund dafür, uns so brutal von der Außenwelt abzuschneiden, konnte ich mir nicht vorstellen.«

»Wir sind erst seit zwei Tagen hier, Cobb.«

»Und wir werden nur noch zwei weitere hier sein.«

»Ach? Haben Sie eine Botschaft von der Nationalgarde erhalten oder was?«

»Nein, aber eine Botschaft vom Wetterbericht. Heute nacht weht ein stürmischer Wind, eine Warmluftfront zieht durch. Für morgen sind schwere Regenfälle angesagt, gefolgt von jahreszeitlich untypisch hohen Temperaturen, vielleicht sogar bis über zehn Grad.«

»Ja. Das kommt jeden Winter einmal vor. Wir nennen es Januartauwetter.«

»Wir haben Februar.«

Ralph zuckte die Achseln. »Vielleicht hatte es der Wettergott vergessen. Auf jeden Fall wird viel von dem Schnee schmelzen. Und dann kommt der Matsch, das sollten Sie sehen.«

»Alles, was ich hier sehen will, sind die Bullen. Aber kommen wir zur Sache zurück. Könnten Sie sich einen Grund vorstellen, warum das Telefon unterbrochen wurde?«

»Eigentlich nicht.«

»Denken Sie darüber nach. Ich tue das gleiche.«

Ralph versprach es. »Sonst noch irgendwas Unbegreifliches?«

»O ja. Das Wichtigste sogar. Was zum Teufel geht zwischen Aranda Dost und Carol Coretti vor?«

»Ich dachte, da geht gar nichts vor. Coretti ist eine glücklich verheiratete Dingsda von Ihrem Network, und Sie trauen ihr offenbar.«

»Ja. Aber es ergibt alles keinen Sinn. Carol erzählt mir, Aranda habe ihr schöne Augen gemacht. Aranda streitet es ab. Nicht nur das, sondern sie schwört, wenn sie gewußt hätte, daß Carol lesbisch ist, dann hätte sie sie niemals in ihr Haus gelassen.«

»Das ist eine altmodische Einstellung, aber viele Leute denken heute noch so«, sagte Ralph. »Na und?«

»Das ist eine dicke, fette Lüge«, sagte ich. »Was haben wir gehört, seit wir hier angekommen sind? Gabby Dost, der gewiefte Geschäftsmann, der Cleverste der Cleveren. Findet über die Leute, mit denen er Geschäfte machen will, alles heraus, was es herauszufinden gibt. Er muß wissen, was sie antreibt. Über jede Kleinigkeit aus meinem Leben macht die ganze Bande jedenfalls die ganze Zeit schon Andeutungen.

Außerdem hat sie uns diverse Storys serviert, warum sie so außergewöhnlich an der Übernahme des Networks interessiert sei. Ob sie nur wieder auftreten, ihrem Imhotep-Adlatus die Steigbügel für eine eigene Show halten wollte oder lediglich aufmerksam wurde, weil es ums Showgeschäft ging, spielt keine Rolle. Jeder einschließlich Aranda selbst erzählt uns die ganze Zeit, daß sie die Sache emsig vorangetrieben hat.

Und da soll sie nicht gewußt haben, daß Carol Coretti lesbisch ist? Das kaufe ich ihr ums Verrecken nicht ab.«

»Ich auch nicht, jetzt, wo Sie das sagen.« Ralph hob den Arm hoch in die Luft, um auf die Uhr zu sehen. »Mist«, sagte er. »Noch eine Stunde, bevor ich meine Medikamente nehmen kann. Reden Sie weiter, Sie lenken mich von meinen Problemen ab.«

»Ich hatte nicht vor, jetzt aufzuhören«, erklärte ich ihm. »Können Sie sich einen Reim darauf machen, warum Aranda überhaupt in diesem Punkt gelogen hat? Das war eine plumpe Lüge, die auffliegen mußte.«

»Vielleicht hat sie sich geschämt, weil sie es ausgerechnet in der Nacht, als ihr Mann umgebracht wurde, mal mit einer Lesbennummer probieren wollte. Vielleicht hatte sie Panik und ein schlechtes Gewissen. Sie wollte, daß es uns völlig undenkbar vorkommt, daß sie eine andere Frau anbaggern könnte.«

»Möglich wäre es«, sagte ich, »aber halten Sie Aranda für eine Frau, die stundenlang unter panischer Angst leidet?«

»Das ist was anderes«, sagte Ralph. »Buchhalter brauchen sich bloß mit Zahlen auszukennen, aber nicht mit Frauen.«

»Trotzdem. Sie sagte das nicht in der ersten Aufregung über den Fund der Leiche. Als wir sie nach Carol fragten, saßen wir in der ruhigen Abgeschiedenheit der Bibliothek, wo wir vorher den ganzen Nachmittag über Leute befragt hatten. Sie hatte also genügend Zeit, sich vorzubereiten.«

»Trotzdem haben Sie eine andere Theorie, stimmt's?«

»Ja. Woher wissen Sie das?«

»Sonst hätten Sie mir den ganzen Kram nicht erzählt. Wie lautet sie?«

»Daß Carol Coretti diejenige war, die für Dost beim Network spioniert hat. Sie hat ihm die Details geliefert, wonach das Network fragen würde, und deshalb tat Aranda so, als wisse sie nichts über sie.«

Ich seufzte. »Wobei allerdings, wenn das alles zutrifft, die Frage offen bleibt, warum Carol dann erst zu Wilberforce und schließlich zu mir gekommen ist und uns diese Lesbenstory aufgetischt hat. Damit hat sie lediglich die Aufmerksamkeit auf sich gelenkt.«

»Also macht das ebenfalls keinen Sinn.«

»Nein«, sagte ich. »Tut es nicht. Wie gesagt: unergründlich. Ich wünschte, wir hätten entweder viel mehr von Dosts Geist gesehen oder gar nichts. So, wie wir jetzt dastehen, haben wir überhaupt nichts in der Hand. Und genau das, vermute ich, ist auch so beabsichtigt.«

»Was meinen Sie damit?«

»Meiner Meinung nach erwartet derjenige, der hinter dem Ganzen steckt, keineswegs, daß wir in unsere Kristallkugeln starren und das Hohe Lied der übersinnlichen Eingebung singen. Ich glaube, er – oder sie – will uns das Gefühl vermitteln, alles sei dermaßen verworren, daß wir den Rest dieses Lebens und notfalls auch das darauffolgende benötigen würden, um irgendeinen Sinn hineinzubringen, und uns dann mit der einfachen Lösung zufriedengeben.«

»Barry hat das getan.«

»Ja. In gewissem Sinne ist es für Barry vielleicht nicht das Schlechteste, daß er tot ist. Es ist nicht leicht, den Anklagen eines Toten etwas entgegenzusetzen.«

»Sie dürfen aber auch eines nicht vergessen: Wäre Jack Bromhead nicht gerade zur rechten Zeit gekommen, dann könnten Sie jetzt Anklagen aus dem Jenseits rüberschicken.«

»Ich weiß, ich weiß.« Ich versuchte, ein Schaudern zu unterdrücken. »Müssen Sie mich dauernd daran erinnern?«

»Ja, weil Sie es offenbar so schnell wie möglich wieder vergessen wollen. Wozu? Wollen Sie mir weismachen, Sie möchten den Rest Ihrer sämtlichen Inkarnationen damit zubringen, darüber nachzugrübeln? Ich muß das vielleicht, denn ich trage hier ja schließlich die Verantwortung und so.«

»Aber nein. Mir geht es lediglich darum, dem Mörder nicht tatenlos zuzusehen, wenn er mich aufs Kreuz legt.«

»Die Frage ist allerdings, was können Sie tun?«

Ich zuckte die Achseln. »Wir können ein bißchen Freiheit, Wohlwollen und frische Luft in den Hexenkessel rühren und abwarten, was dabei herauskommt.«

»Sie glauben also nicht, daß jetzt noch jemand in Gefahr ist?«

»Nein. Ich glaube, alle außer mir sind derzeit mit dem Stand der Dinge zufrieden.«

»Dann sagen Sie es ihnen.«

»Das machen Sie«, sagte ich. »Sie tragen die Verantwortung.«

Wenn ich mich nicht ganz schnell geduckt hätte, als er einen Aschenbecher nach mir warf, hätte ich jetzt ebenfalls eine gebrochene Nase.

Kapitel 20

Das ist es! Jetzt ergibt alles einen Sinn!
– Lorenzo Music, »Garfield's Babes and Bullets« (CBS)

Es war schwer zu sagen, wer glücklicher über die wiedergewonnene Freiheit war, Roxanne oder Spot. Roxanne war nur noch ein violetter Strich, der im strahlenden Sonnenschein den Berghang heruntersauste. Ich hatte sie nun schon zweimal abfahren gesehen. Sie kam schlitternd zum Stehen und glitt dann elegant zu mir und Spot herüber.

»Das ist super!« rief sie. »Du hast keine Ahnung, was du verpaßt.«

Ich lächelte sie an. »Natürlich habe ich das. Ich brauche nur Jack humpeln zu sehen und Ralph stöhnen zu hören, dann weiß ich genau, was ich verpasse.«

»Spaßverderber«, sagte sie. »Ich fasse es nicht: Ich liebe einen Spaßverderber.«

»Außerdem«, sagte ich, »ist dies der einzige Tag, den du dafür hast, wenn der Wetterbericht stimmt. Du wirst doch deine Zeit nicht mit mir auf dem Idiotenhügel vergeuden wollen.«

»Das macht mir nichts aus. Das Wetter, meine ich. Ich bin froh, wenn wir hier rauskommen.«

»Sobald die Zufahrt wieder zum Vorschein kommt«, versprach ich ihr.

»Okay«, sagte sie. »Der Berg ruft.« Ich hätte nicht erwartet, daß sie mich auf Skiern stehend küssen konnte, aber sie knickte ein wenig mit dem einen Knie ein und beugte sich so weit zur Seite, daß ich mich ihr entgegenlehnen konnte. Sehr nett. Was für ein Schwachkopf war ich doch gewesen, daß ich mich so lange selbst um dieses Vergnügen gebracht hatte.

Aber alles hat seinen Preis, und mir schwante allmählich, in welcher Münze ich meinen Obolus an Roxanne Schick würde entrichten müssen. Früher oder später würde meine frischgebackene Liebste mir einen Streckverband bescheren, indem sie mich doch noch zum Skifahren überredete.

Da ich schon einmal dabei war, düstere Prognosen anzustellen, fiel mir auch ein, daß uns eine Menge Ärger erwarten würde, sobald wir hier herauskamen und Ralph und ich allen sagen mußten, daß sie nicht nach Hause durften, sondern zur Vernehmung in das Büro des Sheriffs mußten. Ich erwartete keine unmittelbare körperliche Gewalt, aber es würde sicher unschöne Szenen geben. Mir wäre viel wohler gewesen, wenn ich eine plausiblere Geschichte zu bieten gehabt hätte als das, was ich derzeit in der Hand hielt. »Ein Geist hat's mir gesagt«, ist für Hamlet in Ordnung, aber im Staate New York geht es in diesen Angelegenheiten etwas strenger zu als im Staate Dänemark.

Zum Teufel damit. Ich beschloß, mir darüber Sorgen zu machen, wenn es soweit war. Ich machte Spot von der Leine los und ließ ihn rennen. Samojeden werden als Schlittenhunde gezüchtet, und im Schnee herumzurennen ist für sie das Größte. Spot hinterließ Pfotenabdrücke auf der ganzen sorgsam gehüteten Fläche, doch das war jetzt gleichgültig. Wind und Regen würden dem Schnee bis morgen ohnehin den Rest geben. Spot rannte fort und schnupperte an der schwarzbraunen Vertiefung im Schnee, wo die Leiche G.B. Dosts gelegen hatte.

»Spot! Hierher! Fuß!«

Spot gehorchte willig. Er hat natürlich eine gute Nase, aber nicht wie ein Jagdhund. Das Blut machte ihn neugierig, aber nicht verrückt.

Ich gönnte ihm (und mir) einen schönen, langen Spaziergang. Inzwischen kam ich mit Schneeschuhen recht gut voran. Vielleicht bestand hinsichtlich meiner Skikünste ja doch noch Hoffnung.

Wir gingen einmal rund um das ganze Haus. Rocky Point ist von nahem ebenso eindrucksvoll wie von weitem. Ich erinnerte mich, daß ich bei unserer Ankunft dachte, es sei als Gespensterschloß wie geschaffen. Ganz so wörtlich hatte ich es allerdings nicht gemeint.

Dann erinnerte ich mich an den Brief, der mich überhaupt erst hier heraufgeführt hatte. Er hatte vor Wahnsinn, Verrat und Mord gewarnt, und mit einem Mal wußte ich – ich vermutete es nicht mehr, sondern wußte es –, daß uns jemand wie Marionetten hier heraufgelockt hatte und daß alles, was geschehen war, von Anfang an geplant gewesen war.

Die in dem Brief gemachten Prophezeiungen waren viel zu genau eingetroffen, als daß sie von einem Spinner hätten stammen können. Eher noch glaubte ich an einen von Geistern bevölkerten Fernseher als daran, daß irgendein Verrückter so präzise vorhersagen konnte, was in den ersten achtundvierzig Stunden der persönlichen Bekanntschaft zwischen den Network-Leuten und Mr. G.B. Dost passiert war.

Und wie es der Teufel so will, gingen Spot und ich gerade in dem Moment, als ich an Gabby dachte, an der verschlossenen Tür des Schuppens vorbei, in dem die beiden letzten Vertreter der Dost-Dynastie aufgebahrt lagen. Es war das erste Mal, seit Ralph und ich den Toten hergebracht hatten, daß ich hier draußen war. Barry hatten Cal Gowe und Fred Norman hergetragen.

Spot rannte in vollem Tempo zu der am Rand des Felsens entlangführenden Mauer, als wolle er darüber wegspringen.

»Spot! Steh!«

Spot ist ein gehorsamer Hund. Er befolgt alle Kommandos,

wie es sich gehört, aber das heißt noch lange nicht, daß er sie immer mag. Er blieb zwar sofort stehen, drehte sich aber zu mir herum und sah mich vorwurfsvoll an. Mit seinem ewigen Samojedenlächeln schien er jetzt höhnisch grinsend zu fragen: »Is was, Chef?«

Ich hatte noch nie über die Mauer weggeschaut und mir überhaupt diese Seite des Hauses nicht genauer angesehen. Ich ging zur Mauer hinüber. Die Ziegel reichten mir bis zur Brust, darauf lagen nochmals zwanzig bis zweiundzwanzig Zentimeter Schnee. Ich wollte mich schon fragen, warum man ein so niedriges Mäuerchen hier hingesetzt hatte, als mir einfiel, daß ich selbst ja auf einer mindestens sechzig Zentimeter dicken Schneedecke stand.

Ich fegte den Schnee oben auf der Mauer weg, aber ganz vorsichtig, für den Fall, daß dort etwas Spitzes oder Scharfkantiges eingelassen war, aber ich konnte die glatte Betonoberfläche problemlos freiräumen. Der Architekt, der Rocky Point gebaut hatte, mußte sich vernünftigerweise gedacht haben, daß sich jemand, der sich die Mühe machte, fast dreihundert Meter den Felsen hochzuklettern, von Stacheldraht oder Glasscherben nicht würde abschrecken lassen.

Ich schaute über den Rand und war beeindruckt. Was hier herunterfiel, brauchte lange, bis es unten ankam. Allerdings fiel es nicht die ganzen dreihundert Meter tief. Die Felswand war leicht nach außen gewölbt, und in mehr oder weniger regelmäßigen Abständen ragten Felsspitzen vor wie die Zähne einer Käsereibe.

Ich habe viel zu viel Phantasie. Ich schauderte und wandte mich ab.

Spot bellte mich an. Er wollte doch so gern im Schnee herumtoben, und statt dessen ließ ich ihn jetzt auf einem Fleck herumhocken.

Ich ging von der Mauer weg und rief ihn zu mir. Wir wanderten rings um das übrige Anwesen herum. Wenn es dort irgend etwas Bemerkenswertes gab, so entging es mir.

Die Strecke führte uns zur Nordwestecke des Hauses genau unterhalb des Zimmers, an dem alle Kabel im Haus verschwanden. Wenn ich unter den Drähten stand, konnte ich in gerader Linie vom Haus die hohe Kiefer sehen, die in rund siebeneinhalb Meter Entfernung vom Haus stand, und weiter bis zu der Stelle, wo eine unbekannte Hand G.B. Dosts Leiche mit aller Kraft auf die schwarzen Haifischzähne der Felsen geschmettert hatte.

Da ich beschlossen hatte, mich um die Schneedecke nicht mehr zu scheren, folgte ich genau dieser Linie. Ich suchte gar nichts Spezielles, es war so eine Art Eingebung. In der Schule hatte ich gelernt, daß man zwischen zwei Punkten immer eine Gerade definieren kann und daß sich jede Gerade ins Unendliche verlängern läßt. Prima. Ich besaß Punkt A (die Stelle, an der die Leiche gefunden worden war) und Punkt B (die bewußte Gebäudeecke), weil dieser Raum nicht nur den besten Blick auf Dost in situ geboten hatte, sondern auch, weil ich dort an jenem Morgen die Auseinandersetzung mit Barry gehabt hatte. Die Tatsache, daß der Baum genau in der Mitte zwischen diesen beiden Punkten stand, mußte Zufall sein. Ich meine, lange bevor das Haus gebaut wurde, mußte der Baum schon dagestanden haben, jedenfalls lange genug, daß die Narben der gestutzten Äste bereits die gleiche dunkle Färbung angenommen hatten wie die Rinde.

Wenn man es jedoch mit phantastischen fliegenden Leichen und von Gespenstern bevölkerten Fernsehern zu tun hat, kommt man trotz allem in Versuchung, die Glaubwürdigkeit eines gestandenen Baumes zu überprüfen. Ich ging darauf zu.

Und stellte verdammt noch mal fest, daß der Baum gar nicht exakt auf der direkten Linie zwischen Dosts Ankerplatz und dem Haus stand, sondern knapp zwei, vielleicht nur eineinhalb

Meter nach links davon abwich. Es war allemal so viel Platz, daß Spot bequem neben mir hergehen konnte und weder den Baumstamm streifte noch meine Schneeschuhe behinderte. Damit war das Thema ›Bösartiger Baum fällt Mann an‹ erledigt, dachte ich.

Das einzige Holz, mit dem ich auf meinem Weg in Berührung kam, war ein abgerissener dürrer Ast, der an jenem Morgen einsam die weiße, glatte Schneefläche zwischen Haus und Leiche befleckt hatte. Das verdammte Ding blieb in meinem Schneeschuh hängen, und ich hatte fürchterliche Mühe, es wieder herauszubekommen. Fast hätte ich mich unter Opferung meiner Würde in den Schnee gesetzt, aber es gelang mir dann doch, mich an den Baum zu lehnen und den Ast loszuwerden.

Ich ging zur Talstation des Sessellifts zurück. Fred Norman steckte seine Nase in eine Thermosflasche. Das Grunzen, das er bei meinem Anblick von sich gab, hätte ebensogut eine Begrüßung wie ein Laut des Abscheus sein können. Als Antwort machte ich ein ganz ähnliches Geräusch.

Ich beobachtete, wie Roxanne geschickt den letzten Teil des Hügels herunterkam. Ihr Gesicht war puterrot, als sie auf uns zuglitt.

»Fährst du so gut oder ist die Piste so leicht?«

»Wovon redest du?«

»Weil du nie hinfällst.«

»Aber Cobb, man braucht doch nicht gleich auf der Weltrangliste zu stehen, bloß weil man nicht hinfällt.«

»Na, ich weiß nicht«, sagte ich. »Ich war mal in der Nachwuchs-B-Mannschaft der Basketball-Bezirksliga, und ich bin dauernd hingefallen.«

»Das ist etwas ganz anderes.«

»Wieso?«

Sie streckte mir die Zunge heraus und sah wieder den Berg an. »Ich werde darüber nachdenken«, sagte sie.

»Tu du das«, sagte ich. »Mittlerweile konnte ich Spot überreden, wieder mit ins Haus zu kommen. Was ist mit dir?«

»Gleich«, sagte sie. »Das Tageslicht reicht noch für zwei Abfahrten.«

»Viel Spaß«, sagte ich.

»Ich versuche, stets Spaß an dem zu haben, was ich tue. Ich werde beispielsweise unter die heiße Dusche gehen, wenn ich gleich reingehe. Fällt dir irgendeine Möglichkeit ein, wie man beim Duschen Spaß haben könnte?«

»Natürlich«, sagte ich. »Ich leihe dir meine Gummiente.«

Roxanne nickte ernst. »Das ist doch schon mal was«, sagte sie. Dann wiederholte sie die Zirkusnummer mit dem Kuß und verschwand wieder in Richtung Sessellift.

Da standen wir nun am Beginn unserer Beziehung. Diese Frau hatte mir gesagt, sie liebe mich, seit sie noch ein halbes Kind war, und nach einem Fehlstart vor ein paar Jahren hatten wir uns jetzt doch noch die Hand fürs Leben gereicht. Und nun, an unserem ersten Tag als Doppelpack, zog sie das Skifahren meiner Gesellschaft vor.

Sollte ich deswegen beleidigt oder sauer sein?

Ich überlegte einen Augenblick und entschied dann: Nicht doch. Schließlich wollte ich eine Frau, ein Weib, eine Gehilfin, wie es die Bibel ausgedrückt hätte. Und keinen siamesischen Zwilling.

Ich nahm Spot mit nach oben, fütterte ihn und bürstete ihm das Fell, damit er schneller trocknete. Er liebt das.

Ich fand es weniger schön. Nicht die Tätigkeit an sich, denn die ist ein geringer Preis für die Erlaubnis, im New Yorker Apartment dieses Hundes wohnen zu dürfen. Es war nur, weil meine Gedanken so unkontrolliert rasten.

Ich hasse es, wenn mir das passiert. Bilder, Gedanken, Erinnerungen, Bruchstücke von Gesprächen beginnen, immer schneller und schneller in meinem Gehirn herumzuwirbeln, bis ich das Gefühl habe, durchzudrehen. Dost tot. Barry schreiend. Barry rennend. Barry nach den Schüssen zusammenbrechend. Barry tot. Aranda weinend. Aranda lächelnd. Mißtrauische Blicke der Normans. Der Blick von Rocky Point den Berg hinab. Carol Coretti mit anderen Leuten nicht flirtend. Ralphs Waschbärgesicht. Roxanne in meinen Armen.

Ich versuchte, dieses letzte Bild festzuhalten, aber die Gedanken rauschten nur so vorbei. Schließlich schloß ich die Augen und sagte laut: »Schluß jetzt! Hör auf!«

Das funktioniert, wenigstens für eine Weile. Die Lightshow hört auf und ich renne gereizt umher, als jucke mich etwas unter der Schädeldecke, ohne daß ich es kratzen kann.

Roxanne klopfte und ich ließ sie herein. »Hat Spot was angestellt?« fragte sie.

»Nein, er war artig. Ich habe mit mir selbst geredet.«

»Du warst ziemlich streng mit dir.« Den Parka und die Thermohose hatte sie zusammen mit den Skiern unten gelassen. Jetzt schnürte sie ihre Stiefel auf.

»Ich hatte es verdient«, sagte ich. »Nun komm, ich zeige dir, wie man unter der Dusche Spaß haben kann.«

Etwas später gingen wir die Treppe hinunter zur Bibliothek. Roxanne war der Meinung, dies sei der geeignete Ort für ein Stündchen Après-Ski. Ich ging davon aus, ein Tapetenwechsel würde mich auf andere Gedanken bringen, zumindest würde mein Gehirn sein Tempo etwas herunterschrauben.

Der Kamin in der Bibliothek war angezündet, und an diversen Stellen standen Appetithäppchen und die Zutaten für Drinks aufgebaut, jedoch lediglich Bats Blefary war da, um ihnen zuzusprechen. Er saß in einem wuchtigen Ledersessel und schaute tief in einen Cognacschwenker, und zwar mit derselben Inbrunst, mit der Aranda zweifellos ihre Edelsteine betrachtete.

»Dürfen wir uns dazugesellen?« sagte Roxanne fröhlich.

Bats schreckte hoch, allerdings nicht so hoch, daß er seinen

Brandy verschüttet hätte. Wenn ich die Lage richtig beurteilte, hatte er ohnehin den Tag über nicht viel Brandy zwischen Glas und Mund verschüttet. Er war nicht richtig betrunken, aber seine Augen glitzerten eigentümlich und seine Brille saß schief, ohne daß er auf die Idee kam, sie geradezurücken.

»Häh?« sagte Bats und sah auf. »Was ist?« Dann kam die Botschaft in den richtigen Gehirnwindungen an, und er lächelte. »Aber ja. Natürlich. Setzt euch doch.«

Wir setzten uns hin. Bats fragte, wie wir den Nachmittag verbracht hätten, und wir erzählten es ihm. »Und was hast du so getrieben?«

»Och, ich habe hier nur so gesessen. Ganz alleine. Und habe mich mit diesem Brandy vollaufen lassen.« Er nippte an seinem Glas. »Das ist ein ganz hervorragendes Zeug. Ich mache mir sonst nicht viel aus Brandy, aber Mrs. Dost meinte, ich solle ihn unbedingt probieren, als ich ihr sagte, daß ich mir etwas zu lesen holen wollte. Bloß: das habe ich gar nicht.«

»Du hast was nicht?«

»Mir was zum Lesen geholt. Ich saß hier ganz alleine herum und habe abgewartet, ob jemand kommt und mich umbringt.«

»Ich habe dir doch gesagt, daß du dir darüber keine Sorgen mehr zu machen brauchst.«

»Ja, ja, aber als du das Gegenteil gesagt hast, fand ich dich viel überzeugender.«

»Warum sind Sie nicht zum Spielen rausgekommen, wie die anderen Kinder auch?« Roxannes Lächeln hätte eine tragische Maske erheitert, aber Bats sah es gar nicht. Er starrte in das Spiegelbild des Kaminfeuers auf seinem Schwenker.

»Ich hatte keine Lust zum Spielen. Ich wollte nachdenken. Und wißt ihr, zu welchem Schluß ich dabei gekommen bin?«

Er gab uns gar nicht erst Gelegenheit nachzufragen.

»Ich bin zu dem Schluß gekommen, daß das Leben eine Verschwörung ist, die es darauf anlegt, einen als sabbernden Idioten dastehen zu lassen. Und dann bringt es dich um.«

Das klang ganz danach, als bewege sich diese Unterhaltung in eine Richtung, auf die ich nicht besonders scharf war. Wider jede Hoffnung versuchte ich, ihn noch auf ein anderes Gleis zu lenken. »Dann müßte ich aber unsterblich sein«, sagte ich. »Angesichts all der Male, die ich wie ein Idiot dagestanden habe, müßte ich schon tausendmal tot sein.«

Bats sah mich an, und da wußte ich schon, wir konnten alle Hoffnung begraben, zumindest die auf eine nette Unterhaltung.

»Das habe ich nicht gemeint«, sagte er.

Ich seufzte. »Und was hast du gemeint, Bats?«

»Schau dir Dost an. Dieses ganze Gehetze, dieses Imperium, das ganze ... Brimborium, und was passiert? Er wird von seinem eigenen Sohn umgebracht. Ohne jeden Grund.

Oder schau dir Barry an, um Himmels willen. Eines der größten Unternehmensimperien wurde aus dem Boden gestampft – damit er es einmal erben sollte. Und bis dahin hatte er alles, was das Herz begehrt. Doch dann dreht er durch und bringt seinen Vater um, wird selbst umgenietet und fügt ganz nebenbei dem Imperium nicht unbeträchtlichen Schaden zu, jedenfalls würde mich das nicht wundern. Ich kann's gar nicht abwarten, wie die Wall Street reagiert, wenn wir hier rauskommen und die Neuigkeit sich verbreitet.«

»Dein Chef auch nicht.«

Bats lächelte zum ersten Mal. »Haha«, sagte er. Er wandte sich an Roxanne. »Haskell war heute auch zum Spielen bei euch da draußen, oder? Hat sich Skier aus der Sattelkammer geliehen und ist losgeritten, stimmt's?«

»Ich habe schon befürchtet, er bricht sich den Hals«, sagte Roxanne. »Er ist mit dem Lift ganz bis nach oben gefahren. Da hatte er dann offenbar Angst vor der eigenen Courage, so wie er da oben rumgehampelt hat. Dabei muß er früher mal gut genug gewesen sein für so eine Piste, auf jeden Fall, wenn man bedenkt, daß er gleich zweimal heil unten angekommen ist, aber er ist ganz aus der Übung und hat keine Kondition. Ich habe versucht, ihm das ganz lieb und nett zu sagen, aber er hat mich nur angeknurrt.«

Bats nickte. »Ich gehe jede Wette ein, daß er bloß deshalb bis zur Bergspitze rauf ist, weil er sehen wollte, ob er an der anderen Seite mit Skiern wieder runterkommt.«

»Das wäre glatter Wahnsinn«, sagte Roxanne.

»Je nachdem, welche Prioritäten man setzt«, sagte ich. »Dabei würde er lediglich sein Leben aufs Spiel setzen. Drücken die ihm aber eine satte Geldbuße aufs Auge für seine Insidergeschäfte, versuchten Insiderhandel oder wie immer die es nennen mögen, dann müßte er ja womöglich sein Boot verkaufen.«

»Zum Teufel mit Haskell«, sagte Bats. »Ich war dabei, euch eine Philosophievorlesung zu halten, nicht wahr?«

»Blefarys Metaphysik«, sagte ich. »Band eins.«

Er lächelte. »Richtig, richtig. Wie Blefary in seiner unendlichen Weisheit sagt, sorgt das Leben dafür, daß man wie ein Trottel dasteht, und bringt einen dann um. Im Licht dieser Maxime ist Haskell auf dem absteigenden Ast. Und ich natürlich auch.«

Er trank seinen Brandy jetzt nicht mehr, wie man normalerweise Brandy trinkt. Anstatt daran zu nippen, stürzte er ihn herunter wie Limonade.

»Aha«, sagte ich. »Kombiniere: Selbstmitleid. Ich ahnte, daß uns so etwas bevorstand.«

Bats sah mich hoheitsvoll an. »Nicht irgendein ordinäres Selbstmitleid«, verkündete er. »Sondern Selbstmitleid mit verzögertem Wirkungseintritt. An meinem Trotteldasein bastelt das Leben seit Jahren.«

»Tja«, räumte ich ein, »im Moment benimmst du dich jedenfalls wie ein Trottel.«

»Vielen Dank. Aber du verstehst mich immer noch nicht. Damals in Princeton, da habe ich nämlich nachts wach gelegen und mir gewünscht, ich wäre Barry Dost.«

Roxanne antwortete: »Häh?«

Bats sah sie an. »Vielen Dank«, sagte er. »Ich werde diese Bemerkung in meinem Herzen bewahren. Aber ihr müßt zugeben, meine Ambitionen waren keineswegs hochgestochen. Ich habe mir nicht etwa gewünscht, ich wäre Burt Reynolds oder Warren Beatty oder sonst irgendwer, der damals angesagt war, o nein! Ich wußte ja, daß das gar nicht ging.

Aber Barry und ich waren beide Wirtschaftsfreaks. Mager und kurzsichtig und komisch aussehend, sportbegeistert und höllisch einsam. Der einzige Unterschied zwischen uns war, daß sein Vater Milliardär war, während mein Vater einen Sanitärfachhandel hatte.

Aber das war wirklich der einzige Unterschied. Ich wußte, daß die hübschen Frauen alle mit ihm ins Bett gehen würden. Ich wußte, daß er sich um einen Job keine Gedanken machen mußte – zum Teufel, selbst als schmählicher Versager hätte Barry es im Leben viel einfacher gehabt als ich, selbst wenn ich ein Überflieger gewesen wäre.«

Ich öffnete den Mund.

»Bevor du irgendwas sagst«, fiel mir Bats ins Wort. »Ich weiß, daß Barrys Vater von Null angefangen und sich zu seiner Milliarde hochgearbeitet hat. Ich weiß auch, daß ich solche Risiken nie auf mich nehmen würde, um all das Geld zu verdienen.

Die ganze Zeit haben wir zusammengehockt, weil wir beide irgendwie Außenseiter waren, und die ganze Zeit habe ich Barry im stillen gehaßt, weil er der Außenseiter mit den Kohlen war. Die anderen Freaks am College haben wahrscheinlich genauso gedacht.

Und Barry hat das mit Sicherheit gewußt. Schließlich waren wir in Princeton und damit hochintelligente Außenseiter.

Dabei war er immer total nett. Ich meine damit nicht, wir hätten es darauf angelegt, ihn auszunehmen, zumal er, glaube ich, gar nicht mal viel Geld in die Finger bekam. Aber er war immer bereit, einem einen Gefallen zu tun, was weiß ich, eine Seminararbeit abgeben, wenn man krank war, irgendwo auf irgendwas warten oder Nachrichten übermitteln. Solche Sachen.«

Bats lächelte traurig und schüttelte den Kopf. »Ich weiß noch, an einem Abend spielten die Knicks im Spectrum gegen die Sixers. Ein wichtiges Spiel, aber es wurde vom Philadelphia TV nicht übertragen, dafür jedoch in New York, aber den Sender bekamen wir nicht. Barry schwänzte alle Seminare, setzte sich den ganzen Tag hin und bastelte aus Drahtkleiderbügeln eine riesige Antenne, wohl vier Meter fünfzig im Quadrat. Wir hängten sie draußen ans Gebäude, schlossen sie an den Fernseher an und – schwupps – haben wir den New Yorker Sender gekriegt. Nicht in überragender, aber durchaus annehmbarer Qualität.

Barry war in solchen Dingen genial. Ich könnte mir vorstellen, daß er als Forschungsfreak besser zurechtgekommen wäre, aber da lag ja die Milliarde für ihn bereit. Und dafür haben wir ihn allesamt beneidet und gehaßt.«

Bats schaute in sein Glas. Als er wieder aufsah, standen Tränen in seinen Augen.

»Und wißt ihr was?« sagte er. »Ich glaube nicht, daß das arme Schwein auch nur eine Sekunde in seinem Leben wirklich glücklich war. Wahrscheinlich hat er nachts wach gelegen und sich gewünscht, ich zu sein, mit einem Mittelschichtvater, der ab und zu Zeit für ihn gehabt hätte, und ohne eine Legende, der er gerecht werden mußte.

Bis heute nachmittag ist mir dieser Gedanke noch nie gekommen. Nachdem ich ihm seinen Reichtum nun nicht mehr mißgönnte, habe ich ihn mir sozusagen unter dem Mikroskop angesehen. Du hast mich ja neulich gehört, Matt: Meiner Meinung nach wäre er völlig durchgedreht.

Und genau deshalb, meine lieben Freunde, bin ich ein Trottel. Weil das, weswegen er durchgedreht hat, exakt das war, worum ich ihn beneidet habe, wofür ich Gott verflucht habe, weil er es ihm geschenkt hat und nicht mir. Und genau deswegen ist er durchgedreht und zum Mörder geworden und mußte selbst ins Gras beißen, der arme Kerl. Es ist eine Schande.«

Roxanne versuchte leise, ihn zu trösten, aber ich hörte nicht zu. Ich sah ein Bild vor meinem geistigen Auge, ein riesiges Drahtviereck, das vor einem Schlafsaalfenster hing und die Grenzen der normalen Fernsehübertragung sprengte. »Barry war in solchen Dingen genial«, hatte Bats gesagt.

Barry, wie er im Kabelraum stand und auf die Leiche seines Vaters hinabschaute.

Barry im Flur, kurz bevor er erschossen wurde.

»Und ich habe es ihnen gezeigt. Ich hab's ihnen auch noch gezeigt.«

Ich konnte jederzeit in den Kabelraum gehen, jetzt gleich, wenn ich wollte. Aber was ich mir wirklich ansehen mußte, war der Baum. Die »zufällig« dastehende Kiefer. Ich lief zum Fenster und zog den Vorhang beiseite. Zu spät. Draußen war es bereits stockdunkel, ein stürmischer Wind heulte, schon bald würde er brüllen.

Laut Vorhersage sollte es morgen regnen. Aber selbst bei schlechtestem Wetter würde es irgendwann hell werden.

Also morgen früh. Bis dahin mußte ich noch über eine Menge nachdenken.

Kapitel 21

Das stimmt, das ist falsch!
– Kay Kyser, »Kay Kyser's Kollege of Musical Knowledge« (NBC)

Der Regen fiel kalt und nadelspitz wie das Wasser aus der Gemeinschaftsdusche einer Sporthalle. Ich war klatschnaß, bevor ich den Baum erreicht hatte.

Was ich vorhatte, wirkte völlig blödsinnig. Außer Roxanne hatte ich niemandem davon erzählt.

Sie hatte mich voller Abscheu angesehen. »Skifahren tust du nicht, aber das willst du tun! Du bist Banane.«

Ich versuchte, sie zu überzeugen. »Nun komm schon, Rox, ich leugne ja gar nicht, daß es gefährlich ist ...«

»Fein!« sagte sie. »Denn andernfalls würde ich dich für total übergeschnappt erklären. Wieso hat das nicht Zeit? Hast du mal aus dem Fenster gesehen? Es schüttet, Herrgott noch mal.«

Ich wußte, daß es schüttete. Ohne den heftigen Regen hätte ich nämlich vielleicht von meinem Zimmer aus gesehen, was ich sehen wollte.

»Bitte, Rox, ich dachte, wir hätten das ausdiskutiert. Ich muß es prüfen. Wir könnten heute die ganze Sache zum Abschluß bringen.«

»Du könntest bei der Gelegenheit genausogut dein Leben zum Abschluß bringen.«

»Ich muß das tun«, sagte ich zu ihr.

»Du setzt dein Leben aufs Spiel!«

»Ich mache es ja nicht zum Vergnügen, nicht wahr? Ich verspreche dir, vorsichtig zu sein.«

Also war ich in den Geräteraum gegangen und hatte mir den Klettergürtel und ein paar lederne Schnürstiefel geholt, wie Jack Bromhead sie trug. Ich griff mir auch zu den Stiefeln passende Klettereisen, zog einen kurzen gelben Anorak mit Kapuze über und stapfte hinaus in den Regen.

In dem Bemühen, die Dinge positiv zu sehen, fiel mir auf, daß der Wind im Vergleich zur Nacht davor erheblich nachgelassen hatte. Der Regen war zwar eiskalt, die Lufttemperatur jedoch insgesamt einiges höher als zuvor. Wenn es so blieb, würden wir morgen von hier wegkommen.

Ich war darüber ausgesprochen glücklich. Ich konzentrierte mich voll und ganz auf diese frohen Gefühle, um nicht allzu viel über den Schneematsch nachdenken zu müssen, der sich inzwischen gebildet hatte. Mit Schneeschuhen wäre ich in diesem Morast gar nicht vorangekommen, es war, als versuchte ich, durch ein angetautes Sorbet zu laufen.

Ich blinzelte gegen den Regen an, mein Ziel fest im Blick.

Mit dem Baum schien irgend etwas nicht in Ordnung zu sein. Ich sah mir den gräulichen, aber noch unberührten Schnee am Fuß des Stammes an und überlegte krampfhaft, was mich daran störte.

Es dauerte einige Sekunden, aber ich kam darauf. Es war gerade die Tatsache, daß der sich allmählich in Matsch verwandelnde Schnee unberührt war, denn das ergab keinen Sinn. Wenn der Schneesturm einen kleinen Ast von dem Baum heruntergeworfen hatte, hätte der letzte Nacht tobende Sturm erst recht Dutzende davon abreißen müssen. Es hätten überall nasse schwarze Zweige herumliegen müssen. Es war in Ordnung anzunehmen, daß der Baum eine Menge toter Äste haben mußte, die bei heftigem Wind herunterfielen. Es war auch in Ordnung anzunehmen, daß er keinen einzigen solchen Ast besaß. Aber daß es nur einen einzigen davon geben sollte, bezweifelte ich stark.

Ich schüttelte den Kopf. Wieder etwas, worüber ich lange hätte nachgrübeln können. Dieser Baum war also unter Millionen Bäumen der eine, der nur einen einzigen schwachen Ast besaß. Wenn ich mir darüber jetzt weiter Gedanken machte, würde ich nur noch nasser werden.

Ich band mir die Klettereisen unter die Stiefelsohlen, schlang den breiten, robusten Riemen um den Baum und hakte ihn in die Metallösen an dem dazugehörigen Gürtel ein, den ich mir um die Taille geschnallt hatte. Ich hielt den Riemen an den Ketten an beiden Enden fest und warf ihn aus den Handgelenken so weit wie möglich am Baumstamm nach oben. Dann zog ich den rechten Fuß aus dem Matsch, trat gegen den Baum, um den Schlamm von den Zacken abzuschütteln, grub sie seitlich in den Baum und kletterte los.

Etwa drei Meter über dem Boden fiel mir ein, daß ich Roxanne hätte erzählen sollen, daß ich so etwas schon früher gemacht hatte. Der Colonel, der meine Einheit befehligte, war aus irgendeinem Grund der felsenfesten Überzeugung, daß Angehörige der Militärpolizei in der Lage sein sollten, ihre Telefonleitungen selbst zu reparieren. Also taten wir das auch. Natürlich handelte es sich lediglich um Telefonmasten auf einem Militärstützpunkt, und die waren nicht besonders hoch und schon so oft bestiegen worden, daß man fast wie mit einer Leiter hinaufkam. Außerdem hatten wir das nicht oft in eisiger Kälte oder im strömenden Regen gemacht.

Aber wir hatten es geübt, und ich hatte mich ganz geschickt dabei angestellt. Beim Aufsteigen ist die Schwerkraft dein Freund. Das eigene Körpergewicht zieht am Riemen und hält einen fest, während man mit den Füßen nachklettert. Es geht immer werfen, klettern, werfen, klettern. Man kommt dabei ohne weiteres voran.

Das Absteigen ist etwas ganz anderes. Von einem richtig hohen Baum kann man im Grunde gar nicht absteigen. Man läßt sich sozusagen kontrolliert fallen und überläßt sein Schicksal endlose Sekundenbruchteile lang dem luftleeren Raum, bis man den Fall mit Hilfe von Riemen und Klettereisen wieder abbremst.

Als echter Pionier jedoch macht man sich gar nicht erst die Mühe, sich abzubremsen. Statt dessen läßt man den Riemen einfach mit genügend Reibungswiderstand am Mast entlanggleiten, so daß man in einem Rutsch und ohne größere Schäden auf dem Boden ankommt. Dabei stößt man sich in Abständen mit den Klettereisen vom Mast ab, um sich an der Baumrinde nicht das Gesicht aufzuschürfen. Oder, in unserem Fall damals, es sich an den Splittern im Mast zu zerfleischen.

Diesen letzten Gedanken bereute ich sofort wieder. Ich grub die Klettereisen mit den Zehen tief in die Rinde und kletterte weiter, den Blick stur nach oben in den Regen gerichtet. Selbst wenn ich mich rückwärts in den Riemen hängte und eine Hand losließ, um mir mit dem Handschuh das Wasser aus den Augen zu wischen, sah ich unverwandt in den Regen. Es hat schon seinen Grund, daß man beigebracht bekommt, niemals nach unten zu sehen.

Werfen, Klettern. Werfen, Klettern.

Daß ich so entschlossen war, dies auf mich zu nehmen, lag unter anderem daran, daß ich erstmals seit meiner Ankunft in diesem Irrenhaus das Gefühl hatte zu wissen, wonach ich suchte: nach einem Kabel, das genau bis zu diesem Baum reichte.

Bats Geschichte mit der Antenne aus Drahtbügeln hatte mir gestern abend reichlich Stoff zum Nachdenken gegeben. Ein Fernsehbild (ebenso wie der Ton) ist nicht mehr als die Entschlüsselung eines elektronischen Signals. Beim Abspielen eines Videobandes, hatte ich mir gesagt, passiert genau das gleiche, nämlich die Entschlüsselung genau des gleichen Signals.

Der einzige Unterschied besteht darin, daß es direkt vom Videorecorder zum Fernseher geleitet wird, anstatt mit Hilfe einer Antenne aus dem Äther aufgefangen zu werden – oder eben mit Hilfe eines Netzes von Drahtbügeln.

War es möglich, die Signale von einem Videoband über den Äther zu senden?

Und ob das möglich war. Das Network tat es ständig, fast ausschließlich. Alle Sendernetze tun das. Mit Ausnahme von Sport, Nachrichten und bestimmten Sondersendungen wird alles, was das Fernsehen ausstrahlt, mit einem Videogerät aufgezeichnet. Selbst die Live-Shows werden zunächst auf ein Videoband übertragen und dann erst gesendet.

Insofern war es technisch durchaus möglich. Hätte es hier funktionieren können? Mitten an einem verschneiten Berghang, wo es weit und breit keine Sendestationen gab?

Ich hatte mich aus dem Fenster gelehnt, in den Wind geschaut und darüber nachgedacht. Schließlich dachte ich: Ja. Warum eigentlich nicht?

Zum Teufel mit den Sendestationen. Zum Teufel mit allen Science-fiction-Ideen wie der Übertragung über Satellit oder sonst etwas. Verdammt noch mal, Satelliten sind gut, aber so gut auch wieder nicht. Falls Dosts Geist uns aus der Erdumlaufbahn heimgesucht hätte, dann wäre er im gesamten Nordwesten des Staates New York und fast dem ganzen Westen von Neuengland zu sehen gewesen.

Doch all das war gar nicht nötig. Erforderlich war lediglich ein kleiner Videorecorder. Er sendet das Signal an das Fernsehen, und zwar mit genügend Energie, um den elektrischen Widerstand im Kabel zu überwinden und alle auf dem benutzten Kanal ankommenden Interferenzen auszuschalten. Ich war sogar sicher, daß es einen gewissen Energieüberschuß gab, weil ein Fernseher ein ziemlich kräftiges Signal bevorzugt.

Allerdings, überlegte ich, ist ein Videorecorder eben nur eine

Maschine. Ihm ist es völlig schnurz, wohin er seine Signale abgibt. Man drückt den Knopf, auf dem »Start« steht, und die Maschine sagt »Ja, Chef« und rattert los.

Angenommen, man gibt dieses Ausgangssignal gar nicht an ein Fernsehgerät ab, sondern leitet es zu irgendeiner Art Antenne? Die Signale würden weiterhin abgehen, jetzt jedoch über den Äther, genauso, wie es das Network tut. Man hätte damit einen eigenen, extrem energiesparenden, äußerst illegalen privaten Fernsehsender geschaffen.

Illegal deshalb, weil man eine Lizenz benötigt, um Fernsehsignale aussenden zu dürfen. Wenn Sie Ihren Videorecorder an eine Antenne hängen und diese auf das Dach Ihres Hauses stellen, könnte jeder im Haus das von Ihnen abgespielte Band sehen, vermutlich auch alle Nachbarn rechts und links vom Haus und sogar die Leute von schräg gegenüber.

Bei einem Anwesen wie Rocky Point konnte man vielleicht ein Viertel des Gebäudes abdecken, also ein Stockwerk darüber oder darunter, vielleicht die halbe Flurlänge. Bei sehr sorgfältiger Planung wäre man vermutlich in der Lage, das Bild verschwommen, aber erkennbar auf einem Fernseher zu empfangen, der gar nicht ans Netz angeschlossen war, da die darin befindlichen Drähte selbst wie eine Antenne wirken, solange sie nahe genug an der Signalquelle stehen.

Aber was machte es in diesem Fall schon, wenn der Empfang miserabel war? Was würde man von einem Geist schon erwarten?

Sobald ich mir das alles klar gemacht hatte, wußte ich, daß Aranda etwas ausheckte. Ihre schauspielerische Leistung war viel zu gut. Die wohltönenden, melodischen Schreie, mit denen sie mich gerade im rechten Moment an den Schauplatz gelockt hatte, daß ich miterleben konnte, wie Dost seinen Sohn »anklagte«, im passenden Moment der Zusammenbruch und die zungenfertigen Erklärungen am nächsten Morgen. Pfui Spinne!

Das Problem war nur noch, das alles zu beweisen. Himmel, ich wußte sogar, woher das Band von Dost stammte. Es war vor der Aufzeichnung eines der Imagepflegestreifen entstanden, zu denen Barry seinen alten Herrn letztlich doch noch hatte überreden können und die seinen Aktionären und Angestellten serviert werden sollten. Das Werk, auf das Barry so ungemein stolz gewesen war, das arme Schwein.

Als ich erst einmal darauf gekommen war, paßte alles zusammen. Dosts Verhalten war nicht das einer Seele im Fegefeuer gewesen, die den Schleier zum Diesseits ein Stückchen lüftet, sondern das eines herrischen Mannes, der unter Lampenfieber leidet und versucht, von jemandem Trost gespendet zu bekommen, ohne daß man ihm das als Schwäche auslegt.

Deshalb rief er ständig: »Warum dauert das denn so lange?« Es klärte auch, warum er dauernd nach Barry fragte. Er wollte, daß sein Sohn ihn beim Händchen nahm und dem stolzen Milliardär hoch und heilig versicherte, er sei keineswegs dabei, sich vor all den Scheinwerfern und starrenden Kameralinsen lächerlich zu machen.

Aber wie sollte ich das beweisen? Das Band war bei erster Gelegenheit verbrannt, vergraben oder über die Klippe geworfen worden, darauf konnte man Gift nehmen.

Werfen, klettern.

Aber es gab etwas, das ich vielleicht finden konnte: eine Antenne.

Ich hatte das am Morgen überprüft. Zwölf Kabel trafen am Fenster des Technikraums in Rocky Point ein. Selbst für den Kommunikationsbedarf eines so vielbeschäftigten Businessman wie Dost waren das ziemlich viele. Eine Leitung für das Fernsehen und eine für Telefon, Telex und Fax hätten ausgereicht. Rechnete man ein paar Reservekabel für jedes dazu, kam man noch immer nicht auf zwölf.

Andererseits konnte man aus, sagen wir mal, gut dreißig Metern Draht eine prima Antenne für einen extrem energiesparenden, äußerst illegalen privaten Fernsehsender herstellen.

Also suchte ich nach einem Kabel, das zwischen den Ästen verschwand, aber nicht wieder daraus zum Vorschein kam.

Werfen, klettern.

Nun hatte ich die untersten Äste erreicht und mußte jetzt etwas tun, über das ich gar nicht gern nachdenken mochte. Ich hielt mich sorgfältig mit der linken Hand an einem nassen Zweig fest und schwang das rechte Bein über einen anderen Ast. Mit der rechten Hand löste ich nun das eine Ende des Riemens von meinem Klettergürtel. Von nun an mußte ich an den Ästen weiter aufsteigen. Ich durfte mir keinen einzigen Fehler erlauben.

Ich rutschte nur einmal ab. »Nur«. Ha! Eine Astladung Schnee, die sich trotz des Windes in der vergangenen Nacht gehalten hatte, war vom Regen jetzt so aufgeweicht, daß sie sich ausgerechnet in diesem Moment löste. Der nasse Schnee fiel zwischen den Ästen nach unten und klatschte mir mit voller Wucht ins Gesicht.

Ich erschrak. Ich schreckte hoch. Kardinalfehler. Meine mit Klettereisen bewehrten Füße lösten sich vom Baum, und ich wischte mir hektisch das Gesicht, um wieder etwas sehen zu können. Als die Sicht wieder klar war, fiel mein Blick ausgerechnet auf meine Stiefel und einen winzigen abgebrochenen Zweig auf dem Schneematsch tief unter mir. Erst jetzt kam mir zu Bewußtsein, daß ich an einer Hand rund dreieinhalb Stockwerke über dem Erdboden baumelte. Ich suchte einen festen Halt für meine Hände und Füße, bevor dieser Gedanke eine Chance hatte, sich irgendwo einzunisten. Ich stand dort im luftleeren Raum und umarmte den Baum mit beiden Arme wie eine Mutter.

Irgendwann hörte ich auf zu zittern und kletterte vorsichtig die letzten Meter bis zu der Stelle hoch, wo die Drähte zwischen den Zweigen hindurchführten. Ich suchte mir einen festen Halt, so daß ich die Drähte erreichen konnte, und machte den Riemen wieder fest. Jetzt war der Baum nicht nur meine Mutter, sondern ich war regelrecht durch eine Nabelschnur mit ihm verbunden. Diesen Gedanken fand ich ausgesprochen tröstlich.

Ich brauchte nicht lange, um es zu sehen. Zehn Leitungen gingen komplett durch den Baum hindurch, praktisch ohne die Äste zu berühren. Ein elfter Draht, der etwas näher an den Baumstamm heranreichte, war zweimal um einen Ast gewickelt und führte auf geradem Wege wieder zum Haus zurück. Das erklärte, warum neben dem Fenster des Eckzimmers zwölf Leitungen eintrafen – einer ging von dort ab, einer kam dort an.

Als ich mir dieses Arrangement ansah, fragte ich mich allerdings, warum sich jemand die ganze Mühe gemacht hatte, das Kabel bis hierher und wieder zum Haus zurückzuleiten, denn dazu hatte er nicht nur das rückwärts laufende Stück wieder bis zum dritten Stock hochhieven müssen, sondern lief obendrein Gefahr, daß es zu Interferenzen bei der Signalübertragung kam, wenn die beiden Leitungen allzu nah beieinander lagen.

Es wäre vielleicht noch sinnvoll gewesen, wenn das Kabel nur mit einem halben Schlag um den Ast befestigt oder nur lose herumgeschlungen gewesen wäre, so daß man es einfach wieder durch das Fenster einholen konnte, wenn es nicht mehr benötigt wurde.

Doch dieses Kabel war stramm um den Ast gewickelt. Ich sah es mir genauer an. Die Schlaufen waren zusammengebunden und festgezurrt, und zwar mit …

Verblüfft sah ich noch genauer hin. Mit Angelschnur.

Ich brach in Lachen aus. Aller Kälte und Nässe zum Trotz und obwohl ich Gefahr lief, mir das Genick zu brechen, mußte ich lachen.

Weil ich mit dem Aufstieg auf diesen Baum letzten Endes genau das Richtige getan hatte, daran bestand keinerlei Zweifel mehr. Ich war nur aus dem falschen Grund heraufgeklettert.

Ich hielt inne und überdachte das Ganze, suchte nach Schwachstellen. Fehlanzeige. Genauso mußte es gewesen sein. Es erklärte sogar Barry Dosts trockene Ärmel, die ich gespürt hatte, als er mich würgte. Seine Ärmel waren trocken gewesen, obwohl er auf dem Fensterbrett gelehnt hatte, während alle anderen nasse Arme hatten, weil sie zunächst den Schnee hatten wegschieben müssen. Jenes Fensterbrett im dritten Stock war längst leergeräumt worden, und ich wußte jetzt auch, warum.

Ich schüttelte den Kopf. Ich hatte Leib und Leben riskiert, indem ich im strömenden Regen einen Baum erstieg, um Beweise für einen großangelegten Fernsehschwindel zu finden. Doch die hatte ich nicht gefunden.

Was ich hingegen entdeckt hatte, war die Antwort auf die Frage, wie es G.B. Dost gelungen war, so ungemein tot auf die Felsen an der Auffahrt zu seinem Haus zu plumpsen, ohne irgendwelche Spuren zu hinterlassen. Es war, als sei Kolumbus losgesegelt, um Amerika zu finden, und hätte statt dessen das Penicillin entdeckt.

Es war sicher nicht die einfachste Methode, aber ich war bereit, alles so zu nehmen, wie ich es geboten bekam.

Ich kletterte wieder bis zu den untersten Ästen herunter. Dann kauerte ich mich vorsichtig hin, Arme und Beine um den Baumstamm geschlungen wie ein Bärenbaby auf seinem ersten Kletterausflug. Ich legte den Riemen um den Stamm und hakte ihn ein.

Ich hörte ein Krachen. Rindenstücke flogen umher und trafen mich im Gesicht.

Ich verrenkte mir den Kopf wie ein Verrückter, sah aber nichts.

Es krachte weitere zwei Male, bis ich es endlich kapierte. Ganz gleich, was ich sah, jemand sah mich.

Und dieser Jemand hatte ein Gewehr.

Kapitel 22

Versuch, nicht so schnell zu fallen, Liebling!
– Barbara Luddy, »Winnie the Pooh and Tigger, Too«
(Walt Disney Home Video)

Als erstes versuchte ich, den Baum zwischen mich und das Haus zu bekommen. Ich hüpfte zur Seite wie ein Eichhörnchen. Prima. Es ist immer schön, einen halben Meter Holz zwischen sich und einem geladenen Gewehr zu wissen.

Das einzige, weswegen ich mir Sorgen machen mußte, war, daß er den Riemen zerschießen könnte. Mein Kopf wußte, daß die Entfernung für einen gezielten Schuß ziemlich groß war. Immerhin hatte vorher mein ganzer Körper als Zielscheibe frei an einem Ast gebaumelt, ohne daß er mich getroffen hatte. In solchen Situationen teilt jedoch der Überlebenstrieb in der Regel dem Kopf unmißverständlich mit, er solle nicht von Wahrscheinlichkeiten brabbeln, sondern zusehen, daß wir da wieder rauskommen.

Das Äußerste, was mein Kopf derzeit zustande brachte, war eine simple Überlegung: Je näher ich dem Erdboden war, wenn der Riemen knackte, desto kürzer würde die freie Fallstrecke sein.

Und ich hatte es kaum gedacht, da sauste ich schon den Baumstamm herunter wie der geschickteste Störungssucher, den Sie je gesehen haben. Mein Feldwebel wäre stolz auf mich gewesen. Ich schlug mir zwar beim Abstoßen ein oder zwei Zehen blutig und schätzte obendrein die Entfernung zum Boden zu guter Letzt falsch ein, so daß ich höchst unelegant in einer Flutwelle aus Schneematsch aufplatschte, aber immerhin war ich noch heil und nicht mit irgendwelchen zusätzlichen Löchern versehen. Außerdem konnte ich jetzt nirgendwo mehr herunterfallen.

Ich spürte, wie die Kälte durch meine Hose kroch, aber es war mir egal. Ich lehnte den Kopf eng an den Baum und holte erst einmal tief Luft. Es wäre eine gute Gelegenheit zum Nachdenken gewesen, aber es war nichts mehr zum Nachdenken übrig.

Ich wußte, wer auf mich schoß. Ich wußte jetzt, daß er Dost umgebracht und seine Leiche dorthin praktiziert hatte, wo wir ihn gefunden hatten. Ich wußte, was Barry mit alledem zu tun hatte. Ich wußte verdammt noch mal alles über den Fall mit Ausnahme der Frage, warum überhaupt jemand umgebracht worden war. Und wie die Staatsanwaltschaft irgend jemanden dafür an den Kanthaken kriegen sollte.

Natürlich bestand die Möglichkeit, einfach zu fragen, warum der Mord geschehen war. Vorausgesetzt natürlich, ich kam überhaupt heil zum Haus zurück.

Ich spähte um den Baumstamm herum. Nichts geschah. Ich sah, daß das Fenster mit den zwölf Leitungen jetzt geschlossen war.

Doch das hieß noch lange nichts. Ein Zipfel von meinem Kopf ergab keine gute Zielscheibe. Und das Fenster war vielleicht geschlossen worden, um mich in Sicherheit zu wiegen und auf die freie Fläche zu locken, damit er mich besser traf. Wie lange brauchte man, um ein Fenster zu öffnen?

Nun war mein Kopf dran, meinem Überlebenstrieb die rote Karte zu zeigen. Die Situation war ganz einfach, da war kein Platz für irgendwelche Phantasien. Entweder versuchte ich, zum Haus durchzubrechen, oder ich saß hier im Matsch, bis ich einer Lungenentzündung zum Opfer fiel.

Ich hatte keine Lust mehr, mich weiter vollregnen zu lassen.

Ich stützte mich mit dem Rücken am Baum ab und kam langsam zum Stehen. Ich nahm den Gürtel ab und zog den Anorak aus. Die Klettereisen behielt ich an, wegen der Bodenhaftung.

Es war nun eindeutig Zeit zum Aufbruch, aber ich konnte mich nicht entschließen, den Schutz des Baumes zu verlassen. Also stand ich zitternd herum, bis ich endgültig die Schnauze von mir selbst und meiner Feigheit voll hatte.

Ich sagte: »Scheiße!« und sprintete los, weg von dem Baum. Nun mußte ich am Leben bleiben. Ich will, daß meine letzten Worte einstmals erhebender sein sollen als ausgerechnet »Scheiße«.

Auch diesmal kam mir die Armeeausbildung zugute. Lauf im Zickzack. Verfall nicht in ein Muster. Wenn du hinfällst (o Mann, wie oft ich in dem Trubel hingefallen bin!), dann schmeiß dich hin, roll dich weg und renn beim Aufstehen schon weiter.

Falls nochmals auf mich geschossen wurde, bekam ich es gar nicht mit, aber ich hatte ja auch andere Dinge im Kopf. Ich erreichte die Veranda, auf der Carol, Wilberforce und ich gestanden hatten, und kletterte die Steinstufen hoch. Mit dem Türklopfer pochte ich an die Tür.

Fred Norman öffnete. Er sah mich an, schenkte mir einen seiner liebenswürdigsten Blicke und verstellte mir den Weg.

»Lassen Sie mich rein«, sagte ich.

»Sie sind total dreckig. Was haben Sie da draußen gemacht?«

»Gehen Sie mir verdammt noch mal aus dem Weg.«

»Meine Frau gibt sich alle Mühe, dieses Haus sauberzuhalten ...«

Ich versetzte ihm einen Faustschlag in den Magen. Er klappte zusammen, und ich stieß ihn nach hinten, so daß er sich auf den Hintern setzte. »Wenn Sie mir partout das Leben schwermachen wollen, dann tun Sie das erst wieder, wenn mindestens eine Stunde lang keiner auf mich geschossen hat. Okay?«

Norman stöhnte.

»Ich dachte, Sie hätten gekündigt«, sagte ich, als ich über ihn hinwegstieg. »Wo ist Ihr Neffe?«

Er stöhnte weiter.

»Okay, vielleicht hab ich's ein wenig übertrieben. Ich hatte keinen sehr erfolgreichen Tag. Wo ist Ralph?«

Norman sagte: »Küche!« und begann dann mit einer Tirade, in der mein sozialer Hintergrund, meine Gewohnheiten und meine Zukunftsaussichten vorkamen. Es tat ihm offensichtlich gut, denn seine Stimme war schon wieder viel kräftiger, als ich ihn verließ.

Ich klirrte über den Teppich, fluchte und blieb stehen, um die Klettereisen abzunehmen. Dann stapfte ich in Richtung Küche und öffnete mit ausgestrecktem Arm die Schwingtür.

Diesmal gab es keine Schrotladung. Statt dessen sah ich Ralph an dem Tisch sitzen, an dem Roxanne und ich gemeinsam mit Barry Brote gegessen hatten. Seine Tante räumte Küchenschränke und -schubladen auf und packte Sachen in einen Karton.

Ralph sah von seinem heißen Kakao auf. In diesem Moment hätte ich für eine Tasse heißen Kakao zwei Jahre meines Lebens gegeben.

»Was zum Teufel ist denn mit Ihnen passiert?« rief Ralph.

»Ich habe den Fall gelöst. Und wurde beschossen.«

»Und verteilen überall Schmutz auf meinem Fußboden«, sagte Tante Agnes.

»Ich dachte, Sie hätten gekündigt.«

»Ich habe die Kündigung eingereicht. Aber noch bin ich im Dienst.«

»Sei ruhig, Tante Agnes«, sagte Ralph. »Geschossen? Ich habe nichts gehört.«

»Ich habe es selbst kaum gehört. Der Regen hat die Schüsse offenbar übertönt.«

»Und was haben Sie gelöst?«

»Alles.«

»Machen Sie mich schlau?«

»In ein paar Minuten. Ich möchte mir erst den Dreck abkratzen und die Durchblutung in meinen Händen und Füßen wieder in Gang bringen. Ich wäre Ihnen dankbar, wenn Sie in der Zwischenzeit alle im Wohnzimmer versammeln. Sie sollen dort auf mich warten.«

»Die meisten werden noch schlafen.«

»Um so besser. Dann brauchen Sie sie nicht lange zu suchen.«

»Ja, Sir. Wie Sie wünschen, Sir. Darf ich erst meinen Kakao austrinken?«

»Nehmen Sie ihn mit.«

»Hoffentlich wissen Sie, was Sie tun, Cobb«, sagte er.

»Ich weiß immer, was ich tue«, log ich. »Ach, übrigens, ich habe Ihren Onkel zusammengeschlagen.«

»Sie haben was?!«

»Ihrem Onkel einen Schlag in die Magengrube verpaßt.«

Agnes schrie »Fred!«, ließ den Karton Karton sein und rannte aus der Küche. Wäre sie auf dem Weg nahe genug an mir vorbeigekommen, hätte sie mir sicher liebend gern ein Messer zwischen die Rippen gejagt.

»Warum haben Sie ihn verprügelt?« fragte Ralph, nachdem seine Tante fort war.

»Weil ich gern eine Mauer zwischen mich und die Kugeln bringen wollte und er mir nicht aus dem Weg ging. Sagen Sie ihm, es tut mir leid.«

»Oh, da wird er sich aber freuen. Ich hab mit ein paar Leuten gesprochen. Sie haben sich mit Ihrer nervtötenden Art viele liebe Freunde gemacht, und ich verstehe allmählich, wieso. Haben Sie ihn verletzt?«

»Nein. Ich wollte nur, daß er mir aus dem Weg geht.«

»Also gut«, sagte Ralph. »Machen wir ein bißchen Dampf, wir vergeuden unsere Zeit. Außerdem, Cobb ...«

»Ja?«

»Ich hoffe inständig, Sie haben etwas in der Hand. Dieses Detektivspielen ist durch und durch Scheiße.«

Spot war nicht in meinem Zimmer, und auch Roxanne fand ich nicht. Ich kam zu dem einleuchtenden Schluß, daß sie hinten im Garten war und den Hund ausführte. Ich dachte das, weil sie mir andernfalls bei meinem Ausflug auf den Baum bestimmt zugesehen hätte und im Moment meiner Rückkehr in meine schlammverkrusteten Arme geflogen wäre. Sie hätte mich zumindest gefragt, ob ich jetzt endlich zufrieden war, nachdem ich mich in eine gefrorene Schlammbowle verwandelt hatte.

Da sie aber weder das eine noch das andere getan hatte, schloß ich messerscharf, daß sie mich nicht hatte vom Baum herunterklettern sehen. Das Nächstliegende war deshalb, daß sie mit dem Hund hinter dem Haus war.

Ich stieg aus meinen Kleidern, die vom Schneematsch so verkrustet waren, daß ich praktisch herausklettern mußte, und stellte mich kurz unter die heiße Dusche. Ich zog mich an und rannte nach unten.

Mich empfing allgemeines Gemecker.

»Ich dachte, das hätten wir hinter uns, Cobb«, sagte Haskell Freed.

»Mir ist ganz egal, was der Sheriff Ihnen gesagt hat«, erklärte Aranda Dost. »Sie überschreiten ganz eindeutig Ihre Befugnisse! Sie verstoßen gegen jeglichen Anstand!«

»Cobb, ich verlange eine Erklärung. Was bilden Sie sich eigentlich ein?« Charles Wilberforce stand unmittelbar vor mir, die gespreizten Füße fest in den Boden gerammt, die Arme über der Brust verschränkt, so könnte ich ihn nicht einfach hochheben und in die Tasche stecken. Zu seinem Glück hatte ich meine jährliche Dosis Gewalttätigkeit bereits intus, und selbst die bereute ich schon.

»Schnauze«, sagte ich liebenswürdig in die Runde. Ich sah mich nach Ralph um und stellte fest, daß er gerade den Raum betrat.

»Ich wußte nicht, wieviel ich ihnen sagen durfte«, erklärte er, als er mich von giftigen Mienen umringt sah, »und da habe ich ihnen lieber gar nichts erzählt.«

»Mitgedacht«, sagte ich. »Wo ist Bromhead?«

Was von Ralphs Gesicht rings um den Verband überhaupt zu erkennen war, sah verwundert aus. »Ich kann ihn nicht finden. Ich habe ihn überall gesucht. Und Roxanne finde ich übrigens auch nicht, ebensowenig Ihren Hund ...«

Mir wurde kalt. Viel kälter als vorhin, als ich im Schnee gesessen hatte. Roxanne hatte natürlich sehen wollen, wie ich auf den Baum kletterte, schließlich liebte sie mich ja, nicht wahr? Und von wo aus hatte man die beste Aussicht auf den Baum?

Vom Technikraum aus. Von dort waren die Schüsse gekommen. Ich hatte sie ihm genau in die Arme getrieben.

Ich ergriff Ralphs Arm. »Haben Sie im Technikraum nachgesehen? Im dritten Stock, an der Ecke, wo die Leitungen ins Haus gehen?«

»Ja doch. Überall.«

Ich wandte mich an Aranda. »Wo sind sie?«

Sie wirkte besorgt, wedelte mit den Händen. »Ich ... also, ich verstehe wirklich nicht ...«

»Aranda«, sagte ich ruhig. »Lassen Sie das. Ich weiß alles, haben Sie verstanden? Wie die Leiche dorthin kam. Wie ihr den Trick mit dem Geist hingekriegt habt. Es ist vorbei. Ganz gleich, was Bromhead jetzt tut, er macht alles nur noch schlimmer.«

»Gott sei Dank!« rief Aranda aus. »Gott sei Dank!« Sie wandte sich an alle Anwesenden. »Es tut mir leid. Es tut mir so leid. Ich möchte mich bei Ihnen allen entschuldigen.« Zurück zu mir. »Er hat mich gezwungen, ihm zu helfen. Wirklich! Es fing als unbedeutendes Verhältnis an, aber er steigerte sich völlig hinein. Er drohte, mich zu töten, wenn ich ihm nicht half. Ich wußte wirklich nicht, was er vorhatte, bis es zu spät war. Ich schwöre Ihnen …«

Carol Coretti sprang auf und riß sie am Arm zu sich herum. »Halten Sie den Mund!« Sie sah mich an. »Sehen Sie denn nicht, daß diese Frau lügt? Herrgott noch mal, wie eine solche Frau es schafft, alle einzuwickeln, ist mir ein völliges Rätsel.«

»Wo sind sie, Aranda?« fragte ich. »Sie haben später noch genug Zeit, an Ihrem Alibi zu feilen.«

»Ja«, sagte Carol Coretti, »und bis dahin sagen Sie dem Mann, was er wissen will.«

»Aber … ich weiß es doch nicht!« Aranda wollte sich losreißen, aber Carols rotlackierte Nägel gruben sich tief in ihren Arm.

»Dann raten Sie«, sagte ich. »Überlegen Sie es sich gut.«

Aranda wollte protestieren, aber Carol war schneller.

»Einen Augenblick. Sie haben bei mir für neulich abend noch etwas gut, deshalb hören Sie mir jetzt gut zu: Ganz gleich, was Roxanne Schick geschieht, dasselbe wird auch Ihnen geschehen. Ich kümmere mich liebend gern um das, was Cobb von Ihnen übrigläßt. Und das wird nicht viel sein, das kann ich Ihnen versichern. Der Mann ist verliebt.«

Wilberforce sagte: »Was ist er?«

Carol schüttelte den Kopf. »Herrgott, sind Männer Idioten.« Ich war beeindruckt, immerhin war Wilberforce ihr Chef. Zurück zu Aranda. »Zum letzten Mal – wo sind sie?«

»Ich … ich vermute, in der Garage. Ich glaube, er will versuchen, abzuhauen. Mit der kleinen Schick als Geisel. Er hat auf Sie geschossen. Er hat gesehen, wie Sie auf den Baum gestiegen sind. Das war nicht eingeplant.«

»Nein«, sagte ich, »das sicher nicht.«

»Hat jemand gehört, ob und wann sie abgefahren sind?«

»Bei dem Wetter schaffen sie es niemals bis unten«, sagte Haskell Freed.

»Halten Sie den Mund«, sagte ich zu ihm. Ich fürchtete, er könnte recht haben. »Hat sie jemand gehört?«

»Sie können noch nicht weg sein«, sagte Aranda. »In der ersten Nacht hat Jack alle Wagen außer Betrieb gesetzt. Wir wußten ja nicht, daß es wegen des Schneesturms ohnehin niemand versuchen würde. Er muß erst einen Wagen wieder reparieren, bevor er damit fahren kann.«

Also gut, dachte ich.

»Ralph, Sie kommen mit. Sie auch, Norman, wenn Sie dazu bereit sind.«

Ich erwartete weitere Beschimpfungen von ihm, aber er sah mich nur ausdruckslos an und sagte: »Aber sicher.«

»Alle übrigen«, sagte ich, »sind jetzt Hilfssheriffs. Aranda Dost ist unsere Gefangene. Wenn sie nicht mehr hier ist, wenn wir zurückkommen, werde ich höchstpersönlich jeden einzelnen von euch kaltmachen.«

Als ich den Raum verließ, hörte ich Haskell Freed sagen, mein Ton sei einfach unerhört, und Bats Blefary antworten, er solle die Schnauze halten. Es stand zu fürchten, daß es beim Network auch ohne die Fusion einige Neubesetzungen geben würde.

Unmittelbar vor der Tür fühlte ich eine Hand auf meiner Schulter. Ich wandte mich um und schaute direkt in Carol Corettis blaue Augen.

»Danke«, sagte ich. »Ich hätte irgendwann die Informationen auch aus ihr herausbekommen, aber es hätte viel länger gedauert und wäre viel unangenehmer gewesen.«

Carol schenkte mir ein kleines Lächeln. »Herrgott, ich fühle mich furchtbar maskulin. Wollen Sie nicht lieber eine Waffe mitnehmen?«

Ich schüttelte den Kopf. »Ich möchte nicht riskieren, daß Roxanne ins Kreuzfeuer gerät. Und Spot übrigens auch nicht.«

»Seien Sie vorsichtig.«

»Das habe ich vor. Ich bin zwar ein Idiot, aber ein so großer Idiot nun auch wieder nicht.«

Carol lächelte.

»Gehen Sie wieder rein und sorgen Sie dafür, daß Aranda die übrigen Idioten nicht um den Finger wickelt, ja? Ich muß jetzt los.«

»Mach ich. Viel Glück!«

Ralph und sein Onkel warteten in der Halle auf mich. Ich erklärte ihnen, was ich vorhatte.

Es gefiel ihnen nicht. »Sie, Ihr Hund und Roxanne werden aller Wahrscheinlichkeit nach dabei draufgehen«, sagte Ralph.

Fred Norman schüttelte den Kopf. »Was Sie da vorhaben, ist zwar tapfer, aber Wahnsinn.«

»Es ist unsere einzige Chance«, beharrte ich. »Glaubt mir, wenn ich das Gefühl habe, er drückt gleich ab, lasse ich ihm schon seinen Willen.«

»Und wenn er jetzt schon so weit ist?«

»Gehen wir«, sagte ich.

Spot war draußen. Er kauerte unter dem Schutzdach über dem Gang zwischen Haus und Garage, um nicht im Regen zu liegen, aber sein flauschiges weißes Fell klebte ohnehin tropfnaß an seinem Körper, der dadurch viel kleiner wirkte. Er schien froh zu sein, mich zu sehen. Ich freute mich außerordentlich, ihn wiederzuhaben.

»Komm, mein Junge«, sagte ich und trat vor die Garage, hinaus in den Regen.

Spot zögerte einen Augenblick und sah mich an, als wollte er sagen: »Spinnst du?« Schließlich siegte jedoch die Erziehung über die Neigung, und er folgte mir.

Spot und ich mußten bis zur Mitte der Vordertür gehen. Dort

war zwischen die Schiebetore eine normale Tür eingelassen. Ich duckte mich, als ich an den Fenstern in den Toren vorbeiging. Ich drückte mich direkt neben der Tür dicht an die Wand und sah mich um, ob Ralph und sein Onkel ihre Position eingenommen hatten.

Das hatten sie. Jetzt lag alles in meiner Hand.

Ich stieß die Tür auf. Ich hörte Jack Bromheads wütende Stimme von innen: »Noch eine Minute, verdammt noch mal!«

»Jack?« sagte ich.

»Lassen Sie mich in Ruhe, Cobb, ich meine es ernst.«

»Ich möchte reinkommen, Jack. Ich möchte mit Ihnen reden. Ich habe keine Waffe.«

»Ich aber«, sagte er.

»Das weiß ich. Ich mache mir deshalb keine Sorgen.« Das war eine glatte Lüge.

»Wieso nicht?«

»Erstens können Sie sich an zehn Fingern ausrechnen, was ich weiß, nachdem Sie mich oben auf dem Baum gesehen haben. Ich bin ziemlich sicher, daß Miss Schick bei Ihnen ist. Und da so viel auf dem Spiel steht, können Sie sich auch bestimmt denken, daß ich nicht ohne Unterstützung hier bin.«

»Und das zweite?«

»Das zweite ist: Wenn Sie nicht besser schießen als vorhin, als ich an dem Ast baumelte, dann brauche ich mir ohnehin keine großen Sorgen zu machen.«

Jack brach in Lachen aus. »Sie dämlicher Scheißer«, sagte er. »Wenn ich gewollt hätte, dann hätte ich Ihnen eine Kugel verpassen können, die an einem Ohr rein- und am anderen wieder rausgegangen wäre. Ich wollte, daß Sie von dem verdammten Baum runterfallen, damit die Leute glauben, Sie hätten nicht aufgepaßt und wären abgestürzt. Ich wollte nicht, daß irgend jemand anders da raufklettert, jedenfalls nicht, bevor ich mich verdünnisiert hatte. Eine Leiche mit Einschüssen am Fuß des Baumstamms hätte mir weiß Gott nichts eingebracht.«

»Wieso haben Sie mich überhaupt da oben gesehen?«

»Ich schaute aus dem Fenster. Ich schaue in den letzten Tagen recht viel da oben aus dem Fenster.« Ich hörte ihn ausspucken. »Ich und nicht besser schießen können! Pah!« brummte er. »Okay, kommen Sie rein, wenn Sie mit mir reden wollen.«

»Ich komme langsam.«

»Ist mir egal, ob Sie schnell oder langsam gehen. Aber sollten Sie eine Knarre in der Hand haben, dann gnade Ihnen Gott.«

Ich holte tief Luft, hielt einen Moment lang den Atem an und ließ ihn dann ausströmen. Ich trat durch die Tür. Jack Bromhead stand genau vor mir und sah mich über den Kühler seines weißen Mercedes an. Er hielt den versilberten Colt in der Hand, zielte jedoch nicht auf mich, sondern durch die Windschutzscheibe auf den Beifahrersitz seines Wagens, auf dem Roxanne saß.

»Sie ist gefesselt und geknebelt. Ich wollte vermeiden, daß ihr beiden mir irgendwelche Streiche spielt.«

»Das ist Ihr geringstes Problem, Jack«, sagte ich.

»Vielleicht«, sagte er. »Aber da ich die Waffe in der Hand halte, bin ich derjenige, der die Tagesordnung festlegt. Das sagte Gabby immer. ›Die Tagesordnung festlegen.‹ Ich habe es irgendwann aufgegeben, ihm zu sagen, er soll nicht so reden wie die Typen von der Managerschule. Okay. Halten Sie die Hände so, daß ich sie sehen kann.«

Jack trat hinter dem Wagen hervor. Der Revolver war jetzt auf mich gerichtet. Er öffnete die Fahrertür und lehnte sich dagegen. Er hielt die Waffe dicht an seinen Körper und richtete die Mündung jetzt wieder auf Roxanne.

»Okay«, sagte er ruhig. »Sie wollten mit mir reden. Also los.«

»Kommt mir sehr gele…«, setzte ich an.

Jack unterbrach mich. »Ach, wenn Sie übrigens vorhatten, mir ihr Hundilein auf den Arsch zu hetzen, dann würde ich Ihnen davon abraten. Er ist ein feiner Kerl und ein guter Kumpel, aber wenn er nur drei Sprünge auf mich zu macht, dann hat er in Null Komma nichts eine Kugel zwischen den Augen. Und Sie auch, noch bevor er hinfällt. Wenn Sie mir nicht glauben, können Sie es ja darauf ankommen lassen.«

»Das wird nicht nötig sein, Jack. Ich zähle darauf, daß Sie intelligent genug sind, um auf die Stimme der Vernunft zu hören.«

»Der Vernunft«, schnaubte er. »Das, mein Junge, ist ein völlig bedeutungsloses Wort. Vernunft ist, was einem zu einem bestimmten Zeitpunkt richtig vorkommt, aber in der Rückschau überhaupt keinen Sinn mehr ergibt. Was sollte mir Ihre Vernunft da einbringen?«

»Probieren wir es, dann werden wir es sehen.«

»Natürlich«, sagte er. »Warum auch nicht? Wissen Sie, daß ich eine Minute später die restlichen Zündkerzen dringehabt hätte? Zwei Minuten später wäre ich weg gewesen. Nennen Sie mir dafür einen vernünftigen Grund, wenn Sie sich trauen.

Das Komische ist, daß ich eigentlich gedacht hatte, Sie würden mich schon erwischen, als ich die Dinger rausnahm. In der ersten Nacht. Ich war hier draußen und sorgte dafür, daß die Autos nicht funktionieren, was im nachhinein natürlich Zeitverschwendung war. Aber wer konnte schon ahnen, daß der Schneesturm solche Ausmaße annehmen würde?« Er schüttelte den Kopf. »Ist ja auch egal. Jedenfalls war ich hier draußen, und wen sehe ich da vor dem Haus? Sie und diese Frau und Wilberforce. Über was zum Teufel habt ihr euch da eigentlich unterhalten?«

»Ist das wichtig?«

Er wedelte mit dem Revolver. »Meine Tagesordnung, oder?«

»Wir redeten darüber, daß Aranda Miss Coretti schöne Augen gemacht hatte.«

»Und wieso draußen, um alles in der Welt?« Jack schien darüber ehrlich verwundert zu sein.

»Wilberforce hatte Angst, die Zimmer könnten verwanzt sein.«

»Nicht doch. Er würde das machen, nicht wahr? Aber nein, wir tun so etwas nicht. Außerdem sind zu viele Leute so clever, daß sie das merken.«

»Darf ich Sie jetzt auch mal was fragen?«

»Bitte sehr.«

»Was steckte eigentlich dahinter? Carol schwört Stein und Bein, Aranda sei nicht lesbisch.«

»Sie wollen mir schon wieder mit Vernunftgründen kommen. Da Gabby in der Nacht ins Gras beißen sollte, wollten wir Aranda ein Alibi verschaffen. Ein gutes Alibi, vor allem für Ihre Leute. Wir gingen davon aus, es würde über kurz oder lang bekannt werden, daß Gabby mit seinem Anwalt darüber gesprochen hatte, wie er aus der Ehe herauskam, deshalb war es egal, ob sie treu war oder nicht. Wir haben alle genau unter die Lupe genommen, müssen Sie wissen.«

»Ich weiß. Unter anderem deshalb ergab es ja keinen Sinn.«

»Tja, ich wollte sie ja auf dieses Ekelpaket Blefary ansetzen. Er ist Junggeselle und einsam. Er holt sich Pornofilme aus der Videothek. Wenn er Gelegenheit hätte, mit einer Frau wie Aranda eine Nummer zu schieben, hätte er geglaubt, er sei im siebten Himmel, und ihr ein Alibi gegeben, selbst wenn sie nicht die ganze Nacht bei ihm geblieben wäre. Das war meine Überlegung.«

Wahrscheinlich hätte das auch funktioniert. »Warum hat sie es nicht getan?«

Jack lächelte wehmütig. Er zuckte die Achsel – eine Achsel. Der Arm mit dem Revolver bewegte sich keinen Millimeter.

»Aranda wollte nicht. Sie sagte, nachdem sie mich gefunden hat, könne sie es nicht mehr ertragen, einen anderen Mann bei sich zu haben.«

»Aber eine Frau war okay.«

»Sie meinte, es würde ihr schwerfallen, aber es sei nicht dasselbe. Abgesehen davon meinte sie, wenn sie die Nacht mit einer Lesbe verbrachte und Sie das schließlich aus ihr rausbringen würden, dann wäre ihr Alibi noch wasserdichter. Weil es ihr so peinlich ist, verstehen Sie?«

»Vielleicht war sie ja auch nur neugierig«, sagte ich.

Jacks Augen verengten sich. »Vielleicht sind Sie ja auch nur neugierig zu sehen, was eine Kugel mit Ihrem Schätzchen anrichtet, hm?«

»War nur so eine Idee, Jack«, sagte ich.

»Behalten Sie Ihre dreckigen Gedanken gefälligst für sich.«

Ich mußte husten, um nicht laut herauszuplatzen. Mord war okay. Verrat war okay. Sex einzusetzen, um an ein Alibi zu kommen, war auch okay. Aber mit einer anderen Frau zu schlafen war dreckig. Und da es nicht geklappt hatte, mußte Aranda es aus verletztem Stolz am nächsten Tag leugnen. Oder vielleicht, um die Sache noch verworrener zu machen. Das war ihr ja auch gelungen.

»Sie haben sich selbst noch kein Alibi verschafft«, sagte ich.

»Ich ging davon aus, daß ich keins brauche. Schließlich war ich Gabbys engster Freund, außerdem habe ich den verstauchten Knöchel und so weiter.«

»Den haben Sie sich beim Abstieg von dem Baum geholt, nicht wahr?«

»Genau. Als ich das Kabel für den Trick mit der Leiche anbrachte. Gott, ist das schiefgelaufen. Wie haben Sie das denn rausgekriegt?«

»Wäre mir fast genauso gegangen. Als Sie auf mich geschossen haben, wissen Sie noch? Ich hätte mir wahrscheinlich beide Knöchel gebrochen, wenn der Regen den Boden nicht so aufgeweicht hätte.«

»Ich hatte keine so gute Entschuldigung wie Sie. Ich bin einfach die letzten sechs Meter abgerutscht. Ich bin es gewöhnt, auf Bohrinseln herumzuklettern, wissen Sie, obwohl die verdammt glitschig sind und alles, aber der Baum war etwas ganz anderes. Es war nicht genug zum Festhalten da. Also konnte ich nur meinen Stiefel fest schnüren und weiter rumlaufen, bis alles vorüber war. Davon wurde der Fuß natürlich immer schlimmer, bis ich endlich alles erledigt hatte. Wenn wir nicht so gut mit Medikamenten versorgt gewesen wären, hätte ich das gar nicht durchgestanden.«

»Es wäre besser für Sie gewesen, wenn Sie es nicht geschafft hätten.«

»Sagen Sie das nicht, mein Junge. Wenn ein Mann sich zu etwas entschließt, dann führt er es auch aus, ganz egal, was es ist. Gabby, nun ja, ihn habe ich wie einen Bruder geliebt. Aber Aranda liebe ich eben als Frau. Und es gibt im Leben eines Mannes immer nur eine einzige Frau, die ihm das geben kann, was Aranda mir gibt. Das passiert ihm nur ein einziges Mal, wenn er Glück hat.«

»Aber Dost war doch drauf und dran, sie fallenzulassen, oder? Sie brauchten doch nur abzuwarten und hätten dann völlig problemlos mit Aranda zusammensein können.«

»Ja, das wäre wirklich toll gewesen. Ich als Waisenjunge, der Dosts altes Spielzeug zu Weihnachten bekommt. Es ist schon schlimm genug, daß die Leute mich für eine Art Schmarotzer halten. Ich bin selbst ein verdammt cleverer Geschäftsmann, müssen Sie wissen. Ich habe mein Teil dazu beigetragen, daß Gabby so eine große Nummer war. Mehr als das sogar.«

»Haben Sie das alles selbst ausbaldowert, oder hat Aranda Ihnen geholfen, die Dinge so zu sehen?«

»Wollen Sie damit sagen, sie hätte mich beeinflußt? Nein, das hat sie nicht. Wir haben darüber geredet, das ist alles. Mein Gott, es war doch auch für sie eine schreckliche Sache. Was hätten die Leute gesagt, wenn sie von einem solchen Mann fallengelassen worden wäre?«

»Deshalb mußte er sterben.«

»Exakt. Es tat mir leid, aber ich habe Tatsachen immer ins Auge geschaut.«

»Sie beide haben also den Plan gefaßt. Sie und Aranda.«

»Lassen Sie Aranda aus dem Spiel.«

»Dafür ist es jetzt zu spät, Jack. Außerdem tragen die Vorgänge eindeutig Arandas Handschrift.«

»Was soll das jetzt wieder heißen?«

»Exotisch«, sagte ich, »nicht von dieser Welt. Und tief im Innern völlig blödsinnig.«

»Der Plan war gut«, beharrte Jack.

Ich trat einen Schritt vor. Er funkelte mich an, ich blieb stehen. »Aber es war nicht Ihr Plan, stimmt's? Sie hätten etwas Schlichteres, Unbeweisbares geplant, etwa daß er beim Hochseeangeln über Bord fällt oder dergleichen.«

»Sie haben keine Ahnung, wovon Sie reden«, sagte er.

»Dann erzählen Sie es mir doch.«

»An diesen Dingen ist mehr dran, als Sie meinen.«

»So viel auch wieder nicht. Soll ich Ihnen erklären, warum Sie die Telefonanlage zerschlagen und die Autos außer Betrieb gesetzt haben?«

»Nur zu. Sie sind doch hier der clevere Bursche.«

»So clever auch nicht. Immerhin habe ich bis heute gebraucht, um es zu kapieren. Ich dachte an Dost immer unter dem Gesichtspunkt, daß er das Network übernehmen wollte. Ich dachte daran, daß gewisse Leute kurzfristig Network-Aktien verkaufen könnten, um todsicher – entschuldigen Sie den Ausdruck – Spekulationsgewinne einzusacken, sobald die Nachricht von Dosts Tod bekannt wurde. Haskell Freed hat sogar genau das versucht.

Ich vergaß dabei, daß Dosts Tod sich ja auf Dutzende von Unternehmen im Wert von mehreren Milliarden Dollar genauso auswirken würde. Deshalb war es so ein guter Plan, stimmt's?

Irgendein Verrückter hätte Dost getötet, aber wir hätten keine Verbindung zu den Behörden aufnehmen können ...«

»Ja«, sagte Bromhead, jetzt auf einmal aggressiv. »Sie hatten ganz schön Schneid, allen zu erzählen, Sie hätten mit dem Sheriff gesprochen und er hätte Sie zum Hilfssheriff ernannt. Ich hätte Sie beinahe vor allen Leuten einen Lügner genannt.«

»Das war unsere Absicht.«

»Ja. Wir stecken eben voller guter Ideen, nicht wahr?«

»Wer? Sie, Aranda und ich? Ich denke, schon. Dost wäre also tot, und niemand würde davon wissen. Sie hätten – wieviel Zeit? – einen Tag? Wir würden voraussichtlich einen Tag abwarten, bis wir versuchen würden, uns zu Fuß bis ins Tal durchzuschlagen.«

»So hatten wir es uns vorgestellt. Selbst ohne Schnee läuft man gut vier Stunden bis zum Tal, wegen der ganzen Serpentinen und so. Außerdem hatte der Wetterbericht etwas Schnee vorhergesagt, aber wir wußten ja nicht, daß wir den ganzen Winter auf einmal kriegen würden.«

»Deshalb hätten Ihre Strohmänner mindestens einen Tag Zeit gehabt, ihre Aktien an den diversen Dost-Unternehmen zu Ihren Gunsten zu verkaufen. Und Sie hätten dabei enorme Gewinne eingestrichen.«

»Enorm ist der richtige Ausdruck«, bestätigte Jack und schüttelte ehrfürchtig den Kopf.

»Und dann, wenn die Nachricht von Dosts Tod bekanntgeworden und die Aktienpreise in den Keller gefallen wären, und zwar von allen Unternehmen, nicht nur die vom Network, dann wären Sie in der Lage gewesen, sie allesamt zurückzukaufen.«

»Nein, mein Junge, beileibe nicht alle. Das ist genau der Punkt. Ich hätte genug Geld gehabt, um die Unternehmen zurückzukaufen, die ich für sinnvoll hielt. Die Bohrgerätefirma, mit der wir angefangen haben. Die Transportunternehmen. Solche Sachen. Was zum Teufel soll ich mich mit Keksfabriken und

Fernsehsendern herumschlagen oder mit dem übrigen Mist, den Gabby angeschleppt hat?«

»Natürlich hätten Sie dann immer noch genug Geld übrig gehabt, um Aranda bei Laune zu halten. Mit der Art von Lebensstil, an den sie sich gewöhnt hatte.«

»Ich habe Ihnen gesagt, Sie sollen damit aufhören.«

»Hatten Sie von Anfang an vor, Barry umzunieten? Ich denke schon. Aranda und er haben sich nie gut verstanden. Wußten Sie eigentlich von den Gesetzesfinessen, mit denen Wilberforce rausgerückt ist? Ich meine, hofften Sie, die ganze Geschichte legal durchzuziehen? Dann hätten Sie verkaufen können, was Sie wollten, ohne sich um irgendwelche Aktienmanipulationen Gedanken machen zu müssen.«

Ich kratzte mich am Kinn. »Aber nein, das kann ich mir nicht vorstellen. Sie denken anders, und ich glaube nicht, daß Aranda clever genug dafür ist. Ich glaube, Barry war von vornherein reif. Ich hoffe, Ihr ursprünglicher Plan war besser als dieser Quatsch mit dem Fernseher. Wieso haben Sie sich das überhaupt aufs Auge drücken lassen?«

Jack griff den Revolver fester. Er hätte mich gern angeschrien, schluckte es aber herunter. Mit angespannter Stimme sagte er: »Sie beleidigen in einem fort meine Liebste, als ob Sie vergessen hätten, daß Ihre da vorn in dem Wagen sitzt, verschnürt wie ein Weihnachtspäckchen, und ich einen Revolver auf ihren niedlichen Bauch gerichtet halte.«

Ich hoffte, Roxanne würde mir vergeben, was sie als nächstes zu hören bekam: »Was soll dieser Quatsch von wegen ›meine Liebste‹? Sie haben versucht, mich umzubringen, Jack. Wir stehen Mann gegen Mann. Alle anderen sollen sehen, wie sie zurechtkommen.«

»Versuchen Sie nicht, mich zu verarschen, Cobb.«

»Stand in Dosts ach so genialen Berichten nichts davon, daß es ein Erzfehler ist, mich gegen sich aufzubringen?«

»Das stand in der Tat drin, und außerdem stand da, daß Sie sich mit Miss Schick gut stehen und sie unweigerlich einmal am Tag hier anrufen würden, um zu sehen, wie sie der Belastung standhält, ihr Familienunternehmen zu verscherbeln.«

Ich sagte dazu nichts. Die Berichte hatten vermutlich recht.

»Verdammt noch mal«, sagte Jack. »Deshalb haben wir ja auch die anonymen Briefe verschickt. Um Sie hierherzulocken. Wenn Sie vergeblich versucht hätten, Kontakt mit Ihren Leuten aufzunehmen, hätten Sie angefangen zu wühlen. Und wir wollten nicht riskieren, daß Sie uns hier reinplatzen.«

»Das klingt wieder sehr nach Aranda.«

»Es war eine verdammt clevere Idee«, verkündete Jack.

»Es war eine lächerliche und zudem riskante Sache.«

»Es hat aber doch funktioniert, oder?«

»Sie haben mich hergelockt, aber hellwach und mißtrauisch. Sie hätten doch lediglich einen Ihrer Juristen zu bitten brauchen, Tom Falzet zu sagen, daß Sie mich bei den Verhandlungen dabeihaben wollen, um über vertrauliche Dinge zu sprechen, die wir in der Abteilung Sonderprojekte laufen haben, um festzustellen, ob diese nach der Übernahme noch weitergeführt werden sollen oder nicht. Ich wäre längst nicht so mißtrauisch gewesen. Vielleicht hätte ich manche Dinge gar nicht mitbekommen, die mir jetzt aufgefallen sind. Vielleicht wären Sie tatsächlich ungeschoren davongekommen, wenn Aranda nicht einen Mord geplant hätte, als wäre es ein Zaubertrick ihrer New-Age-Gurus.«

»Schluß jetzt.« Jack richtete die Waffe von Roxanne weg auf mich. »Schluß jetzt. Ich habe die Schnauze voll von Ihnen. Sie gehen jetzt rückwärts wieder durch die Tür da nach draußen. Ganz friedlich und langsam, stolpern Sie nicht. Und nehmen Sie Ihr Hundilein mit.«

»Wie lautet Ihr genialer Plan?« fragte ich.

Er streckte den Arm aus, als wollte er abdrücken. Ich rührte mich nicht von der Stelle, ganz einfach deshalb, weil ich vor Angst wie gelähmt war.

Jack wußte das nicht. »Eines muß man Ihnen lassen, Cobb. Nerven haben Sie.«

O ja, dachte ich. Vor allem im Darmbereich. Und die gerieten zunehmend außer Kontrolle.

»Der geniale Plan lautet wie folgt«, fuhr er fort. »Ich werde Miss Schick aussteigen lassen, und sie wird neben mir stehen, bis ich den Wagen wieder ans Laufen gekriegt habe. Dann werden sie und ich hier unbehelligt wegfahren. Einen angemessenen Vorsprung muß ich schon haben. Sie werden eine Weile brauchen, bis Sie die Zündkerzen für die übrigen Wagen gefunden haben.«

»Und dann werden Sie und Miss Schick am Berghang in den sicheren Tod stürzen.«

»Wie Sie schon sagten: Das Risiko müssen wir eingehen. Jetzt hauen Sie ab.«

»Und die Frau, die Sie lieben, soll hier alles für Sie ausbaden.«

»Sie steht das schon durch. Es gibt keinerlei Beweise gegen sie.«

»Also hat sie Sie dazu bequatscht, die Drecksarbeit für sie zu erledigen.«

»Ich sage Ihnen doch, Sie sollen so etwas nicht sagen, Jungchen, aber Sie hören mir offenbar nicht zu.«

»Wie lange wird es Ihrer Meinung nach dauern, bis Sie sie verpfeift?«

Jack spuckte aus. »Es ist für alles vorgesorgt, Cobb. Wenn Sie so alt werden wie ich, lernen Sie schon, daß aus manchen Plänen nichts wird.«

»Um so besser, wenn für alles vorgesorgt ist. Aranda scheint nämlich ganz andere Pläne zu haben. Sie singt wie ein Kanarienvogel. Als professioneller Sängerin fällt ihr das natürlich nicht schwer. Wie dem auch sei, jedenfalls erzählt sie, Sie hätten sie zu allem gezwungen. Wenn ich mich recht entsinne, sagte sie, Sie hätten sie ›terrorisiert‹.«

»Sie lügen, Sie verdammter Hurensohn. Sie braucht bloß die Klappe zu halten …«

»Und sich mit Ihnen in Brasilien treffen, sobald Gras über die Sache gewachsen ist. Genau.«

Eine Stimme draußen vor der Tür sagte etwas.

Ich rief über die Schulter: »Sind Sie das, Fred?«

»Costa Rica«, rief Fred zurück. »Sie hat weitergeschwätzt, während Sie mit dem rothaarigen Mädel gesprochen haben. Er sollte sich in Costa Rica mit ihr treffen. Sie sagte, Jack hätte eine falsche Identität und einen falschen Paß und einen zweiten Wagen und Gott weiß was in einer Hütte zwanzig Meilen nördlich von hier. Das Zeug hatten sie für den Fall vorbereitet, daß etwas schiefgeht. Dieser Bats war gerade dabei, alles mitzuschreiben, als wir herkamen.«

Ich wandte mich wieder zu Jack Bromhead um. »Das beantwortet meine Frage. Sie hat Sie verraten und verkauft, bevor Sie auch nur Luft geholt haben. Und hat obendrein Ihre Fluchtpläne durchkreuzt, selbst wenn Sie den verdammten Berg runtergekommen wären.«

Jack langte in den Wagen und riß Roxanne grob über den Fahrersitz und weiter, bis sie auf den Zementboden der Garage fiel. Er zog sie auf die Füße.

»Los«, sagte er, »raus hier. Na los, die Füße habe ich dir ja nicht gefesselt. Nun mach schon, hau ab!«

»Nun komm schon, Rox!« sagte ich.

Ihre Augen über dem Knebel waren riesengroß aufgerissen und voller Angst. »Es wird alles gut«, sagte ich. »Ralph bindet dich los. Ich liebe dich.«

Sie murmelte etwas in den Knebel. Ich klopfte ihr auf die Schultern, und sie marschierte los.

Jack richtete den 45er Colt wieder auf mich. »Sie bleiben hier.«

»Ich hatte nicht vor zu gehen.«

»Nicht einmal das gönnen Sie mir, stimmt's? Selbst den schäbigen Rest mußten Sie mir noch kaputtmachen. Ich habe Ihnen das Leben gerettet, Sie undankbarer Hurensohn!«

Stimmt, dachte ich, auch wenn du gleichzeitig deine diversen Pläne absichern wolltest, indem du verhindert hast, daß mir Barry irgend etwas darüber erzählt.

Aber das sagte ich nicht. Statt dessen äußerte ich: »Ich weiß nicht genau, wovon Sie reden, Jack.«

»Für was für ein Arschloch halten Sie mich eigentlich? Ich weiß doch selbst, daß es keine Möglichkeit gibt, lebend von diesem Berg herunterzukommen. Ich wollte Ihr Mädel an der Grundstücksgrenze rauslassen und mein Glück allein versuchen, das ist alles. Sie wäre ein bißchen naß geworden, aber ich hätte sogar noch die Fesseln abgemacht.«

Er brach in Weinen aus. »Spotten Sie nie wieder über diesen übersinnlichen Kram, denn ich schwöre Ihnen, Aranda ist eine Hexe. Sie taugt nichts. Ich wußte, daß sie nichts taugt, seit ich sie zum ersten Mal gesehen habe. Ich kenne sie seit Jahren, aber als Gabby anfing, sie leid zu werden, hat sie mich gepackt wie eine Schlange ein Kaninchen.

Ich liebe dieses böse Weib. Ich bin ein Narr, ich bin immer ein Narr gewesen und werde es immer bleiben – sehen Sie mich an, ich heule wie ein kleines Kind. Ich habe meinen besten Freund umgebracht, weil sie es so wollte. Ich habe einen Jungen umgebracht, für den ich früher Drachen gebaut habe.

Ich konnte das, weil ich richtig Übung darin kriegte, mich selbst zu belügen. Das war alles, was mir bleiben würde, Cobb. Eine Zeitlang ihr Körper und mehr Geld, als irgendein vernünftiger Mensch je ausgeben kann. Und die Lügen, die mir vorgaukelten, es sei alles richtig und sinnvoll. Die ›Vernunft‹. Denken Sie daran, was ich darüber gesagt habe.

Und dann sind Sie gekommen und haben mir alles kaputtgemacht. Als ich in diese Garage kam, war außer den Lügen nichts mehr für mich übrig. Aber Sie haben es geschafft, daß ich jetzt nicht einmal mehr so tun kann, als würde ich daran glauben.

Deshalb möchte ich, daß Sie jetzt genau zusehen. Denken Sie daran: Das kommt davon, wenn man sich in eine Hexe verliebt.«

Er hob den Revolver an meinem Gesicht vorbei an seine rechte Schläfe.

Ich schrie: »Nein!« und rannte auf ihn zu. Ich hatte vergessen, Spot das Kommando zu geben, aber er sprang ihn auch so an.

Jack wollte nicht wirklich sterben. Wenn er es gewollt hätte, dann hätte er einfach abgedrückt, und ich wäre gerade noch rechtzeitig gekommen, um seine Leiche aufzufangen, bevor sie den Boden berührte. So aber schwankte er unschlüssig, ob er Spot, mich oder sich selbst erschießen sollte, und schoß schließlich lediglich ein Loch ins Garagendach, als Spot und ich ihn umwarfen.

Wir kämpften, der Revolver flog weit weg. Es gelang mir, die Oberhand zu bekommen, und alles ging prima, bis er mir mit dem Knie in die Eier trat.

Um so etwas zu ignorieren muß ein Mann schon um einiges robuster sein, als ich es bin. Zuerst setzt der Schmerz ein, dann die Übelkeit, dann die Panik bei dem Gedanken, daß man womöglich soeben aus dem Genpool der menschlichen Rasse herauskatapultiert worden ist. Die Männer unter Ihnen werden wissen, wovon ich rede. Die Frauen werden sich mit meinem Ehrenwort begnügen müssen.

Als ich mich genug auf dem Zementboden herumgewälzt und schließlich begriffen hatte, daß ich es noch einmal überleben würde, war Jack längst aufgesprungen und zwischen den parkenden Autos hindurch zu einer Tür in einer anderen Wand der Garage gehastet.

Mit Ralph und Fred würde ich ein ernstes Wörtchen reden müssen. Von einer weiteren Tür in der Garage war keine Rede gewesen. Sonst hätte nämlich einer von ihnen dort Wache stehen können.

Ich versuchte, ihnen zuzurufen, daß Jack sich losgerissen hatte und jetzt hinter dem Haus war, aber meine Stimme war nur als ersticktes Stöhnen zu vernehmen. Ich schluckte, versuchte es erneut und schaffte es immerhin, Laute zu erzeugen, die entfernt an menschliche Sprache erinnerten. Ich kam auf die Füße und rannte Jack nach.

Der zweite interessante Aspekt an einem Tritt in die Eier (der erste ist, wie überaus erstaunlich schmerzhaft er ist) besteht darin, wie überaus erstaunlich schnell dieser Schmerz vorübergeht. Sofern man nicht ernstlich verletzt wird, ist man in der Regel so gut wie neu (wenn auch viel vorsichtiger), sobald man wieder Luft kriegt.

Wieder stürzte ich mich in den Schneematsch.

Als ich ihn eingeholt hatte, stand Jack auf der Mauer hinter dem Haus und versuchte, allen Mut zusammenzunehmen und zu springen.

»Tun Sie das nicht, Jack«, sagte ich ganz ruhig, um ihn nicht zu erschrecken.

Er sah starr hinunter auf den Felshang. »Und warum nicht, zum Teufel?« fragte er.

»Weil Sie da nicht glatt runterfallen würden. Es würde schweinemäßig weh tun. Sie würden bei lebendigem Leib gehäutet, wenn Sie an den Felsspitzen entlangschrappen. Das zweite ist, daß Sie nach dem Absprung Ihre Meinung nicht mehr ändern können, obwohl Sie es liebend gern tun würden, da gehe ich jede Wette ein.«

»Die Wette würde ich halten, wenn ich Gelegenheit hätte, den Gewinn zu kassieren.« Er sah mich noch immer nicht an.

»Drittens: Wenn Sie springen, muß irgendein armes Schwein

von Hilfssheriff unter Lebensgefahr Ihre wertlose sterbliche Hülle hier heraufschaffen.«

Jack stand lange Zeit auf der Mauer, während der Regen auf ihn niederprasselte. Ich hörte Ralph, Fred und Roxanne aus der Garage kommen, winkte ihnen aber hektisch hinter meinem Rücken zu, bloß zu bleiben, wo sie waren.

Schließlich sagte Jack: »Gut. Ich denke, es ist jetzt genug.« Er sah mich über die Schulter an und begann, sich zu mir umzudrehen.

Sein verstauchter Knöchel gab nach.

Zunächst wirkte es, als verschwinde er durch eine Falltür. Als ich mit dem Nach-Luft-Schnappen fertig war, begriff ich, daß er nicht vollständig weg war. Sein Oberkörper war in eine andere Richtung gefallen als seine Füße und oben auf der Mauer gelandet. Durch den nassen Schnee konnte ich Jacks Schädeldecke und seine Hände sehen, die auf der Mauer nach Halt suchten.

Ich sah aber auch, daß er rutschte.

Schon rannte ich auf die Mauer zu. Durch den Schlamm kam ich nicht gut vorwärts, und Jack rutschte mit jeder Sekunde weiter ins Nichts. Ich kam gerade rechtzeitig, als er loslassen mußte. Ich sprang hoch, griff über die Mauer und schnappte ihn am Kragen seiner Jacke, bevor er verschwand.

Ein völlig durchnäßter Mann ist verdammt schwer. Einen endlosen Augenblick lang fühlte ich, daß mich sein Gewicht selbst von den Füßen riß. Ich mußte mich mit der anderen Hand an der Mauer abstützen, um nicht selbst hinübergezogen zu werden.

»Versuchen Sie, hochzuklettern«, sagte ich.

»Ja«, sagte Jack.

Das Problem war allerdings mein Griff. Ich drückte seinen Kopf gegen die Mauer, so daß er gar nicht hochklettern konnte, aber ich sah auch keine Möglichkeit, meinen Griff zu lockern.

Ich kniff die Augen zu und konzentrierte mich mit aller Kraft auf meine rechte Hand und mein Handgelenk.

Ich wußte nicht, wie lange ich ihn noch würde halten können. In meinen Ohren rauschte es, und in meinem Arm spürte ich einen Schmerz, neben dem der Tritt in die Eier wie ein Sonntagsspaziergang wirkte.

Durch das Rauschen hörte ich eine Stimme, die mir zuschrie, ich solle loslassen. Ich leistete Widerstand, bis ich absolut nicht mehr konnte, was wohl endlose fünfzehn Sekunden dauerte. Dann dämmerte mir, daß es gar kein Dämon war, der mich aufforderte, den Mann sterben zu lassen.

Ich öffnete die Augen. Es war Ralph Ingersoll. Er und Fred hatten Jack jeweils an einem Arm gepackt. Sobald ich losließ, würden sie ihn mühelos in Sicherheit ziehen können.

Ich war glücklich, loslassen zu dürfen.

Ralph und Fred zogen, und Jack taumelte in den Schnee zu unseren Füßen.

Ich sah ihn an, während ich meine Finger knetete und meinen Arm betastete.

»Sie hätten ihn fallen lassen sollen«, sagte Fred Norman.

Jack zeigte keinerlei Reaktion. Er atmete, aber er lag auf dem Boden wie ein Toter. Sein Gesicht wirkte so leblos, als weilte er längst nicht mehr unter uns.

»Kommt«, sagte ich. »Bringen wir ihn ins Haus.«

Kapitel 23

Die Show geht weiter, es geht los!
– Mel Blanc, »The Bugs Bunny Show« (ABC)

Ich schaltete den Geisterfernseher ein, der mit Ausnahme der Stromversorgung noch immer an nichts angeschlossen war. Umgehend wurde ich mit einem Bild von Road Runner belohnt, der Wile E. Coyote beim Sturz in einen mindestens zwei Millionen Meilen tiefen einsamen Canyon zusah.

Ich stieß ein bitteres Lachen aus. Roxanne hatte ein Videoband aus Barry Dosts Sammlung genommen. Es war eine Schande, dachte ich, daß Aranda und Jack es sich nicht ansehen konnten, vor allem Jack. Sie waren in zwei verschiedenen Zimmern im obersten Stockwerk bombensicher eingesperrt und wurden von Ralph und seinem Onkel bewacht.

Ich hatte den anderen bereits erklärt, wie der Trick mit dem Fernseher funktioniert hatte und wie ich dahintergekommen war.

Bats Blefary konnte mir sofort mühelos folgen, vielleicht, weil er Barry schon früher bei ähnlichen Dingen beobachtet hatte.

»Ja, genau«, hatte er gesagt. »Man braucht lediglich einen Videorecorder und irgend etwas, das als Antenne fungiert. Aber wenn die Leitung, wegen der du in den Baum geklettert bist, nicht die Antenne ist, was ist es dann?«

»Etwas viel Besseres«, sagte ich. »Und viel Näheres. Etwas,

das aus ungefähr so viel blankem Metall besteht wie Barrys Drahtbügelkonstruktion.«

»Cobb«, hatte mich Wilberforce gewarnt, »Sie machen schon wieder Geheimnisse daraus, und das völlig ohne Grund.«

Damit hatte er vermutlich sogar recht. Ich seufzte und redete weiter. »Es ist ein Bett. Jack Bromheads antikes Absteige-Monstrum mit seinem metallenen Bettgestell und der offenen Sprungfedermatratze. In seinem Kleiderschrank haben wir ein Stück zweipoligen Antennendraht gefunden.« Es würde im Verfahren gegen Jack eine wichtige Rolle spielen, nahm ich an. Jack hatte ja gesagt, alle Beweise würden zu seinen Ungunsten sprechen. »Ein Stück Antennendraht«, fuhr ich fort, »das gerade lang genug ist, um vom Videorecorder in Jacks Zimmer zu seinem Bett zu führen. Die Isolierung war an den Enden abgezogen worden, um den Draht einfach anschließen zu können.

Nerven hatte er jedenfalls, das muß man ihm lassen«, sagte ich. »Die beiden bereiten alles vor, Aranda fängt an zu kreischen, um uns alle zum Schauplatz des Geschehens zu locken. Er streckte sogar den Kopf durch die Tür, um zu fragen, was da los war. Wäre ich stehengeblieben, um mit ihm zu reden, und hätte mich versehentlich an die Tür gelehnt, dann hätte ich gesehen, was los war. Es muß für Jack ein ziemlicher Schock gewesen sein, plötzlich Barry vor sich zu haben, der aus seinem Versteck gekommen war und direkt hinter mir herlief. Dadurch hätte in dem Moment alles auffliegen können, aber die beiden hatten Glück. Barry machte zwei Fehler: Er äußerte sich nicht klar über den Trick, und er dachte, ich sei daran irgendwie beteiligt.«

»Offenbar war auch die Schrotflinte ein Fehler«, fiel Haskell Freed ein. »Damit lieferte er Bromhead einen Vorwand, ihn zu erschießen, bevor er uns mehr erzählen konnte.«

»Stimmt. Allerdings hätte Barry, nachdem sie uns das Video gezeigt hatten, ohnehin sterben müssen. Vermutlich hatten sie gehofft, er würde wieder untertauchen, dann hätten sie ihn aufspüren und so zum Schweigen bringen können, daß es wie Selbstmord ausgesehen hätte.«

Carol Coretti schauderte, vergaß aber keineswegs ihre juristische Ausbildung. »Haben Sie dafür Beweise in der Hand?«

Ich zuckte die Achseln. »Jack hüllt sich in Schweigen, und Aranda sagt nur, es sei alles Jacks Schuld. Inzwischen würde sie wahrscheinlich Stein und Bein schwören, Jack hätte die zehn kleinen Negerlein umgebracht.«

Ein anderer Zeichentrickfilm fing an. Der Kojote (Stupidicus maximus) war trotz aller Katastrophen, die im letzten Streifen über ihn hereingebrochen waren, wieder da und hinter dem Road Runner her.

Ich lehnte mich aus der Tür und rief: »Das reicht, Rox!« Zu den übrigen sagte ich: »Jetzt zeige ich Ihnen, wie die Leiche da draußen hingekommen ist.«

Roxanne gesellte sich wieder zu uns, und wir gingen den Korridor hinunter zum Technikraum.

Ralph und ich hatten zuvor einige Vorräte aus Tante Agnes Küche requiriert, insbesondere einen Hundertpfundsack Langkornreis und einen Besenstiel. Fred hatte letzteren in passender Länge zugeschnitten, und wir steckte ihn direkt unter der oberen Naht mitten durch den Reissack. Außerdem holten wir die Brandungsangelrute aus dem Geräteraum und schnitten die verhedderte Angelleine los.

»Einige Aspekte dieser Sache hier weiß ich sicher, aber andere sind lediglich geraten, okay?«

»Was soll das alles?« wollte Wilberforce wissen. »Warum warten Sie mit diesen Demonstrationen nicht, bis die Polizei hier eintrifft?«

»Weil es mir darum geht, Sie alle hier zu überzeugen. Die Vorsicht erfordert es, daß wir wenigstens noch den Rest des Tages und die Nacht hier oben verbringen. Das heißt, daß wir alle de facto die Gefangenenwärter von zwei äußerst gefährlichen Personen sind. Und morgen, wenn es denn morgen so weit ist, daß wir hier weg können, müssen wir sie zum Sheriff schaffen.« Eigentlich wollte ich diese Rede am Ende meiner Demonstration halten, aber was sollte es. Ich sah jedem einzelnen ins Gesicht. »Niemand von uns ist ein Profi auf diesen Gebieten. Das bedeutet, wir müssen uns gegenseitig so gut es geht helfen. Ich möchte sichergehen, daß Sie alle davon überzeugt sind, daß wir das Richtige tun.«

Alle nickten lediglich. Das reichte mir.

»Also gut«, sagte ich. »Als alle zu Bett gegangen waren, schlich sich Jack hinaus, um die Autos außer Gefecht zu setzen. Er wartete, bis Wilberforce, Miss Coretti und ich wieder im Haus verschwunden waren, ging dann zu Dosts Zimmer und weckte ihn. Eine der Legenden über Dost lautete, er verbringe die Nächte eher mit Arbeiten als mit Schlafen. Nun, wie dem auch sei, Jack behauptete wahrscheinlich, er habe etwas Geschäftliches mit Dost zu besprechen. Dost war immer und überall bereit, über geschäftliche Dinge zu reden. Vielleicht sagte er ihm, sie müßten etwas mit Barry besprechen. Damit hatte er gleich einen Vorwand, ihn zum Technikraum zu locken, denn Barrys Zimmer liegt gleich daneben.

Ich weiß, daß in diesem Gespräch mein Name fiel, weil Barry gehört hat, daß sein Vater ihn aussprach. Deshalb verdächtigte er mich.

Jack gelang es jedenfalls, Dost hierherzulocken, und schlug ihm mit irgendeinem Gegenstand den Schädel ein. Mit was, bleibt vorerst noch offen, aber es gibt beispielsweise in jedem fertig dekorierten Zimmer eine moderne Skulptur, die sich dafür anbieten würde. Dost fällt um. Dort liegt er also.«

Agnes Norman stieß einen leisen Schrei aus. Alle Augen folgten meinem ausgestreckten Finger zu dem Sack Reis.

»Der Sack ist nicht ganz so schwer wie Dosts Leiche, aber es wird reichen. Ich gehe jetzt zum Fenster hinüber. Hoffentlich können Sie alles gut sehen.«

Ich ging zu dem direkt unter dem Fenster angebrachten Schaltbrett, an dem die Leitungen endeten, und löste das zurücklaufende Kabel. Zuvor hatte ich bereits festgestellt, daß es genügend Spielraum besaß, denn das lange Ende war in die Konsole unter dem Schaltbrett gestopft worden. Ich zog es hinüber zum Sack.

Ich schlug mit der flachen Hand auf den Schriftzug auf dem Sack. »Das hier ist Dosts Brust«, sagte ich. »Und der Besenstiel stellt seine Arme dar. Ich brauche jetzt nur noch das Kabel ein paarmal um seine Brust zu führen und dann unter den Achseln durchzuziehen. Wenn ich sichergestellt habe, daß alles so stramm sitzt, daß der Körper nicht durch sein Eigengewicht herausrutschen kann, mache ich hier im Nacken einen Knoten, und zwar einen sogenannten Slipstek. Sind Pfadfinder unter uns?«

»Pfadfinderinnen«, sagte Carol Coretti. Ich bat sie um eine Erklärung, was ein Slipstek ist.

»Das ist ein sehr fester Knoten mit einem freien Ende. Zieht man an diesem Ende, löst sich der Knoten von selbst.«

»Genau. Als nächstes besorge ich mir ein Stück stabile Angelschnur, die ich von der Spule ziehe, abschneide, mehrfach um einen kräftigen Gegenstand wie beispielsweise dieses Rohr wickle und dann mit Klebeband sicher am freien Ende des Kabels befestige.« Ich verwendete dazu schwarzes Isolierband, von dem mehrere Rollen in der Werkzeugkiste lagen.

»Was ich auf gar keinen Fall will«, sagte ich, »ist, daß beim Kürzen der Leine oder beim Freischneiden einer verhedderten Stelle kleine Stückchen der Angelschnur auf die Leiche fallen, wo sie an der Kleidung hängen bleiben und später bei dem Toten gefunden werden können. Aber genau das ist Jack Bromhead dummerweise passiert.«

Ich hob den Sack Reis am langen Ende des Kabels auf. Der

Knoten hielt. »Sie werden feststellen«, sagte ich, »daß sich das Kabel in den Sack hineindrückt. Bei einem Körper kommen dadurch Schürfwunden an der Brust und an den Schultern zustande, die zum Nacken hin zusammenlaufen. Von Dosts Brust war nicht mehr viel übrig, aber auf seinem Rücken haben Ralph und ich genau solche Stellen gefunden. Ich hatte zuerst wilde Phantasien, der Mann könnte ein Faible für Flagellation gehabt haben, aber das paßte überhaupt nicht zu ihm. Dies hier ergibt erheblich mehr Sinn.«

Ich sagte ihnen, daß sie von den Fenstern der Nebenräume wahrscheinlich besser sehen konnten, was ich vorhatte, entweder von Barrys Zimmer aus oder von dem Raum auf der anderen Seite, und alle verschwanden. Ich öffnete das Fenster im Technikraum und ließ mich naßregnen, aber das war ich ja inzwischen schon gewöhnt.

»Jetzt brauche ich die Leiche nur noch hier heraufzuheben. Dazu muß ich den Schnee von der Fensterbank räumen …« Ich stöhnte unwillkürlich, während ich den Sack anhob, denn mein Arm tat mir von Jacks Gewicht immer noch weh.

»Und dann gebe ich ihr einen Stoß.«

Das tat ich. Der Sack fiel etwa einen Meter fünfzig in die Tiefe, bis das Kabelspiel ausgeglichen war, und begann dann, in Richtung auf den Ast zu schwingen, um den das Kabel gewickelt war. Er kam immer mehr in Fahrt, bis er den tiefsten Punkt erreichte, und wurde selbst dann nicht langsamer. Durch den Schwung, den er dadurch bekommen hatte, geriet der Sack ins Pendeln, etwa wie eine Taschenuhr an einer Kette. Ich glaubte nicht, daß die Schwungkraft ausgereicht hätte, um den Sack (oder Dost) sich überschlagen zu lassen, aber theoretisch war es immerhin möglich.

Bevor wir uns jedoch Gedanken über irgendwelche theoretischen Möglichkeiten machen konnten, straffte sich die Angelschnur, der Slipstek ging auf und das Kabel löste sich von dem

Sack-Körper, der genau in diesem Augenblick ein Hochgeschwindigkeits-Andockmanöver an einem der Felsen ausführte. Der Reis spritzte nach allen Richtungen. Von den Nebenräumen hörte ich unterdrückte und laute Schreie.

»Sehen Sie weiter zu«, sagte ich und begann, die Angelschnur vorsichtig und gleichmäßig wieder einzuholen. Das schwarze Ende des Kabels schien zu zucken wie der Kopf einer unwahrscheinlich langen Schlange, die sich ruckweise vom Baum aus auf das Haus zubewegte. Das letzte Stück zog ich einfach an der Leine. Die Angelschnur war zwar verheddert, aber wer würde darin schon etwas Verdächtiges sehen? Als das Kabel nahe genug an das Fenster heranreichte, griff ich danach, zog das Klebeband ab und befestigte das Kabel wieder.

Ich gesellte mich zu den anderen in Barrys Zimmer. »Wenn man das richtig macht«, sagte ich, »hinterläßt man keinerlei Spuren im Schnee.«

Roxanne schüttelte den Kopf. »Zu dumm, daß ich den Aufprall des Sacks gesehen habe«, sagte sie. »Ich habe eine sehr lebhafte Phantasie. Und das hat er seinem besten Freund angetan! Warum um Himmels willen hast du ihn nicht einfach springen lassen?«

Ich wandte mich an die übrigen. »Sonst noch Fragen?«

Kapitel 24

Mir soll es recht sein.
– Fred Dryer, »Hunter« (NBC)

Drei Tage später saßen Roxanne und ich im Zug nach Süden. Ihr Kopf lehnte an meiner Schulter. Spot schlummerte ebenso friedlich wie vorschriftswidrig zu unseren Füßen. Ich hätte gern meinerseits den Kopf auf ihren Scheitel gelegt und wäre in dieser romantischen Haltung ebenfalls in Schlaf gesunken, aber sie stellte mir andauernd Fragen.

Das konnte ich ihr eigentlich nicht verdenken, denn wir hatten uns zwei Tage lang so gut wie überhaupt nicht sprechen können. Als unsere Karawane das Büro des Sheriffs in der Stadt erreichte (nachdem Fred Norman endlich die Zündkerzen gefunden hatte), hatte der Sheriff, ein grauhaariger alter Mann namens Mallin, dessen Bierbauch seinen stahlharten Kern nur schlecht verbarg, umgehend zweierlei angeordnet. Erstens schickte er einen seiner Leute mit einem Gerichtsmediziner hinauf nach Rocky Point, um nachzusehen, ob da wirklich zwei Leichen herumlagen. Zweitens nahm er uns vorsorglich allesamt in Gewahrsam.

Bis zum Spätnachmittag hatte er den größten Teil seines Fangs wieder laufengelassen und behielt lediglich Jack und Aranda in Untersuchungshaft – sowie Ralph und mich.

Die Beschuldigungen gegen mich lauteten auf Behinderung der Justiz, Amtsanmaßung, verbotene Einmischung am Tatort, allgemeine Penetranz sowie verschärfte Renitenz bei verminderter Einsichtsbereitschaft. Die Vorwürfe gegen Ralph klangen so ähnlich.

Wilberforce war außer sich gewesen. Er war derart außer sich gewesen, hatte dermaßen Stunk gemacht und den Sheriff dermaßen verärgert, daß Mallin uns bis zur allerletzten Sekunde in Untersuchungshaft behielt, die er nach dem Gesetz noch vertreten konnte, ohne tatsächlich Anklage gegen uns zu erheben.

Inzwischen war der Gerichtsmediziner mit den Leichen zurückgekehrt, und die Normans und die Leute vom Network (einschließlich Wilberforce) waren vernommen worden und durften anschließend gehen. Aranda beschuldigte inzwischen Ralph und mich, sie vergewaltigt zu haben. Jack begann auszupacken.

Roxanne war im Quality Inn der Stadt geblieben, wehrte die Reporter ab, besorgte Ralph und mir einen ortsansässigen Anwalt und benahm sich insgesamt so, wie die Frau meiner Träume sich unter solchen Umständen benehmen sollte.

Schließlich hatte sich Sheriff Mallin ein recht gutes Bild von den Geschehnissen gemacht und ließ uns laufen.

»Ich nehme an, ich müßte mich bei Ihnen bedanken«, sagte er, als er meine Zelle aufschloß. Sein Gesichtsausdruck ließ allerdings nicht viel Dankbarkeit erkennen.

»Nicht der Rede wert«, sagte ich.

»Sie werden ja zum Prozeß wieder herkommen«, sagte er. »Alle Auswärtigen werden zum Prozeß wieder herkommen müssen. Einer für ihn, einer für sie, wenn wir ihn dazu bringen, sie unter Eid zu verpfeifen. Falls nicht, kommt sie unter Umständen viel besser weg, als sie verdient hat.«

»Er wird schon noch singen«, sagte ich. »Jack gewöhnt sich allmählich an die Vorstellung, daß er ein Riesenkamel war. Er wird Aranda nicht ungeschoren davonkommen lassen.«

Mallin grunzte: »Wir werden es ja sehen. Im übrigen will ich

Sie außer zu den Prozessen hier in der Gegend nie wieder sehen, verstanden? Kommen Sie bloß nicht auf die Idee, hier Skiurlaub zu machen oder so. Was zum Teufel ist daran zum Lachen?«

Roxanne und ich hatten beschlossen, den von Montreal kommenden Zug zu nehmen, weil er langsam fuhr und wir seit meiner Festnahme keine Zeit gefunden hatten, in Ruhe miteinander zu reden.

»Meinst du, er hat das absichtlich getan?« fragte sie.

»Natürlich hat er das absichtlich getan. Er präparierte das Kabel, er stielte den Mord ein ...«

»Nicht Jack. Wilberforce. Meinst du, er hat absichtlich den Sheriff so genervt, daß er euch alle länger in Haft gelassen hat?«

Ich lachte. »Darauf bin ich noch gar nicht gekommen, aber jetzt, wo du es sagst, bin ich mir sicher, daß ja.«

»Soll ich dafür sorgen, daß er rausfliegt?«

»Häh?«

»Na ja, es scheint ja offenbar so zu sein, daß ich auch weiterhin Hauptaktionärin des Networks bleibe. Vielleicht ist die Zeit gekommen, mich mehr darum zu kümmern. Willst du Präsident des Networks werden oder irgend etwas?«

»Nein, will ich nicht. Und wenn du glaubst, ich hätte mich auf diese ... Beziehung eingelassen, damit du mir etwas schenkst, sei es das Network oder sonst irgend etwas, dann blasen wir die ganze Aktion hier und jetzt wieder ab.«

Sie lächelte wie ein kleiner Kobold. »Ich wollte mir nur selbst vor Augen halten, warum ich dich liebe«, sagte sie. »Ich hatte so meine Zweifel, als du Jack Bromhead sagtest, es sei dir egal, ob er mich umbringt.«

»Er hat es mir nicht einen Augenblick abgekauft«, erklärte ich ihr.

»Er war ja nicht gefesselt und geknebelt. Aber weißt du, ich habe auch gar nicht daran geglaubt, daß er mich umbringen würde.«

»Da bin ich aber froh«, sagte ich. »Nein, die einzige Person, die du rausschmeißen solltest, ist Falzets Sekretärin. Es hat sich herausgestellt, daß sie Dosts Informantin war.«

»Matt, die waren doch wirklich dämlich, nicht war? Jack und Aranda, meine ich.«

»Unbeschreiblich dämlich«, stimmte ich zu. »Es hätte mehrere völlig gefahrlose Methoden gegeben, Dost loszuwerden. Aber das reichte Aranda nicht. Sie wollte sich gleichzeitig auch Barry vom Hals schaffen.«

»Aber wie konnten die beiden vorhersehen ...«

»Das ist die Frage. Sie haben nicht das geringste vorhergesehen und trotzdem mit dem Mord immer weitergemacht.«

»Aber warum?«

»Sie waren durchgedreht. Mallin hat sozusagen versehentlich das Protokoll von Jacks Aussage auf seinem Schreibtisch liegenlassen, als er mir meine Sachen holte, deshalb weiß ich, was die beiden zu tun glaubten. Mit oder ohne Schnee hatten sie sich gegenseitig so hochgeschaukelt, daß sie den nötigen Mut aufbrachten. Sie wußten genau, wenn sie es jetzt nicht taten, würde es nie mehr so weit kommen. Deshalb haben sie immer weitergemacht, obwohl der Schnee sechsmal so hoch lag wie angekündigt, und Dost trotz allem umgebracht.«

»Aber warum haben sie die Leiche so weit vom Haus weggeschafft? Warum haben sie ein unmögliches Verbrechen daraus konstruiert?«

»Es sollte gar kein unmögliches Verbrechen werden, sondern eines, das sich weit weg vom Haus abgespielt hat. Der Wetterbericht hatte lediglich zwölf bis fünfzehn Zentimeter Schnee vorhergesagt, so daß die Spitzen der schwarzen Felsen frei geblieben wären. Es sollte so aussehen, als habe sich Dost aus irgendwelchen undurchsichtigen Gründen draußen mit jemandem getroffen und er und diese Person seien über die Felsen gegangen, um keine Spuren zu hinterlassen. Jack hatte offenbar bereits erkennbare Kratzer an einigen der Felsspitzen angebracht, und zwar mit Hilfe von Dosts und Barrys Schuhen.«

»Also wollten sie Barry von Anfang an die Sache in die Schuhe schieben.«

»Richtig. Sie hatten sogar eine der windigen Finanztransaktionen von ihren Leuten in New York so aufziehen lassen, daß es so aussah, als sei Barry derjenige, der sich am Tod seines Vaters bereichern wollte.«

»Aber den Schnee hatten sie nicht eingeplant«, sagte Roxanne.

»Richtig. Auch nicht, daß Dost beim Aufprall auf die Felsen wie eine Wasserbombe platzen würde. Oder daß Barry derart ausflippen, verschwinden und erst im ungünstigsten Moment wieder auftauchen würde. Obwohl er sich, zumindest was Jack angeht, letztlich als ausgesprochen günstiger Moment erwiesen hat, aber das konnte er nicht ahnen.«

»Und was war mit dem Fernsehtrick?«

»Ach ja. Jack hat nicht offen damit rausgerückt, aber ich glaube, der ging in meine Richtung, gegen mich persönlich. Ralph und ich hatten uns über den übersinnlichen Kram lustig gemacht, sogar ziemlich heftig. Aranda war eingeschnappt, und ich glaube, sie wollte mir eine Lektion erteilen. Barry würde es schaden, und auch Cobb würde sein Fett wegkriegen. Auch dabei haben sie nicht mit Barry gerechnet, der ihnen ja ursprünglich gezeigt hatte, wie der Trick funktioniert, jetzt aber auftauchte und endgültig durchdrehte. Sie überlegten sich einfach, wenn sie schon ein furchterregendes, unmögliches Verbrechen aufgezogen hatten, dann konnten sie das auch weiterhin ausschlachten.«

»Schon der ursprüngliche Plan war ziemlich blöd.«

»Was ist schwerer nachzuvollziehen? Die cleveren Sachen, die Leute veranstalten, oder die blöden?«

»Gutes Argument.«

»Danke. Im übrigen glaube ich, daß Jack im Grunde seiner Seele sogar geschnappt werden wollte.«

Roxanne sah mich mit demselben durchdringenden Blick an, den sie bereits in der Nacht der spanischen Inquisition angewendet hatte. »Und was willst du, Cobb?«

»Was?«

»Du willst nicht Präsident des Networks werden. Also was willst du statt dessen?«

»Ich will Urlaub. Einen schönen langen Urlaub. Nur du und ich. Und Spot.«

Ihre Miene hellte sich auf. »Ist das dein Ernst?«

»Ach du liebe Güte, und ob das mein Ernst ist. Meinst du, du könntest das mit denen da oben irgendwie arrangieren, o du mächtige Hauptaktionärin?«

»Kinderspiel«, versicherte sie mir.

»Fein. Darf ich jetzt ein bißchen schlafen?«

»In einer Minute. Eine Frage noch.«

Ich seufzte. »Schieß los.«

»Warum hast du Jacks Selbstmord verhindert?«

»Oho«, sage ich.

»Ich meine, nach dem, was du mit dieser Freundin von Kenni gemacht hast ...«

»Warum hätte ich dann Jack zweimal daran hindern sollen, sich selbst ins Jenseits zu befördern? Na ja, er hat mir immerhin das Leben gerettet, weißt du.«

»Er hat es aber doch überhaupt erst in Gefahr gebracht!«

»Erstens hätte er tatenlos zusehen können, wie Barry mich kaltmacht.«

»Dann wärst du aber nicht mehr da gewesen, um zu sagen, daß er dir das Leben gerettet hat!«

»Gutes Argument«, räumte ich ein. »Zweitens: Obwohl ich wirklich kein schlechtes Gewissen habe, einen Mörder mit allen erforderlichen Mitteln zur Strecke zu bringen, könnte es sein, daß ich mich selbst nicht gern als fahrenden Henkersmann sähe, selbst indirekt.«

»Red nur weiter.«

»Das gefällt dir nicht, hm? Vielleicht bin ich ja auch so genial, daß ich die indirekten rechtlichen Folgen meiner Handlungsweise erkannt und mir überlegt habe, wenn Jack tot wäre, würde Aranda vermutlich ungeschoren davonkommen. Nicht, daß ihre Verurteilung jetzt schon beschlossene Sache wäre, sogar angesichts der Art, wie die Dinge jetzt liegen, aber zumindest besteht die Möglichkeit. Sie ist die Mörderin, die ich zur Strecke bringen wollte, und ein lebendiger Jack Bromhead war die einzige Möglichkeit, das zu erreichen.«

Ich zuckte die Achseln. »Die Wahrheit liegt irgendwo da drinnen, aber ich habe verdammt noch mal keine genaue Vorstellung davon. Ist das schlimm?«

»Für mich nicht«, sagte sie. »Ich bin ganz froh, daß du ihn gerettet hast, ganz gleich, was ich vorhin gesagt habe.«

»Fein. Bist du jetzt zufrieden?«

»Das wäre ich vermutlich, wenn du freundlicherweise deinen Arm um mich legen könntest.«

»So ungefähr?«

»Hmmmmmm«, sagte sie und kuschelte sich eng an mich. Der Zug schaukelte uns in den Schlaf.

Nachwort

William Louis DeAndrea (1952–1996) war der vielleicht legitimste Enkel der Autoren, die einst im von Fans wie Kritikern gleichermaßen nostalgisch verehrten Goldenen Zeitalter der Gattung den bislang verachteten ›Krimi‹ zur Kunstform erhoben. Autoren und Autorinnen wie Dorothy L. Sayers, S.S. Van Dine, Agatha Christie, Ellery Queen oder John Dickson Carr zeichneten sich dadurch aus, daß sie gleichermaßen Theoretiker wie Praktiker des Genres waren. So stammen von Sayers und Van Dine bedeutende Beiträge zur Gattungstheorie; und Sayers, Van Dine und Ellery Queen waren es, die Anfang der dreißiger Jahre die drei bis heute besten Anthologien zur frühen Gattungsgeschichte vorgelegt haben. Christie und Carr ließen ihre phänomenalen Gattungskenntnisse in ihre Romane einfließen, etwa wenn Hercule Poirot zu Beginn von »The Clocks« sich kritisch seiner Lieblingskrimis erinnert oder wenn Carrs Dr. Fell in »Der verschlossene Raum« (DuMont's Kriminal-Bibliothek Nr. 1042) seinen berühmten Vortrag hält, in dem er alle Möglichkeiten, einen Mord im scheinbar hermetisch verschlossenen Raum zu begehen, in ein überzeugendes System bringt, das alle Tricks der Kollegen seit Gaston Leroux' »Geheimnis des gelben Zimmers« erschöpfend erfaßt.

Wie einst Willard Huntington Wright alias S.S. Van Dine – zumindest, wenn man seiner selbstgestrickten Legende Glauben schenkt – fand auch William DeAndrea während einer Krankheit zum Krimi – ›leckte er Blut‹, um es genregemäß auszudrücken … Nur war er damals zwölf Jahre alt und nicht achtunddreißig wie Van Dine; der Name des Buchs, das ihn als Einstiegsdroge zum lebenslang Süchtigen machte, ist auch bekannt – es war Ellery Queens Kurzgeschichtensammlung »The Adventures of Ellery Queen«. Als Queen-Experte brillierte DeAndrea dann auch später einmal in einer Fernseh-Show – Frederic Dannay, einen der Vettern, die zusammen »Ellery Queen« waren, hat er noch kennengelernt.

Nach seinem eigenen Bekunden wäre er durchaus auch weiterhin mit dem Status eines Fans zufrieden gewesen, hätte er sich nicht nach seinem erfolgreichen Studium an der renommierten Syracuse University als frischgebackener Diplom-Kommunikationswirt plötzlich ohne Chancen auf dem Arbeitsmarkt gesehen. Die Not war es, die ihn auf den Gedanken brachte, es selbst einmal mit dem Schreiben von Krimis zu versuchen – was auch seinerzeit das wahre Motiv Wright-Van Dines gewesen ist und was er durch diverse Legenden zu camouflieren trachtete – nachzulesen in William DeAndreas hervorragendem Lexikon »Encyclopedia Mysteriosa«, das er zum allergrößten Teil selbst geschrieben und 1994 herausgebracht hat, wofür er mit dem begehrten Kritiker-Edward der »Mystery Writers of America« ausgezeichnet wurde. Das ebenso gründliche wie instruktive und überdies amüsante Buch ist die schönste Frucht des Doppellebens als Kritiker und Schriftsteller, das DeAndrea seit Mitte der siebziger Jahre führte und das unter anderem noch in einer regelmäßig erscheinenden Kolumne im »Armchair Detective«, der weltweit führenden Fachzeitschrift für Krimi-Fans, seinen Ausdruck fand.

Als Praktiker war DeAndrea von vornherein nicht weniger erfolgreich denn als Theoretiker. 1978 erschien sein Erstlingsroman, »Killed in the Ratings«, in dem zugleich sein erfolgreichster Seriendetektiv debütierte. Matt Cobb ist bei einer führenden amerikanischen Fernsehgesellschaft ›Vice-President‹ (im Deutschen weniger hochtrabend wohl eher ›Abteilungsleiter‹) für besondere Aufgaben, d.h. nach seinem eigenen Bekunden für alles, was für die Rechtsabteilung zu schräg und für die PR-Leute zu heikel ist. Der blendende Stil, das aktuelle Milieu und der hervorragend konstruierte Plot fanden auf Anhieb breiteste Anerkennung, und das Buch wurde in der Kategorie des besten Erstlingswerks ebenfalls mit einem »Edgar«, dem Oscar des Krimi-Gewerbes, ausgezeichnet. 1980 erhielt er dann für sein zweites Buch gleich noch einen »Edgar« für den besten Krimi im Taschenbuch – ein Doppelerfolg, wie er in der gesamten Geschichte des Preises nur noch zwei weiteren Autoren gelungen ist.

Aufgrund von Problemen beim Erwerb der Rechte beginnen wir die Veröffentlichung der inzwischen acht Titel umfassenden Matt-Cobb-Serie mit dem sechsten Band, der aber zugleich vielleicht auch am besten und klarsten die Vorzüge aufweist, die William DeAndreas Ruhm ausmachen und die eingangs zu seiner Bewertung als legitimer Enkel der Golden-Age-Autoren führten: Er verbindet größte Aktualität in Milieu und allen äußeren Umständen mit der gezielten Wiederaufnahme der ›klassischsten‹ – dieser Superlativ ist unumgänglich – Motive der Genre-Geschichte. Wer sie als ›Klischees‹ bezeichnen würde, »hat den Kriminalroman nicht verstanden«, wie schon Bert Brecht feststellte. »Er könnte ebensogut im Theater schon beim Aufgehen des Vorhangs ausrufen: ›Immer dasselbe!‹ Die Originalität liegt in anderem. Die Tatsache, daß ein Charakteristikum des Kriminalromans in der Variation mehr oder weniger festgeleger Elemente liegt, verleiht dem Genre sogar das ästhetische Niveau. Es ist eines der Merkmale eines kultivierten Literaturzweiges.«

Es sind gleich zwei Stereotypen des Genres, die DeAndrea aufnimmt und variiert – der Mord am Hausherrn im eingeschneiten Landhaus, für den als Täter nur Familie, Personal und die zufälligerweise besonders zahlreich anwesenden Wochenendgäste in Frage kommen, und das ›unmögliche Verbrechen‹: Das Opfer liegt inmitten einer unberührten Schneefläche – nicht einmal das Opfer, geschweige denn ein Täter hätte dorthin gelangen können. Die beiden Klassiker, die gerade diese speziellen Varianten lebenslang gehätschelt und gepflegt haben, werden im Text selbst indirekt genannt – Agatha Christies Hercule Poirot als Fachmann für Landhausmorde und John Dickson Carrs Dr. Gideon Fell als Spezialist für alle möglichen Varianten des Mords im hermetisch verschlossenen Raum, wozu auch ein unberührtes Schneefeld zählt. ›Markierte Intertextualität‹ ist der aktuelle Fachausdruck für solch ehrliches Offenlegen des Spielmaterials.

Auch der Schauplatz ist klassischen Vorbildern verpflichtet: Der Multimilliardär und Selfmademan Gabriel B. Dost – sein Spitzname ist Gold-Dost, wie der phonetisch gleichklingende Goldstaub – hat in den Adirondacks ›Rocky Point‹, ein viktorianisches Unternehmerschloß von den Ausmaßen von Hearst's Castle ohne Nebengebäude, erworben und wiederinstandgesetzt – mit seinen Erkern, Türmchen, Giebeln, Zinnen usw. bietet es sich als Spukschloß förmlich an, wie Matt Cobbs erster Eindruck ist. Vor allem aber birgt sein Inneres ideale Verstecke für potentielle Mörder, wie der weitere Verlauf zeigen wird.

William L. DeAndreas mehrfach preisgekröntes Markenzeichen ist es nun, diese hyperklassischen Stereotypen mit ebenso hyperaktuellen Inhalten zu füllen – es geht um eine höchst realistische Firmenübernahme größten Stils. G.B. Dost will seinen höchst erfolgreichen Mischkonzern durch einen Fernsehsender ergänzen. Da die realen US-Großsender ABC, CBS und NBC soeben erfolgreich geschluckt bzw. fusioniert wurden, wie im Roman wirklichkeitsgetreu erzählt wird, steht nur noch das fiktive Network unseres Romans zur Verfügung, das man sich immerhin als das vierte hinter den Großen vorstellen muß. Um die

Einzelheiten des freundlichen Take-over zu besprechen, hat Dost Eigentümer und Manager des Senders ebenso nach Rocky Point zu einer Klausurtagung eingeladen wie führende Mitarbeiter seiner Gruppe. Matt Cobb wurde vom Sender dorthin entsandt, weil kurz vor der Tagung ein anonymer Brief an alle Aufsichtsratsmitglieder des Networks Dost und seine Entourage mit Anschuldigungen überhäufte – alles außer Schuppen und Plattfüßen wurde erwähnt, wie der Betroffene selber meint.

Ein schon bei der Anreise einsetzender Schneesturm verhindert das Eintreffen eines Teils der Gäste, während er die andern unmittelbar nach ihrer Ankunft von der Außenwelt abschneidet, worauf prompt die anonym prophezeiten Verbrechen und der Wahnsinn einsetzen. Gleich in der ersten Nacht wird der Hausherr ermordet, und jemand, vermutlich der Mörder, hat mit einer Axt gründlich dafür Sorge getragen, daß alle Kommunikationsmöglichkeiten wie Telefon, Fax oder E-Mail irreparabel zerstört sind. Das wiederum hindert den so jäh verstorbenen Hausherrn nicht, auf einem weder an Kabel noch Antenne angeschlossenen Fernsehapparat wortwörtlich als Geisterbild zu erscheinen und seinen ungeliebten Sohn vage des Mordes zu bezichtigen – eine Jenseitsbotschaft, die die parapsychologisch begabte (dritte) Ehefrau bereits angekündigt hatte. So findet sich die Gesellschaft in der unangenehmen Lage, mit einem vielleicht wahnsinnigen Mörder, der in jedem von ihnen stecken kann, in einem einsamen isolierten Bergschloß für eine nicht absehbare Zeit zusammengesperrt zu sein.

Glücklicherweise entpuppt sich der als Fahrer der Gäste anwesende Neffe des Butler-Ehepaares als vereidigter Hilfspolizist. Wenn sich seine Erfahrungen auch lediglich auf Parkplatzeinweisungen und Aushilfen bei Verkehrsunfällen und Schneekatastrophen beschränken, so verleiht er doch den Aktivitäten Matt Cobbs einen hauchdünnen Schleier von Legitimität: Als Hilfspolizist des Hilfspolizisten, der mehr und mehr zu seinem

Watson wird, leitet und führt des Senders Mädchen für alles Unangenehme die Verhöre und steuert die ihm alles andere als wohlgesonnene Schar der potentiellen Täter und Opfer durch die an Abenteuern, Überraschungen und Gefahren überreichen Tage und Nächte. Als jäh einsetzendes Tauwetter mit Wolkenbrüchen die Schneemassen beseitigt und die Straßen nach und nach passierbar macht, hat Matt Cobb die Lösung des ›unmöglichen Verbrechens‹, die Herkunft der umgedrehten Hamlet-Botschaft, die Schuldigen und eine Frau fürs Leben gefunden.

Mit DeAndreas plötzlichem Tod 1996 verlor die weltweite Gemeinde der Krimi-Fans eine ihrer größten Hoffnungen – einen brillanten Schriftsteller, einen scharfsichtigen Kritiker und einen Historiker des Genres von geradezu stupenden Kenntnissen.

Volker Neuhaus

Band 1054	Timothy Holme	**Der See des plötzlichen Todes**
Band 1057	Sarah Caudwell	**Adonis tot in Venedig!**
Band 1058	Phoebe Atwood Taylor	**Die leere Kiste**
Band 1059	Paul Kolhoff	**Winterfische**
Band 1060	**Mord als schöne**	**Kunst betrachtet**
Band 1061	Lee Martin	**Tod einer Diva**
Band 1062	S. S. van Dine	**Der Mordfall Canary**
Band 1063	Charlotte MacLeod	**Wenn der Wetterhahn kräht**
Band 1064	John Ball	**In der Hitze der Nacht**
Band 1065	Leslie Thomas	**Dangerous Davies... Auf eigene Faust**
Band 1066	Charlotte MacLeod	**Eine Eule kommt selten allein**
Band 1067	Lee Martin	**Mörderisches Dreieck**
Band 1068	Paul Kolhoff	**Menschenfischer**
Band 1069	Ellery Queen	**Das ägyptische Kreuz**
Band 1070	John Dickson Carr	**Mord aus Tausendundeiner Nacht**
Band 1071	Lee Martin	**Tödlicher Ausflug**
Band 1072	Charlotte MacLeod	**Teeblätter und Taschendiebe**
Band 1073	Phoebe Atwood Taylor	**Schlag nach bei Shakespeare**
Band 1074	Timothy Holme	**Venezianisches Begräbnis**
Band 1075	John Ball	**Das Jadezimmer**
Band 1076	Ellery Queen	**Die Katze tötet lautlos**
Band 1077	Anne Perry	**Viktorianische Morde** (3 Romane)
Band 1078	Charlotte MacLeod	**Miss Rondels Lupinen**
Band 1079	Michael Innes	**Klagelied auf einen Dichter**
Band 1080	Edmund Crispin	**Mord vor der Premiere**
Band 1081	John Ball	**Die Augen des Buddha**
Band 1082	Lee Martin	**Keine Milch für Cameron**
Band 1083	William L. DeAndrea	**Schneeblind**

Band 1072

Charlotte MacLeod

Teeblätter und Taschendiebe

Sarah und ihr Mann Max sitzen mit dem Rest des Kelling-Clans zusammen, um eine Wohltätigkeits-Auktion zu planen. Onkel Fredericks Sammlung von antikem Nippes soll unter den Hammer kommen, um mit den Erlösen den Ausbau des Senior Citizens Recycling Center zu finanzieren. Man sitzt gerade beim Tee, als die Nachricht von der Ermordung eines Mitglieds des Centers die Ruhe des Abends stört. Und was Cousine Theonia in den Teeblättern liest, läßt nichts Gutes ahnen ... *Charlotte MacLeod*, geb. 1922 in Kanada und aufgewachsen in Massachusetts, USA. Ihre Krimi-Serien haben begeisterte Leser gefunden.

Band 1073

Phoebe Atwood Taylor

Schlag nach bei Shakespeare

Durch Boston weht ein eisiger Wind, der durch Martin Jones' dünnen Anzug dringt. Abgesehen von einer Tasche mit Golfschlägern ist ihm sonst nichts mehr geblieben. Außerdem ist ihm die Polizei auf den Fersen. Jones kann sich denken, was die von ihm wollen... Er ist erleichtert, erst einmal Unterschlupf in »Peters Antiquariat« zu finden.Was für eine Überraschung, daß ausgerechnet sein alter Freund Leonidas Witherall in dem Buchladen arbeitet. Dann findet man im Laden die Leiche von Professor John North mit zerschmettertem Kopf, und Jones wird sofort verhaftet. Zum Glück ist Leonidas Witherall von seiner Unschuld überzeugt. Sie zu beweisen, ist eine andere Sache.

Band 1075

John Ball

Das Jadezimmer

Ein chinesischer Jadehändler liegt tot auf dem Boden einer Villa in Pasadena, Kalifornien. Um seinen Kopf bilden vier Jadestücke einen Halbkreis, ein fünftes steckt im Herz – das Ya-Chang Ritualmesser.
Wer hat den Händler ermordet? War es die schöne halb-schwarze, halb-japanische Yumeko, die bei ihm lebte? Johnny Wu, ein reicher amerikanischer Chinese? Ein anderer Kunde? Oder ein politischer Feind aus Übersee? Mordkommissar Virgil Tibbs gerät auf seiner Suche nach dem Mörder in eine tödliche Mischung von harten Drogen, Agenten aus dem kommunistischen China und der Exotik des Jadehandels.

Band 1076
Ellery Queen
Die Katze tötet lautlos

Manhattan, Ende der vierziger Jahre, eine Serie von Morden versetzt die Stadt in Panik. Die Boulevardblätter haben dem Mörder einen Namen gegeben: Katze. Für jeden Toten zeichnen ihr die Cartoonisten einen weiteren Schwanz.
Die Katze sucht ihre Opfer wahllos. Und immer bei Nacht. Niemand kann sich vor ihr sicher fühlen. Am Tatort hinterläßt sie nichts als die Leiche mit einem sorgsam geknoteten Seidenfaden um den Hals. Und am nächsten Tag grinst den Lesern aus der Zeitung wieder die Katze entgegen und hat einen Schwanz mehr. Ellery Queen hat viele Knoten zu lösen.

Band 1078

Charlotte MacLeod

Miss Rondels Lupinen

Professor Peter Shandy fährt an die Küste, um blumigen Gerüchten auf den Grund zu gehen. In den wildesten Farben erzählt man sich von prächtigen Lupinen, die hier gedeihen sollen.
Noch andere Überraschungen findet Shandy auf Miss Rondels Farm. Tiere und Pflanzen strotzen vor gespenstischer Gesundheit und auch die alte Dame selbst ist seltsam quicklebendig. Im Gegensatz zu Jasper Flodge, der eines Tags tot über seinem Teller Hühnerfrikasse zusammenbricht.
Peter Shandy darf seinen botanischen und detektivischen Leidenschaften nach Herzenslust frönen. Ein Band aus der Balaclava-Serie.

Band 1079

Michael Innes

Klagelied auf einen Dichter

Niemand ist traurig, als Ranald Guthrie stirbt. Man munkelt, der gefürchtete Schloßherr habe sich in einer Winternacht von seiner Burg in den schottischen Highlands gestürzt. Gerüchte von Eifersucht, Rache, Irrsinn und Liebe kursieren.

Was nach Selbstmord aussieht, entpuppt sich jedoch als Verwechslungsspiel. Schließlich bringt das Klagelied auf einen Dichter Rechtsanwalt Wedderburn auf die Spur grausiger Vorgänge.

Band 1080

Edmund Crispin

Mord vor der Premiere

Elf Personen steigen an einem Oktobernachmittag im Bahnhof Oxford aus dem Zug. Sie reisen in verschiedenen Klassen und und in verschiedener Mission. Nach Ablauf einer Woche sind drei von ihnen tot. Yseut Haskell, die schöne und provokative Schauspielerin, wird mit einer Kugel im Kopf aufgefunden. Keiner hat sie gemocht. Am wenigsten der Regisseur Robert Warner. Doch wie läßt sich der Verdacht des Literaturkritikers Gervase Fen beweisen? Unvermutet findet er sich in der Rolle des Detektivs wieder.

Band 1081

John Ball

Die Augen des Buddha

In einem kalifornischen Nationalpark wird die verstümmelte Leiche einer jungen Frau gefunden. Ist es die lang vermißte Tochter aus reichem, jüdischem Haus? Ihr Vater schaltet den berühmten Detektiv Virgil Tibbs ein, um die Wahrheit über das Schicksal seiner Tochter zu erfahren.

Doch warum verheimlicht er ihm dabei wichtige Informationen? Virgil Tibbs vertraut seinem untrüglichem Instinkt, der ihn bei der Aufklärung des Falles bis nach Katmandu führt.

Die mysteriösen Augen des Buddhas im Affentempel bringen ihn auf eine Idee...

Band 1082

Lee Martin

Keine Milch für Cameron

Eigentlich ist sie noch im Mutterschaftsurlaub – doch als die Bank ihres Viertels überfallen wird, steht Detective Deb Ralston unfreiwillig mitten im Geschehen. Mit ihrem Baby Cameron auf dem Arm übernimmt sie inmitten von unprofessionellen Bankräubern und grünschnäbeligen Cops das Kommando. Aber die Räuber können flüchten und entführen eine junge Kassiererin. Die Lage spitzt sich zu, als die Geisel stirbt. Und auch Deb Ralston gerät in tödliche Gefahr ...

Von Lee Martin sind in der DUMONT's Kriminalbibliothek bereits erschienen: „Tod einer Diva" (Band 1061), „Mörderisches Dreieck" (Band 1067) und „Tödlicher Ausflug" (Band 1071).